U0164152

輔英技術學院國文老師◎合著

序

宋邦珍

輔英技術學院人文教育中心與共同科的國文組老師具有高度的教學熱忱，以及敏捷的文思，常常在學術研究之餘，從事國文教學的研究，論文散見於各月刊中，尤以《中國語文月刊》為最，在這幾年之內已經聚集近八十篇的教學研究論文。曾於民國九十年三月二十四日舉辦「國文教學論文成果發表會」。今，為呈現同仁們相互切磋砥礪成果，並期望予各方先進在教學上作參考，故整理彙編成書。

身為輔英國文老師之一分子，在同仁相互期許、相互扶持之下，無論研究與教學工作，都能逐年提昇，深感歡喜。擔任編輯重任，確定出版事宜，對我個人而言，更是一段難得的經歷。

本論文集分古典文學與現代文學兩部分，古典文學又依朝代次序排列；現代文學又依現代詩、現代散文、現代小說次序排列。

本論文集為了體例完整、統一，以嚴謹的學術論文方式寫作的論文，並無收集；或已請同仁們改寫成未加註解的論文。其中難免有遺珠之憾，特此言表。

國文教學論文集　目次

【漢魏晉南北朝篇】

【唐代篇】

【宋代篇】

【明清篇】

【其他篇】

第二輯：現代文學

【現代詩篇】

【現代散文篇】

【現代小說】

【其他篇】

第一輯

古典文學

古典文學

先秦篇

約會三部曲

——《詩經・靜女》一詩探析

方靜娟

靜女其姝，俟我於城隅。愛而不見，搔首踟躕。
靜女其孌，貽我彤管。彤管有煒，說（悅）懌女（汝）美。
自牧歸荑，洵美且異。匪女（汝）之為美，美人之貽。

這是《詩經・邶風》中一首精彩的詩歌。「風」是《詩經》的一種體製，屬於民間歌謠。既是民間傳唱的歌曲，自有其自然、質樸、活潑的特性，當我們運用想像力來閱讀這首短詩時，可以看到一對正處於戀愛中的男女，並藉由其生動、有趣的對話及行為舉止中，流露出真切的情感。

一、情節發展

一開始，從詩歌「靜女其姝，俟我於城隅」文字中，讀者彷彿看到一位正急急忙忙趕赴約會的男子，他的臉上透露著雀躍的神情，一面趕路，卻又不禁得意著：「一位既嫺靜又美麗的女子，正在城角等著我。」在這裡，讀者可以感受到男主角的喜悅及期待，讀者也在腦中構築二人相會的情景了。

但接下來的發展－「愛而不見」，卻會讓許多讀者發出會心的一笑，就在男主角趕路的同時，女方可能因久候男方不至而不耐煩，於是興起了惡作劇的心態。於是讀者看到了一位正處於戀愛中的女子，她帶著些許嗔怒及作弄的心情，在男方發現她之前躲藏了起來，一方面是懲罰男方的遲到，一方面想觀察男方的神情。當她看到男子趕到後，因看不到自己的身影而「搔首踟躕」的慌張模樣，作弄及懲罰的目的達到了，因久候而不悅的陰霾也一掃而空，於是接下來的情節發展，讀者如願以償的看到了二人相會的情景。

當女子拿出特地爲男方準備的禮物－「彤管」（指紅色茅草，即後文所指的「荑」）時，下面的文字「彤管有煒，說懌女美」的形容中，讀者好像看到了男子仔細把玩、不住稱讚禮物特別的愉悅神情，卻又惹得女方不高興的嘟囔著：「自牧歸荑，洵美且異」，從上述情節一路發展的脈絡推測，這裡讀者似乎看到了女子不悅的陳述著：「這支紅色茅草是我在放牧完回家的途中發現的，覺得它十分的美麗、不凡，特別摘取送予你的，你怎麼只注意到它的特別，而忘摘取人的辛苦呢？」接下來，可以想見的，男子慌慌張張的解釋：「我喜歡它不是因爲它漂亮，而是因爲它乃美人所贈予的。」

從這首詩中，讀者可以淸楚的閱讀到一對男女的「約會三部曲」，文字或許簡短，但所呈現的情節卻是十分精彩又極具戲劇張力的。

二、人物心理探析

在這首短短的詩裡，卻蘊含了許多動人的情感以及深微的心理反映，在這首自然質樸的民間歌謠裡，作者不著痕跡的運用了許多技巧，如利用了角色的動作表現來呈現其心理，並採取對話穿插的方式讓此詩更加活潑，充滿趣味性。

(一)細膩的行為舉止

「靜女」這首詩中只出現了兩個角色，而詩人卻藉著二人所表現的舉動，生動的刻劃了戀愛中男女的心理，賦予這兩個角色豐厚的生命力。

由詩的第一句，讀者其實可以感受到男主角急於赴約的雀躍心情；當他到達目的地卻不見女方時的舉動「搔首踟躕」，彷彿真的看到男主角一手抓著頭、一邊心急的踱來踱去尋找女子身影的緊張摸樣，他可能正焦慮的猜測著：是女方失約了；還是女方不耐久等，氣走了；抑或是他記錯了地點……。當女方終於帶著一分禮物現身後，男方有些受寵若驚，爲討好女子，不住的稱讚這份禮物的美好，卻又惹得女方氣惱的同時，男子又急急忙忙的辯解對女子的心意，這一連串的的動作裡，我們淸楚的看到了男子的情緒變化以及憨直的個性，令人莞爾！

另一方面，女方頑皮、惡作劇的、俏皮的神態，也透過了男子的種種的憨態行爲，生動的呈現在讀者面前。其實女方相當在意這位男主角的，所以在放牧回家赴約之際，仍不忘摘取特別的荑草以贈心上人，並故做嬌嗔的責怪男方的偏心（只愛美異之荑）。這一切一切的舉動，正足以突顯女方重視男方的心態，也呈現出戀愛中女子的撒嬌姿態。

(二)自然的對話形式

從詩歌的發展脈絡可發現，此詩其實可視爲由兩人的對話所構成，利用你來我往的對話方式來構成詩歌，而讀者藉由二位主角對話的發展，較容易融入情節中，體會主角的心境，不僅使情節的鋪敘流暢自然，亦能讓整首詩充滿戲劇張力。

總的來看，在這首短短的五十個字的詩歌裡，僅僅兩個角色的演出，所搬演的情節亦是自古至今每天都會上演的愛情戲目，卻能打動二千年來許多的讀者，只因它運用了極其精煉、生動的文字，真實的呈現了每個讀者所共有的經驗，以及普遍的情感。(原載於中國語文五二八期)

試探〈漁父〉的清濁之辨

傅正玲

〈漁父〉是《楚辭》中的一篇，究竟是不是屈原的作品？歷來頗有爭論。王逸的《楚辭章句》中將〈漁父〉一文列於屈原名下，但又認爲是楚人思念屈原而作，可知，從漢朝以來其作者便不明確。文中以「屈原既放」起，用第三人稱來描述屈原，是一般認爲其非屈原所作的論據，而若從〈漁父〉文中所呈現的屈原形象來看，似乎也不可能出自屈原筆下。文章裡加強了屈原委曲憤世、孤清自好的一面，與漁父的言語形跡相對，漁父近似道家人物，從其眼中看來，屈原正是一個囿於己見、作繭自縛的人。

〈漁父〉一文以情節化的手法鋪陳全篇結構，始於屈原行吟澤畔，漁父「見而問之」；終於漁父遂去，「不復與言」，首尾呼應。除人物形象的突顯，動作的描寫外，全文以屈原與漁父的對話作爲主體。江邊的漁父，與「顏色憔悴，形容枯槁」的屈原，一問一答，其中漁父超然而虛靈的言語，正映照出屈原生命的困結。

兩人的對話中，因認取人生價值的角度不同，故而構成對辯的形勢，漁父欲解開屈原的執著，屈原則因漁父的勸解而更強烈地執取心中的價值感。二人的對辯，則主要環繞在「清」與「濁」的觀念上。文章一開始，漁父問屈原爲何使生命如此憔悴？屈原即回答：「舉世皆濁我獨清，眾人皆醉我獨醒，是以見放。」流放是屈原在世間的遭遇，是一種不公平的對待，屈原故而憂傷，憂傷中有憤怒。從個人的遭遇中，屈原對人世間進行一種論斷：舉世皆爲濁爲醉，他成了黑暗世間裡唯一的清醒者。屈原心中清濁的論斷，是一種道德價值的分判，被放的命運，更加深屈原因道德意識而來的價值感，越是舉世昏濁，越增加頭上的光環，與人間的對立也更爲尖銳了。

漁父一開始便不在價值的層次上來看清濁的問題，他告訴屈原：「聖人不凝滯於物，而能與世推移。」即舉出一種更高的生命形象，能不執著於某一種客觀環境、某一種價值意識，而虛以待物，便能與世人相往來。屈原正因執著於清濁、是非的分判，所以自取一種與世間相對的立場，而自令放逐。就道家的思惟來看，清與濁、善與惡、君子與小人，都是人囿於私人成見而來的分別，因此分判而有好惡之情，以為人非己是，而使世間紛擾不絕，如《莊子．齊物論》中所言：「是非之彰也，道之所以虧也。道之所以虧，愛之所以成。」是非的分判彰明，正是使「道之所以虧也」，即是使完整的生命破裂，人心不平，所以愛惡之情生，生命因此而紛爭疲累。故而，解脫人生的疲累，寧定世間的紛爭，便在超越清濁之辨，而「休乎天鈞」。漁父乃告訴屈原用虛靈的心境面對世間，不可強加定義，如鏡子一般，世間如何顯示，便如何應對，其曰：「世人皆濁，何不淈其泥而揚其波；眾人皆醉，何不餔其糟而歠其釃。」何苦要自取一種對立的態度？

但漁父的一番話，並未解開屈原的執著，反更激起屈原的好惡之情，屈原曰：

吾聞之：新沐者必彈冠，新浴者必振衣。安能以身之察察，受物之汶汶乎？寧赴湘流，葬身於江魚之腹中。安能以皓皓之白，而蒙世俗之塵埃乎？

剛洗過頭的人，戴上帽子之前，必先彈去帽上的灰塵；剛洗浴過身子的人，穿上衣服之前，必先振去衣上的塵埃，都是一種潔身自好的表現，怎能讓清潔的身心，蒙受世俗的沾污？屈原視漁父的話是一種鄉愿的態度，將先前與「舉世」相對立的悲憤，更推進一步而與漁父的態度對立，在清濁的分判中，更形尖銳。對屈原而言，清濁的分別是生命價值的根源，若人世清濁不分，是非不明，如何彰顯生命的意義與價值？故而，勸他如世人一般同流合污，無異是勸他放棄生命的尊嚴，而要使自己的「清白」蒙受世俗的污染，是寧死都不能接受的，生命可以滅亡，但尊嚴卻不能被污損。

至此，漁父乃一反勸說的姿態，「莞爾而笑，鼓枻而去」，返身歸向更浩瀚的江湖，而從寬闊廣大的天地間，傳回悠然的歌聲：

滄浪之水清兮，可以濯我纓。
滄浪之水濁兮，可以濯我足。

歌聲中一方面傳達道家人物處於世間的態度，另一方面仍是提醒滿懷悲憤、獨立江畔的屈原：看看滄浪之水般的塵世，當它清明如鏡時，不妨多涉入些；而當它污濁時，亦可以少涉入些。保有心靈的自由，自主地選擇入世的方式，無寧是更爲「清」「醒」的態度。從漁父的眼中看來，屈原執著清濁的價值意識，而與舉世相對，仍是受塵世所牽引、所影響，故而幽怨不能自已。若能超脫世俗，保有心靈的自主性，是更爲不沾世俗之塵埃，也更爲清明了。

〈漁父〉一篇當非屈原所作，閱讀《楚辭》中〈離騷〉與〈九章〉等作品，看到屈原忠愛於家國，深情不能自已，都會使人同其情而感其志，這自然不是〈漁父〉文中的屈原形象。但以哲人的觀點來看屈原的生命行徑，或者會有如朱熹之論，認爲其志行過於中庸，而不可以爲法。〈漁父〉作於戰國末年至漢初之間，屈原的自沈，當使其因生命遭遇所留下的悲劇不能化解，〈漁父〉作者乃從道家的思惟，提點出超越悲劇的觀點。全篇文章作結於江湖間所傳回的一段歌聲，留下讓人省思的空間，屈原的反應當如何？則是後世讀者的問題了。（原載於中國語文第四六二期）

論齊桓公重用管仲之因緣

——若必廉士而後可用，則齊桓其何以霸世

林秀蓉

一、前言：

齊桓公稱霸長達四十三年，其尊王攘夷的貢獻，維繫民族文化命脈於不墜，不僅功在當時，更在千秋萬世之後；探究其成功的條件，管仲的輔佐功不可沒，如三國曹

操即說：「若必廉士而後可用，則齊桓其何以霸世！」（〈求賢令〉）他肯定齊桓公重用這位曾輔佐公子糾又曾射其一箭的管仲，重才超過重德的用人之道，乃桓公稱霸的重要因素。

歷來研究齊桓公者，大多著重管仲輔佐四十年建立的霸業，而忽略其成就霸業之前重用管仲的因緣，本文試參證《春秋》三傳、《國語・齊語》、《戰國策・齊策》、《史記》〈管晏列傳〉〈齊太公世家〉等文獻資料，就鮑叔力薦管仲、桓公不念舊怨、管仲不規小節等角度切入分析，藉此不只可以了解桓公與管仲各在何種心理背景下建立君臣的關係；同時以古鑑今，對於朋友相處之道、領導者用人之道，以及個人生命價值的確立，皆有啓發的作用。

二、鮑叔力薦管仲

管仲何以能躍上政治舞台，助桓公一臂之力，成就「強齊」、「尊王攘夷」的功業，個人學識、能力固有直接的關係，而知己好友鮑叔的極力推薦，尤爲難能可貴，且具重大的意義。

管鮑之交，一直爲後人稱羨，甚而有人生能得知己如鮑叔者，死而無憾的浩嘆。《史記・管晏列傳》中，管仲稱述鮑叔體貼入微的具體事實，更是感人肺腑，如：「嘗與鮑叔賈，分財利，多自與，鮑叔不以我爲貪，知我貧也。」、「嘗爲鮑叔謀事，而更窮困，鮑叔不以我爲愚，知時有利有不利也。」、「嘗三仕三見逐於君，鮑叔不以我爲不肖，知我不遭時也。」、「嘗三戰三走，鮑叔不以我爲怯，知我有老母也。」、「公子糾敗，召忽死之，吾幽囚受辱，鮑叔不以我爲無恥，知我不羞小節而恥功名不顯於天下也。」無論在生意或政治的事業經營上，鮑子皆能屏除世俗的評論標準，一本其將心比心的體貼包容，鼓勵友人努力向上，這份濃情美意，使得管仲彌足珍惜，深有「生我者父母，知我者鮑子也」的由衷感念。

在公子糾與桓公爭奪君位的戰爭中，桓公先歸即位，管仲、召忽則成爲桓公的仇人；加上管仲曾爲公子糾射桓公一箭，是仇上加仇，這時鮑叔力勸發兵攻魯欲殺管仲的桓公說：「夫爲其君動也。君若宥而反之，夫猶是也。」（《國語・齊語》）鮑叔認爲各爲其主，正是忠的可貴表現，管仲能忠於爲傅，也必將忠於爲臣，這番至忠至義的說詞是一大關鍵，不但令桓公赦免管仲一死，並進而接納鮑叔雅言：「君且欲霸王，非管夷吾不可。夷吾所居國國重，不可失也。」（《史記・齊太公世家》）欲稱霸天下唯有重用管仲，又舉管仲的政治長才，具有「寬惠柔民」、「忠信可結於百姓」等仁政愛民的作風，又能掌握「制禮義可法於四方」、「執枹鼓立於軍門，使百姓皆加勇焉」（《國語‧齊語》）等教化軍事一體的治國大略，這樣一位卓越的政治家、軍事家，誠如國家重寶，值得桓公網羅善任。

桓公稱霸管仲誠居首功，然若無鮑叔的力薦作為橋樑，桓公與事公子糾的管仲如何建立君臣關係，值得我們深思。極贊同《呂氏春秋‧不苟論贊能》所言：「使齊國得管子者，鮑叔也。」鮑叔對管仲有救命與薦舉之恩，管仲由囚徒，而至大夫，而至國相，完全得力於鮑叔的知賢、薦賢、讓賢，鮑叔真可謂是管仲的恩人，也是桓公的恩人，徐幹《中論卷下‧審大臣第十六》即說：「若時無鮑叔之舉，霸君之聽，休功不立於世，盛名不垂於後，則長為賤大夫矣。」的是確論。管仲的生命因鮑叔而有意義，而得以立名、立功於後世。

三、桓公不念舊怨

桓公即位後，內憂周室衰微，外慮夷狄侵略，亟需廣羅人才，唯賢是舉；於此背景下，又經鮑叔的謙讓與力薦，桓公終不計管仲輔佐公子糾的前嫌，也不念管仲射箭中鉤的舊怨，胸襟寬宏地把管仲從魯國接回，使之爲相，畀以重任，可見他求才之殷，尚賢之切；雖然也曾經心懷一箭之忿，欲殺管仲，但一聽鮑叔開導，便立即取義棄嫌，並且於管仲被囚返齊時，「三釁三浴之」（《國語・齊語》），「親逆之於郊」（同上），並尊之以仲父，富之以三歸之家，由此皆可見桓公親信管仲，可謂無以復加。

桓公信任鮑叔，言聽計從，因此不殺管仲於先，而又任用於後。知人善任是「放諸四海而皆準」的政治經營理念，一個成功的主管，必須具有伯樂挑選千里馬的卓越眼光，有劉備三訪諸葛亮，或曹操「周公吐哺，天下歸心」的求才若渴精神，如此，人才必報知遇之恩，定效犬馬馳驅之勞，上下相得如此，方能成就大事。荀子曾贊許桓公的知人善任，說：「倓然見管仲之能足以託國也，是天下之大知也。安忘其怒，出忘其讎，遂立以爲仲父，是天下之大決也。」（〈仲尼〉）桓公最難能可貴的是這份舉賢不避親仇的精神，一念之仁使他專用管仲，誠乃明智的決策。

四、管仲不規小節

管仲在桓公與公子糾的權力鬥爭中，公子糾被殺，召忽盡死節，而管仲卻不以死殉糾，他的理由有二：

一是基於富強齊國的考量，《管子‧大匡》說：「夷吾之為君臣也，將承君命，奉社稷以持宗廟，豈死一糾哉？夷吾之所死者，社稷破，宗廟滅，祭祀絕，則夷吾死之。非此三者，則夷吾生。夷吾生則齊國利，夷吾死則齊國不利。」換言之，管仲不規小節是為了成全大德，而以該死而未死之身，去充盡實現大道的理想，所以情願幽囚返齊，甚而接受桓公任命，執掌齊國之政，其目的只在富強齊國，以衛社稷、興宗廟、承祭祀為己任。

二是基於深憂夷狄外患，《淮南子‧泰族訓》說：「管子憂周室之卑，諸侯之力征，夷狄伐中國，民不得寧處，故蒙恥辱而不死，將欲以憂夷狄之患乎。」所謂：「被髮左衽之禍，尤重於忘君事讎。」（顧亭林《日知錄卷九，管仲不死子糾條》）這正是管仲以天下安危為己任的春秋大志，所以他深知「效小節者不能行大威，惡小恥者不能立榮名」的大義，「以為殺身絕世，功名不立，非智也。故去忿恚之心，而成終身之名；除感忿之恥，而立累世之功。」（《戰國策•齊策》）因此才有一匡天下，九合諸侯，進而為五霸之首，名高天下，光照鄰國的霸功！管仲這份用心頗得孔子與後代學者的稱許。

管仲基於拯救國家天下的抱負與理想，所以不規小節，才能在鮑叔的推薦與桓公的不念舊怨之後，促成這段輔佐桓公的因緣。

五、結語

綜觀以上三項因緣助力相融，爲歷史開創非廉士亦可輔佐君王強國立霸的史例；無論鮑叔的待友之道、桓公的用人之道，以及管仲個人生命價值的確立，皆對吾人深有啓發。

首先就鮑叔而言，他不只是善於知人的聖賢，更是一位以肝膽相照真誠相交的至友，尤其他對管仲體貼的包容，無私的薦舉，爲我們樹立了以德性道義交遊的精神與風範。次就桓公而言，他是使人盡其材的智者，想想他當年「若必廉士而後可用」，吾人恐將有淪爲「被髮左衽」之虞；處在多事之秋，唯才是舉地廣羅人才，堪稱是建立豐功偉業的關鍵，松下幸之助《領導與統御》一書稱：「領導者須有靈活的思想及臨機應變的能力！」桓公即具備靈活的用人之道，能赦小過而舉賢材，如此聖主方能弘功業，賢士方能顯其材。最後就管仲而言，他在政治事業的進退取捨之際，清楚地確立人生價值所在，一以國家天下安危爲己任，將其政治生命提升至更高的層次展現，進而開創無限的生命意義，從中對於我們在處理個人與國家關係、實現個人生命價值，頗有提撕理想的作用。（原載於中國語文第五一三期）

孽嬖與賢妃

──《左傳》后妃性格刻畫舉隅

林秀蓉

一、前言：

《左傳》一書，凡十八餘萬言，不僅是一部偉大的歷史著述，也是一部動人的文學傑作，歷來研究者不斷，或考述史實，或疏通經義，或辨正作者，或探究文學價值，林林總總，不一而足。就文學價值而言，其古文之勝，敘事之善，詞令之妙，議論之偉，修辭之巧，文體之備，堪稱古今卓絕。尤其對人物性格的刻劃入微，在先秦歷史散文中是不容忽視的寫作特色，筆下人物二千餘位，性格突顯者比比皆是，就其中數十位女子而言，如淫蕩的魯桓文姜、讒媚的晉獻驪姬、賢明的晉文齊姜、曉義的秦穆姬等四位諸侯夫人，形象鮮明，活現紙端，本文茲舉《左傳》這四位女子的事蹟，藉以探析其刻劃人物性格的文學技巧，與褒善貶惡資鑑經世的歷史意義。

二、魯桓文姜——淫蕩不悛

文姜，是魯桓公夫人姜氏，與齊襄公爲異母兄妹，二人私通，終而桓公被害。《左傳》按春秋正名分，重禮教的史筆，以「非禮」之名譏貶誅責文姜，其所犯非禮之事如下：

(一)成婚失禮。桓公三年，文姜出嫁至魯時，魯派弒君之賊公子翬迎娶，桓公親迎，齊則僖公親送，《左傳》記載，此乃違背了「凡公女嫁于敵國，姊妹，則上卿送之，以禮於先君」之禮，一開始即以成婚失禮，預伏文姜淫蕩害君的後事，故馬繡云：「成昏逆送，咸不以正，始合失禮，焉得善終。」(《左傳事緯》)

(二)與襄公私通。桓公十八年，文姜借歸寧之名，與魯桓公同行往齊，魯大夫申繻雖勸諫桓公曰：「女有家，男有室，無相瀆也。謂之有禮，易此，必敗。」

」言自古無「以妹寧兄」之理，而桓公未接納，遂釀成文姜與兄襄公私通，進而密謀殺害桓公之事。文中藉申繻之言，側面點出淫蕩的越軌瀆禮與桓公的不守禮防，冥冥中暗伏禍端。迨文姜至齊，與「齊侯通焉」，二人並一再相會於禚、祝丘、防、穀等地(見莊公二年傳、莊公四年經、莊公七年經、莊公七年傳)，暴露他們淫蕩不悛的本性。

(三)犯有殺夫之罪。在魯桓公查知姦情後，文姜非但不知悔改，竟然驕恣狂妄以告齊襄公(見桓公十八年傳)，視堂堂之魯君如草芥，故左氏直斥其「姦」(見莊公二年傳)，以明示其不安於室、不守婦道。文姜之子莊公哀慟其父被殺，即位後斷絕母子之親，左氏因而稱許是合乎「禮」的行爲(見莊公元年傳)。

呂祖謙《東萊左氏博議》云：「君子視欲如寇，視禮如城。」左氏藉文姜之事，明彰守禮遠欲，是其立論基礎。《列女傳》卷七〈孽嬖〉評文姜曰：「維女爲亂，卒成禍凶。」蓋非禮必敗，終生禍端，是本則的春秋大義。

三、晉獻驪姬——讒媚陰狠

驪姬，晉獻公伐驪戎時，立爲夫人，生奚齊。驪姬欲立奚齊爲太子，獻媚取寵，巧言善讒，甚至不擇手段用盡心計，自疏離獻公與群公子的關係、陷害太子申生，至排擠重耳、夷吾，步步爲營。其所逞陰謀如下：

(一)第一步是行賄二五外嬖，以甘言媚惑獻公，說辭曰：「曲沃，君之宗也；蒲與二屈，君之疆也；不可以無主。宗邑無主，則民不威；疆埸無主，則啓戎心；戎之生心，民慢其政，國之患也。若使大子主曲沃，而重耳、夷吾主蒲與屈，則可以威民而懼戎，且旌君伐。……狄之廣莫，於晉爲都。晉之啓土，不亦宜乎！」(莊公二十八年傳)表面以迎合獻公積極開疆拓土的雄心爲理由，實則以疏離獻公與群公子的親情爲目的，然而句句言之有理，打中獻公心坎，使他沉陷於驪姬彀中而不自知，至拋棄親子仍至死不悟，婦人的陰險狠毒畢現，竹添光鴻評論此段史事曰：「不但公不知爲姬之謀，即三子君臣，亦不知爲姬之謀也。無跡無形，得不茫然入其彀中乎？弄獻公如嬰兒，除三子如艸芥，婦人之奸，至驪姬止矣。」(《左傳會箋》第三)王崑繩亦曰：「姬之機深而用微，陽忠而陰賊，假手於人而幾微不自露其跡也。」(《左傳評》卷一)左氏生動傳神地塑造了驪姬機心用微、工於心計的形象，形聲如睹。

(二)第二步是欲置申生於死地。申生因驪姬的離間出居曲沃，至僖公四年，申生則因受讒自縊新城，這次驪姬「與中大夫成謀」，誣陷申生胙肉加毒，然後施以狐媚之功，唱作俱佳，嬌泣曰：「賊由太子」，申生於是逃奔新城。驪姬的巧詐機心，恰與申生的寬厚仁慈，成一強烈對比，明晰朗現兩人的性格。面對驪姬的陷害，申生逆來順受，置個人生死於度外，一心爲父君的安樂考量，知驪姬獲罪，將使父親晚年「居不安，食不飽」；逃亡或可免死，然而「被此名也以出，人誰納我？」（僖公四年傳）如此背負不忠不孝的罪名，無法見容於天地，故寧捨己身，自縊新城，使父親安享天年，申生可謂是純然仁孝之人。

(三)第三步是爲了斬草除根，繼續譖言誣陷二公子重耳、夷吾，以二人皆知申生胙肉加毒事，遂使二公子出奔，何等陰險！何等毒辣！所以竹添光鴻說：「讒人之言甫入，而冢子之首已殊！」（《左傳會箋》第五）又見驪姬爲達目的，充滿殺機。

就獻公而言，因違卜從筮，迷戀驪姬；違禮信讒，逼死親子，引發了長達二十年的內部戰爭，此爲卜筮而億中之例；《左傳》多處記事，藉龜策卜筮，預報幾兆，暗埋伏筆，頗耐人尋味。《列女傳》卷七〈孽嬖〉引《詩經·大雅·瞻卬》篇詩句評驪姬曰：「婦有長舌，惟厲之階。」又曰：「哲婦傾城。」蓋巧言善讒，爲鴟爲梟的婦人，是天下禍亂的根源，足爲千古殷鑑。

四、晉文齊姜──明識大體

驪姬謀陷申生時，重耳受讒出亡十九年，遍歷諸國，一路走來，備嘗辛苦。左氏巧心歷敘其流亡各國的遭遇，並詳述其感情的生活，如狄季隗的纏綿純情、齊姜的明識大體、秦懷嬴的義正詞嚴，另有曹僖負羈之妻的獨具慧眼，左氏側筆寫此等德賢識遠的女子，以映襯重耳的器宇不凡，誠有烘雲託月之妙。其中齊姜的明識大體，堪稱是重耳政治生命中的最佳女主角。其明識大體襄助重耳的事蹟皆見於僖公二十三年傳，分析如下：

(一)鼓勵重耳有四方之志。僖公四年，重耳處狄十二年後過衛至齊，桓公慧眼識英雄，以齊姜妻之，重耳經歷衛五鹿乞食之苦，而有終老於齊之心，且立意堅決；令舅犯等從者深以爲憂，密謀於桑下，卻爲蠶妾知悉，「以告姜氏」

，姜氏賢明果決，以丈夫的前程考量，毅然殺了蠶妾，一則確保密謀之事不外洩，一則藉此鼓勵重耳返國靖難，謀圖四方之志，所謂：「子有四方之志，其聞之者，吾殺之矣。」只此三句，已將姜氏體貼殷切的用心、咸曉事理的德性完全展現出來。

(二)捨私情助大業。左氏以對話的方式，鋪敘齊姜、重耳之間的理性與感情的糾葛衝突，十分精鍊生動，唯以「無之」二字，重耳的眷戀安樂畢露；唯以「行也」二字，齊姜的豪壯堅毅俱現，「懷與安，實敗名」，更是見識過人，不讓鬚眉，真可謂女中豪傑。齊姜明識重耳懷安之非，而從者謀行之是，寧願割捨夫婦恩愛，也要助他完成大業，故與舅犯謀定計策，以酒色為誘，終於「醉而遣之」，順利送他上路。所有的環節，皆可見齊姜細膩中帶著豪氣，剛毅中流露摯情的性格特質。

齊姜一介女流，而兼備卓越的見識，英爽的性格，在傳統封建制度下誠難能可貴，《列女傳》卷二〈賢明〉稱美齊姜曰：「君子謂齊姜潔而不瀆，能育君子於善。」並歌頌曰：「齊姜公正，言行不怠。」這般賢慧女子，不計個人得失，全以夫君處境為念，激勵其奮發向上，樹立了中國賢明女子的風範。

五、秦穆姬——孝弟曉義

秦穆姬，是晉惠公的異母姐姐，秦穆公的夫人。其事蹟見於僖公十五年傳，文中詳敘秦、晉在韓原之戰的原因、經過及善後經緯，其中晉惠公的剛愎自用，與秦穆公的從善如流，成爲強烈的對比，並於其間穿插穆姬這一位孝弟曉義、性格剛正的關鍵性女子，以資貫串，扣人心弦。其孝弟曉義的事蹟如下：

(一)當晉惠公由秦回晉爲君，身爲姐姐的穆姬囑託他照顧賈君（申生之妃），並與群公子和平相處；然而惠公回國後，卻烝於賈君又不納公子，所以穆姬「怨之」，可見其友愛兄弟與對惠公愛之深責之切的表現。

(二)在韓原之戰中，惠公因「背施」、「幸災」、「貪愛」、「怒鄰」、「愎諫」，慘遭敗績，並爲秦國所擄。穆姬由一聽說「晉侯將至」，便在「以大子罃、弘與女簡璧登臺而履薪焉」的行動中，親率子女，抵死以相救，迫使穆公不得不暫囚惠公於靈臺，退而與群臣商議。穆姬這種果決的態度與強烈的手腕，一則反映剛強激烈的性格，一則顯現曉以大義的胸懷。

穆姬雖出嫁於秦，仍不忘手足之親，先前雖怨惠公自私、無道，但值晉國危難之際，仍以顧全大局爲念，毅然挺身搭救不仁不義的弟弟，所以《左傳會箋》引彭士望的話說：「穆姬本怨夷吾，至是卻又激烈。所怨者正，所爭者大，真女中傑也。夷吾庸惡，媿姊實多。」（《左傳會箋》第五）又《列女傳》卷二〈賢明〉引《詩經·大雅·抑》篇詩句稱美穆姬曰：「敬慎威儀，維民之則。」左氏寫秦穆姬，特以其重情義、曉事理與晉惠公敗德背信、庸昧愚妄做對比，使二人性格判然有別，益加鮮活。

六、結語

舉凡魯桓文姜的淫蕩不悛，晉獻驪姬的讒媚陰狠，晉文齊姜的明識大體，秦穆姬的孝弟曉義，《左傳》記載或只片段言論，或只一、二事跡，卻各具形貌，靈肉俱現。再輔之以伏筆、對比、烘托等技巧，圓滿達成其褒善貶惡資鑑經世的歷史意義，所謂：「史之爲務，申以勸誡，樹之風聲。」（劉知幾《史通·直書篇》）此乃歷史的道德精神與教育作用。如今這些孽嬖與賢妃的史事雖已化爲千古陳跡，然亦足以作爲現代女性言行舉止的垂鑒與規範。（原載於中國語文第五一五期）

勸諫的技巧

簡光明

俗語說「仙人打鼓有時錯」，如果連神仙有時都會犯錯，那麼一般人會犯錯也就不足爲奇。人們對於自己的過失往往容易習而不察，或者視而不見，因此人不怕犯錯，怕的是犯錯而不自知，犯錯而不能改。個人犯錯，一般而言影響的層面不大，有時只對自己有影響；如果犯錯的人是一國的元首，由於身分的不同，可能對眾人的生活有很大的影響。因此，劉向說：「夫人君無諫臣，則失政；士無教交，則失德。」不論是「諫臣」還是「教交」，其重要正在於對於「人君」與「士」所可能犯的過失提出勸誡。問題是，「諫臣」與「教交」只是人君得政與士有德的必要條件，並非充要條件，倘若人君缺乏接受批評的雅量，或者諫臣勸諫不得法，結果恐怕也令人不敢樂觀。

尤其是中國古代的人君地位極爲尊崇，缺乏足以制衡的力量（有時權力爲外戚或宦官把持，並非在制度上的制衡力量），對於臣子的勸諫因涉及權力、形象、自尊等諸多問題，能不能理性的思考是個問題，就算知道自己有過失，會不會認錯也是另一個問題。因此，身爲一個諫臣，如何巧妙地勸誡國君改正不當的施政以免做出有礙人民生活的措施，並且極力避免國君因缺點被指出後惱羞成怒而對自己不利，實爲一門重要的學問。從古代人臣對國君的勸誡中，我們當可學習到勸諫的技巧。

劉向《說苑・正諫》中正記載一則人臣勸諫國君的典範。春秋時代齊景公非常喜歡養馬，有一天，圉人（養馬的人）把馬給弄死了，景公在極度生氣之下，就拿起戈打算自己動手殺了圉人。晏子想要勸景公，然而盛怒的人是不容易理性思考問題的，尤其景公是一個厚賦重刑的人，沒有勸好則恐怕自己也要受累。於是晏子繞了一個圈子，告訴景公說，若圉人此刻被殺，會死得不明不白，這樣好了，我替您數落他，讓他知道犯什麼罪而死。景公本來在盛怒之下也沒有想到殺圉人究竟要定什麼罪，既然有人站在自己的立場要幫自己找理由，當然樂得答應，這時景公必然很好奇晏子到底會找出什麼樣的理由。至此景公的氣已消了一半，能夠稍爲理性地思考。

晏子爲了進一步取信於景公，便拿起戈逼近圉人，裝模作樣，彷彿一說完理由就要殺圉人的樣子，然後才說：「汝爲吾君養馬而殺之，而罪當死。」話似乎在責備圉人的不該，但是若加細思，不難想到：如果養馬的人弄死一匹馬就得賠上自己的性命，那麼他有多少條命可賠他所養的馬呢？倘若因爲國君的緣故，難道國君的馬的性命就比人重要？以後誰還敢替國君養馬呢？更何況馬也有可能因意外災害而死亡。不論原因爲何，都顯示景公的刑罰太過嚴苛。當然，景公當時氣未全消，未必會想到言外之意，恐怕還以爲晏子替自己說的話很有道理哩！

於是晏子又說：「汝使吾君以馬之故殺人，而罪又當死。」使國君因爲馬的緣故殺人固然是圉人的錯，但是進一步深思，國君其時大可以交給掌管刑罰的官吏去定罪，景公不按法令去執行，可見法令缺乏客觀標準，完全取決於國君的好惡；再者，就算圉人罪當死，國君也不應該自己動手充當劊子手去殺圉人。景公非但視百姓生命如草芥，更且殘暴不仁，較之嚴苛的刑罰有過之而無不及。晏子怕景公身在此山中而不識廬山真面目，進一步指出：「汝使吾君以馬故殺人而聞於四鄰諸侯，汝罪又當死。」前面兩個理由都是在國度之內，無人管得了景公，因此景公未必聽勸，倘若這件事情舉國皆知，連其他的諸侯國也都知道，百姓必然會因國君視人命賤於馬而大量移民，諸侯國也可能以仁義之師而伐其不義，不但國君及國家形象受損，而且百姓離心離德，真有戰役，誰還會替景公賣命呢？國家至此，焉能不亡。因此景公一聽大悟，急忙說：「夫子釋之！夫子釋之！勿傷吾仁也。」所以重複「夫子釋之」是因爲晏子裝得太像，使景公以爲晏子講完話馬上要動手，怕說一次晏子聽不清楚，急忙再說第二次來阻止。

勸諫的技巧首先必須站在所勸對象的立場講話，使當事人不致於當局者迷而失去理性，有一段緩衝時間，才能理性思考，所說的話也應引起聽者的好奇，使聽者有了解的興趣，從而聽得進去，才能發揮效果。晏子先假裝替景公責備圉人，又說替景公找殺人的理由，引起好奇，接著舉戈僞裝要替景公殺圉人，以行動換取時間，使景公有一緩衝時間，而三個理由又不斷強調「罪當死」，似乎完全站在景公的立場，難怪景公會先氣消，再理性地聽晏子把理由講完，而後能了解其嚴重性，終於急忙阻止。試想：若晏子直接指出景公以馬之故殺人不應該，恐怕會因立場不同而發生正面衝突，國君爲了保住顏面自尊，不但殺圉人，甚至連晏子也不保，就算不是當場處罰，若秘密殺害，又那裡會「聞於四鄰諸侯」呢？

晏子的勸諫的原理與技巧在《左傳‧燭之武退秦師》一文中也可獲得印證。秦晉兩個大國一起攻打弱小的鄭國，不論是實際理由「無禮於晉」，還是藉口「貳於楚」，鄭國似無勸晉國退師的可能。面對秦穆公，燭之武倘若苦苦哀求是絕無效用的，因而首先必須先引起秦穆公的注意，他說：「秦晉圍鄭，鄭既知亡矣？若亡鄭而有益於秦，敢以煩執事。」態度不卑不亢，也引起秦穆公的好奇：既然鄭國知道會滅亡，何以會主動的來請我動手？燭之武從四方面來說：一、從秦國的地理位置上來看，要越過晉國而將遠方的鄭國當邊境是困難的。二、就秦國的利益來說，赦免鄭國而讓他當東方道路上的主人，外交使節的往來，可以供應所缺乏的一切，確實有益。三、就秦國的弊害而言，滅掉鄭國，真正得利的是晉國，晉國勢力的增強就是秦國勢力的減弱；再者，晉國既然以鄭爲東邊的國界，如果要拓展西邊的國界，必然會侵佔秦國的土地。四、就秦國的歷史而言，晉惠公曾將焦、瑕二邑許給秦國，結果受恩不報，很快就背叛秦國而修建防禦工事。說之以理，動之以情，誘之以利，喻之以弊，完全站在秦國立場設想，前後九次提到「君」字，似乎句句都是爲秦設想，難怪秦穆公會被說服，不但退秦師，而且派杞子等人助鄭防守。

從燭之武的事例可知，就算是敵對國家的國君，倘若能先引起其好奇心，再站在對方的立場設想分析，事理亦不難使對方接受。有趣的是，在《左傳・燭之武退秦師

》一文中，蹇叔之勸可以與此相對照。蹇叔與穆公同爲秦國人，而燭之武則屬敵方鄭國；其次，蹇叔爲秦國大臣，燭之武爲鄭國小臣（不被鄭文公重用）；再者，蹇叔是秦穆公主動來訪，燭之武是趁半夜縋城出來的。勸的對象同爲秦穆公，所勸之事同爲不要攻打鄭國，照理說蹇叔有更多成功的機會，然而結果卻是秦穆公聽燭之武的話退秦師而不聽蹇叔的話，顯見蹇叔勸諫的技巧實有需要改進之處。當是時，杞子派使者告訴秦穆公，鄭國讓他負責掌管國都北門的鎖鑰，如果能秘密派軍隊前來，可以裡應外合，必然能夠攻下鄭國。秦穆公之所以訪蹇叔是希望得到一些支持，沒想到蹇叔直接就從事理分析告訴秦穆公不可行，這無疑是潑了一盆冷水，穆公如何能理性地接受呢?就算蹇叔的分析面面俱到：一、就客觀事理而言，行軍千里，又經過不少國家，事跡必然敗露。二、就客觀地理而言，殽山是個易於突擊的地方，若有伏兵，必然難逃。三、就鄭國而言，必然會有所防備，恐怕未必攻得下。就晉國而言，必定不會再放棄攻打秦師的機會。　就秦國而言，軍隊千里行軍必然會勞動疲竭，在久攻不下而一無所獲的情況下，戰士會有懊喪怨恨之心。倘若晉國真的出師襲擊，秦師必死於殽。雖然所說之理非常完備而深刻，所喻之弊亦無以復加，而且後來又動之以情，一哭再哭，極力勸諫，秦穆公不但始終未能接受，甚至派人詛咒蹇叔何以不早一點死。

秦穆公對於蹇叔的話難道真的一點都不能理解嗎？其實未必。問題在於能不能接受，既然秦穆公是利慾薰心，蹇叔應先從利上著眼。捨此而不從，又不能站在秦穆公的心情來立論，劈頭就說不可行，無怪乎秦穆公不願意聽了。尤其部隊都已在東門之外集結，打算誓師東征，蹇叔竟然天真的希望可以用哭來打動秦穆公的心，部隊帶要出去，哭已是不吉利，更何況蹇叔又預言軍隊會在殽被消滅，說只能看到軍隊帶出去，看不到他們回來，無疑是大觸霉頭，站在秦穆公立場想一想，難堪加上忿怒，不聽是必然的，且而還換來一陣詛咒。蹇叔勸諫最大的問題在於技巧的缺乏，無法以同理心替所勸的對象設想，就算是哭死了，恐怕也還是沒有用。蹇叔之哭雖然無效，畢竟用心良苦，然而，哭真的一點用都沒有嗎？其實倒也未必。重點還是在技巧，如果能有巧妙的方式，哭還是可以展現效能的，《韓非子・外儲說・左上》中的一則故事可爲例證。晉文公因獲秦穆公之力，得以從秦國返回晉國。當時公子既多，重耳要當晉國國君顯非易事，他的舅舅子犯爲了使他順利成爲國君不但出力最多，有時不得不行詐僞以排除阻礙。晉文公到了黃河邊上發佈一道命令：「籩豆捐之，席蓐捐之！手足胼胝、面目黧黑者後之。」當天晚上，子犯就在半夜痛哭。命令不是晚上下的，何以子犯要在夜裡哭呢？道理不難明白，子犯若以出力最多、居功最偉，加上舅舅的身分，企圖當場阻止晉文公的命令，勢必使晉文公相當難堪，一方面自尊與形象受損，另一方面，成爲國君的第一道命令就不能施行，以後國君的威信何在？文公恐怕未必會聽（〈秦晉殽之戰〉中，子犯請擊秦師，晉文公就未答應）。如果是白天聽到命令就哭，當時人馬衆多，未必能引起注意。因此，子犯聰明地選擇夜哭，在夜深人靜的夜晚，那怕是小聲哭，都足以使人驚動，消息自然傳到文公耳中。以自己的貢獻與身份，文公能返晉國理應歡欣才是，不喜反哭，必會引起晉文公的好奇與注意。避開白天的正面衝突，給文公一段緩衝時間，同時也把主動的勸諫化爲被動的說明，自然更家容易勸得動了。經過夜哭，終於使文公了解籩豆、席蓐這些飲食坐臥的工具不應任意捐棄；同樣地，手足胼胝、面目黧黑這些有功勞的人，也不應對其貢獻視而不見地排在行列之後。文公不但慰留請辭的子犯，而且解左驂盟於黃河。

子犯的「夜哭」表面上是因爲自己有貢獻卻被排在行列之後，不勝其哀而哭，實際上是一種高明的巧。

語言是表情達意的工具，勸諫則是用語言指出人家的缺失而使之同意自己的觀點。勸諫莫難於勸君王，倘若稍有不慎，非但目的無法達成，還可能賠上自己的前程，甚至於身家性命，故而理由須充分，態度宜懇切，語言應委婉。勸諫，如果連足以威脅自家性命的國君都能勸得動，還有什麼對象不能勸的呢？因此，不論老師勸誡學生，同事同學互相規勸，下屬勸諫長官，勸諫顯然並非單純地把話講清楚就可以，其中有一些共同的原理：一、首先應對所勸對象有一基本了解，才能夠選擇勸諫的策略。二、不宜正面衝突，以免對方在怒氣之下，不但不願聽，還將怒氣移到自己身上。三、避開對方情緒激動，爭取緩衝時間，使他可以理性思考。四、應以同理心站在對方立場設想，使他感覺不孤獨而願意接受。五、語言須引起對方的好奇，使他願意聽完所有理由。六、勸諫的方式最好委婉，以免使他難堪；太直切容易使他下不了臺，就算理虧也不願聽。六、勸諫的方向宜從動之以情、說之以理、誘之以利、喻之以弊著手，因所勸對象而彈性運用。晏子、燭之武、子犯勸諫之所以成功，就是因爲他們善用技巧；蹇叔勸諫之所以失敗，並非理由不充足，最重要的是不能善用技巧。勸諫的成功與失敗，影響深遠，其中實有值得我們學習效法與引以爲戒之處。（原載於國文天地十一卷一期）

蔽於情者必動以情

——淺析〈觸讋說趙太后〉的說服術

簡光明

在中國歷史上，春秋戰國是亂世；在中國思想史上，先秦時期卻最具原創性。所謂「國家不幸詩家幸，賦到滄桑語便工」，對於詩人而言，既爲亂世，則國家無法平靖，身家自然難以倖免地要遭到困苦，生命也難以貞定，照理說，這應是詩人的不幸才是，何以會說是「詩家幸」呢？原來詩人經過亂世的磨難，生活顛沛流離，卻反而對生命有更深一層的體會與認識，有生命「滄桑」作為作品的具體內容，發爲語言文字，自然會有使情感自然流露的適當形式；換句話說，亂世提供詩人深刻體會生命的機會，詩人則以敏銳的心靈將感觸形諸文字，終能流傳久遠。詩人如此，思想家又何嘗不也如此？春秋戰國時期確爲諸子提供了體會生命的機會，也替他們提供了發揮才華的舞臺，深刻的思想內容記載在諸子書中，至於精彩的語言表達，則主要記錄在《戰國策》一書中。〈觸讋說趙太后〉無疑是《戰國策》中相當出色的一篇，《古文觀止》中便收錄此文，因此，我們不妨藉此篇來了解戰國時期的「說服術」，亦即如何有技巧地利用語言進行有效的溝通，終而達成目的。

周赧王五十年（公元前二六五年），時當趙惠文王三十三年，惠文王卒。太子丹繼位，是爲孝成王，因年紀尚幼，且缺乏執政的經驗，故由太后掌政。在閼與之戰吃了敗仗的秦國，就乘趙惠文王駕崩、孝成王新立，由威后攝政的虛弱之機會，大舉發兵侵略趙國。趙國向齊國請求救援，齊國表示：「一定要長安君當人質，才肯出兵。」長安君是孝成王的母弟，也是太后的少子，深得寵愛。以母親的身份而言，保護愛子而不讓他擔負任何風險，這是人之常情；然而，做爲一個當權者，太后顯然不應該爲了一己的私情，而棄趙國百姓的安危於不顧，這真是一個兩難的問題。太后畢竟比較重視親情，因而執意不肯讓長安君去齊國當人質。大臣們因不是當事人，較能理性思考，他們想到的是：一旦趙國被攻下，沒有人能夠倖免，長安君安在？又如何面對趙國的人民呢？於是情急之下忘記尊卑之別，紛紛直言勸太后以大局爲重，讓長安君到齊國當人質。太后以一婦人面對清一色的男子們，態度毫不軟化，甚至更爲強硬，明明白白的告訴左右說：「有復言令長安君爲質者，老婦必唾其面。」不以殺頭作威脅，而是以在臉上吐口水爲恫嚇。畢竟大臣們的目的在解除國家危難，且都對國有功，不必以殺頭來恐嚇；再者太后也不是殘暴之人，「唾其面」的羞辱就足以令大臣們知難而退，結束這一場惱人的爭議。

君無戲言，雖然國君是孝成王，但既由太后當權，話說了當然就算數。太后的話幾乎成爲一種「遊戲規則」，亦即企圖說服太后的目的既在使長安君爲質，卻又必須遵守規定，絕不能提到讓長安君爲質，否則不但會自討沒趣，還會遭到唾面的羞辱。切入主題的說明目的，尚且都得不到善意的回應；不能提到目的，如何可能使太后回心轉意呢？這真是難上加難。正因爲非常困難，才能顯出說服者的對於人的了解之深刻；正因爲非常困難，才能突顯說服技巧之高明，竟能不著主題一字，卻環繞著主題而不偏離，終能達到目的。這個人就是觸讋。

左師觸讋說希望見太后。在國家危難這樣的節骨眼上，有人想見太后，除了請她讓長安君去當人質之外，還能有什麼事呢？太后是個聰明人，當然猜得到這一點，於是怒氣沖沖地等待觸讋（盛氣而揖之），盛怒形於顏色的目的當然是想讓觸讋知道她不想聽到長安君的事，以便令觸讋知難而退。觸讋當然也知道太后了解他的企圖，於是他「入而徐趨」。在君王面前，臣子必須「趨」以表示誠惶誠恐，但觸讋的腳不適，走不快，只得慢慢走而仍作出「趨」的樣子，以免失禮，到了太后面前，才道歉地說：

> 老臣病足，曾不能疾走，不得見久矣。竊自恕，而恐太后玉體之有所隙也，故願望見太后。

人在盛怒的情形下是很難有理性的，此時觸讋若直接說明來意，只恐怕三兩句便會被趕出來。因此，不論觸讋的腳是否不舒服，「徐趨」的動作必能吸引太后的注意，一個老人走不快，卻又不得不作出要趨走的樣子，太后看了當會稍覺不忍。道歉是一種低姿態，使太后有好感，不致排斥接下來的談話；道歉同時也是高明的技巧，化解了不知從何說起的尷尬，有了話題。觸讋首先說明來意，不是來勸太后令長安君當人質，只是自己身體不舒服，推己及人，恐怕太后身體也有不舒適的地方，所以來看看。老人的忌諱言「病」，所以觸讋不用「疾」而用「隙」，顯然輕重的分寸拿捏得極好。太后經過前面與大臣的激烈爭論，顯得孤獨無助，且動了怒氣，身體必不舒適，加上擔心國家之險境，更加難過，難得有人會想到自己的健康情形，太后心中感到的溫暖可想而知。然而，太后仍恐觸讋目的不在此，因而只說：「我現在靠輦車代步。」出入既有車，腳也就沒什麼毛病。太后是當權者，是個婦人，也是個老人，婦人一般而言喜歡閒話家常，閒話家常則不離衣食住行，當權者的衣著與居住當然不成問題，對於老人而言，飲食與走路必較可能出狀況，因此，觸讋了解太后走路沒問題後，接著問：「每天的飲食有沒有減少呢？」太后說：「只能喝粥而已。」左師說：「老臣近來非常不想吃東西，因此只得勉強自己每天走三、四里路，如此才稍稍增進一點食慾，這對身體是很有幫助的。」太后說：「我沒有辦法像你這樣。」太后的臉色這時才稍微緩和一些（色稍解）。

從「盛氣而揖之」到「色稍解」，雖然只簡單幾句，太后的臉部表情的變化卻一覽無遺。臉部表情其實正是心情的外現，顯示這時太后的心防已稍放鬆，「稍」字下得甚有意味，畢竟在程度上只是輕微的變化而已，仍不宜切入主題，因此觸讋選擇將太后引入相似情境，希望太后會因相似情境而聯想到自家事情上。觸讋說：

老臣賤息舒棋最少，不肖，而臣衰，竊愛憐之。願令得補黑衣之數，以衛王宮，昧死以聞。

先看看舒棋的情形，因爲「最少」（年紀最小），不知道如何成家立業；因爲「不肖」（沒什麼才能），沒有辦法成家立業。再看看自己的情形，因爲「衰」（身體衰弱），恐怕來不及幫他成家立業；因爲「愛憐」，應當代他成家立業。衛士的責任是是保衛王宮，自然是很危險的，雖然不希望小孩子離開自己，更不希望孩子去從事危險的工作，但既然要幫小孩子打算，就要想長遠一些，因而只得冒死請求太后讓舒棋當衛士。

這一段話將觸讋與太后的情境聯結起來，再貼切不過了。長安君與舒棋都是「最少」且「不肖」，不知亦不能成家立業；而太后與左師都是「衰」而「愛憐之」，應當幫小孩子成家立業，打算得晚些，恐怕便有可能來不及，小孩子的事情未代爲打算好總是放心不下，因此，就算必須遠離自己，也只好忍耐；就算必須冒險，也只得讓他去闖一闖。舒棋去當衛士是如此，長安君去齊國當人質又何嘗不是如此。雖然未提及長安君，言外之意卻已呼之欲出，勸太后應當忍痛讓長安君去當人質的用意也昭然若揭。

不論太后是未及會意，抑或是會意了不說，老年人在有生之年替子女打算的用心實在令任感動，自己不讓長安君當人質的用心不也正是如此，更何況自己尚且不知如何替長安君打算哩！因而太后滿口答應，而且問起舒棋的年紀。畢竟衛士的任務並不輕鬆，年紀過小的少年不適於擔任（否則一旦王宮出事，自顧尚且不暇，何能保衛王室）；衛士出任務常有生命的危險，觸讋平日疼愛少子，必少操練身體。因此，雖然照理說，既已答應，就不必再問年齡，太后之問顯然是出於關愛之情。觸讋回答說：「十五歲了，雖然年紀還小，希望在臣未死之前，將他託付給太后。」十五歲的年紀對於擔任危險任務的衛士而言，顯然是太小了，這對舒棋未免是嚴峻的挑戰，如果還能有所選擇，觸讋必不會使少子冒這樣的危顯；但是自己既已身衰體弱，時日無多，恐怕再不安排會來不及，只得如此了。太后在朝廷之上所見的大臣，多以國家為重，而罕見能重視兒女之情，因而對觸讋竟急於替少子安排以求安心的舉動至為好奇，說

：「男人也疼愛小兒子嗎？」觸龍說：「比女人還要疼愛得厲害些。」太后笑著：「婦人才疼愛得特別厲害呢！」

「笑」是心防撤除的表示，較之「色稍解」又更進一層，已是可以觸及主題的時候了。觸及主題而不能明白說出目的，勢必繞個圈子，但是繞了圈子，聽者常常容易失去耐性，因此話語必須引起對方好奇，使之在好奇心的驅使下願意將話聽完。容易引起好奇的，顯然不是一般的常理，而是違背常理的話，當然，所謂的「違背常理」只是表面上的，背後仍須有一「常理」當依靠才行。觸讋說：「老臣私下認爲太后疼愛燕后遠超過長安君。」這怎麼會呢？且不說中國自古以來重男輕女的傳統觀念，太后爲了顧全長安君的性命，不但不聽大臣們的勸諫，也置國家安危於不顧，如此疼愛幾已無以復加，這是盡人皆知的，怎麼觸讋竟然會以爲太后疼愛燕后遠超過長安君呢？太后必定甚爲好奇，一方面想聽聽觸讋怎麼說，另一方面則急於表白，加以澄清，因此才說：「你錯了，我愛燕后遠不及長安君。」太后至此已跟著觸讋的音樂起舞，觸讋說：

父母之愛子，則為之計深遠。媼之送燕后也，持其踵，為之泣，念悲其遠也；亦哀之矣。已行，非弗思也，祭祀必祝之，祝曰：「必勿使反。」豈非計久長，有子孫相繼為王也哉？

「父母之愛子，則爲之計深遠」是人間的至理，「計深遠」無非是「親情」的具體表現。太后因爲愛女兒，所以當女兒要嫁到燕國去時，想到平日跟在身邊的女兒就要遠離，此去真不知何時才能再見，不免哭泣起來。女兒出嫁了，身邊少了一個最貼近的人，當然會想念；就是在祭祀時，也要請求祖先與神明保佑：「千萬不要讓燕后回來。」照理說，既然想念女兒，去看看女兒，或者叫女兒回娘家就可以了，爲什麼不要讓女兒回來呢？這是因爲古代諸侯的女兒出嫁，只有被廢或國滅，才返回本國，稱爲大歸。「計」之「深遠」或「淺近」，從這裡不難看出來。倘若因爲思念之情，就要女兒回來，則等同於被廢，結果是毀了女兒一生的幸福，這就是「爲之計淺近」；雖然思念，卻寧願想遠一點，請祖先與神明保佑讓女兒不要回來，結果是燕后的子孫可以相繼的繼承王位，這就是「爲之計深遠」。觸讋對於王室應有相當的了解，才能適切地舉例，太后一回想起當時情景，應該會深有感觸，因而對觸讋的講法必然深表贊同。

觸讋一步一步地進入主題，接著問道：「現在看看三世以前，趙王的子孫凡受封爲侯的，他們的子孫還有繼續存在的嗎？」太后說：「沒有。」趙原爲大夫之家，到趙肅侯（簡子襄子）時，趙國開始由大夫之家變成萬乘之國。戰國時期諸國力征，講求的是實際的功勞，大夫之家能變爲萬乘之國，當然不可能只靠血緣關係，因此，趙王的子孫也無法單靠血緣關係就繼續當諸侯，這是普遍的狀況，因此觸讋接著問：「其實不單單是趙國，其他諸侯的子孫被封爲侯的，到今天還有存在的嗎？」太后說：「我沒聽說過。」從《戰國策・齊策・趙威后問齊使》一文中，威后（即本文的太后）問候齊國賢人鍾離子、葉陽子、嬰兒子等人情形看來，惠文王在位時，威后平日即已相當注意各國的狀況，因此，她沒聽說過，實際上幾乎就等於沒有了。這裡已與長安君的狀況作一對比，觸讋繞了一個圈子，勢必再導回正題，我們看看觸讋怎麼說，太后如何回應，以及後來的發展：

（觸讋曰）「此其近者禍及身，遠者及其子孫。豈人主之子孫，則必不善哉？位尊而無功，奉厚而無勞，而挾重器多也。今媼尊長安君之位，而封之以膏腴之地，多予之重器，而不及今令有功於國。一旦山陵崩，長安君何以自託於趙？老臣以媼為長安君計短也；故以為其愛不若燕后。」太后曰：「諾。恣君之所使之。」於是為長安君約車百乘，質於齊，齊兵乃出。

國君的子孫何以不能繼續爲侯呢？難道是國君的遺傳特別不好？當然不是，相反地，所謂「虎父無犬子」，國君的子孫應該更有能力才是，其所以無法繼續封侯是因爲「位尊而無功，奉厚而無勞，而挾重器多」。依賴血緣關係的庇蔭，享有絕對的權利，卻對國家毫無貢獻，這在太平盛世也許還可能；然而，在戰國時期卻必須有真正的實力，對國家有功勞才能繼續爲侯。「父母之愛子，則爲之計深遠」，前舉太后替燕后設想以爲正面的例子，後舉趙國及各國人君的子孫無法繼續爲侯以爲反面的例子，「近者禍及身，遠者及其子孫」就是因爲父母未替子孫計謀深遠導致的後果。從正反兩例回觀現況，現在太后「尊長安君之位，而封之以膏腴之地，多予之重器」，前提與條件剛剛好與反例完全相合，推出的結果自然就是：「近者禍及身」（長安君因對國家無功將來難以繼續爲侯），「遠者及其子孫」（長安君的子孫無法繼續爲侯）（註九）。因此，最好的辦法就是現在讓長安君對國家有功勞，否則一旦太后崩逝，長安君必然無法在趙國立足。最後，觸讋歸結到前面的論題：太后替長安君謀計淺短，而替燕后規劃深遠，因此愛長安君不如燕后。太后是個理智的人，前面的盛怒顯然是蔽親情之故，在冷靜的思考權衡下，對於觸讋的話心領神會，於是答應讓長安君當人質，齊國果然依照原來的約定派兵支援趙國。

非常有趣的是：觸讋在整個論說過程中，從未提及令長安君爲質，只是環繞著相似情境，使太后自然聯想到自家身上；就算回歸主題時，也只說尊位、封地、重器都不如對國家有功，最後甚至未提出讓長安君爲質的要求。太后聽完話卻直接就說：「諾。恣君之所使之。」觸讋表面上並未提出要求，實際上卻有其企圖，太后能聽出言外之意，因此答應，但是太后不明說「令長安君爲質」，卻說「恣君之所使之」，兩者實有異曲同工之妙。在趙國危難的當時，長安君要「有功於國」，當人質顯然是不二門路；「恣君之所使之」表面上雖有各種可能，實際上卻只有令長安君爲質的惟一可能。觸讋不說，太后心領神會；太后不說，觸讋一樣了解。他們爲什麼都不提及「令長安君爲質」呢？其實道理不難理解，太后早先就說「有復言令長安君爲質者，老婦必唾其面」，君無戲言，因此，觸讋不直言「令長安君爲質」是爲了避免被「唾其面」；太后既令人不得復言「令長安君爲質」，自己當然更不應提及，「恣君之所使之」既顯得無奈，更可當作下臺階。

《戰國策》在「齊兵乃出」之後，安排趙國賢士子義對觸讋說趙太后一事的評論，他說：

> 人主之子也，骨肉之親也，猶不能恃無功之尊，無勞之奉，而守金玉之重也；而況人臣乎？

子義話中的道理觸讋早已言之，在戰國時期，要有尊位、厚奉、寶器，光憑血緣關係是無法長久的，最好的辦法就是替國家建立功業，倘若人君之子尚且如此，爲人臣者當然更要義無反顧地爲國奉獻，如果人人爲國建功，國家自然強盛。這顯然是站在國君的立場來說教。子義的評論與觸讋的道理是相同的，然而再好的道理如果表達得不好，恐怕未必能真正有效，因此我們不妨從另一個角度來分析這一事件，亦即：如何表達才能使道理發揮真正的效用？也就是遊說的技巧問題。

遊說或勸諫之道不外乎動之以情，說之以理，誘之以利，喻之以弊。綜觀觸讋的遊說，我們發現觸讋最成功之處在於首先找出問題的關鍵，亦即太后堅持不讓長安君當人質的盲點，太后是一個理智的人，同時也是個重親情的人，因顧及長安君的安危而忽略國家安危，蔽於親情必動以親情，因此在策略上，觸讋的遊說以「動之以情」爲主。先問候飲食起居，使太后感到溫馨，怒氣及心防稍有鬆懈；又以己爲例，用自己時日無多，急於替少子舒棋謀計深遠，觸動太后的心，使太后怒氣全消而有笑容（舉燕后爲例，用意亦同）。人一動怒氣就難以理性思考，觸讋等太后怒氣全消能夠冷靜思考後，再「說之以理」，道理仍是親情上的至理：「父母之愛子，則爲之計深遠」，以燕后與趙王之子孫當正反面的例子，例子中自然兼含利弊。遵從至理則有利，令有功於國就是替長安君設計深遠，當人質即爲建功的最佳途徑，這就是「誘之以利」，其利則爲子孫可以相繼爲侯，一如燕后之子孫可以相繼爲王；違背至理則有弊，不使長安君爲質就是不替長安君設計深遠，如此一來則對國家無功，雖有血緣觀係，卻未能長久擁有尊位、厚奉、重器，這就是「喻之以弊」，其弊則爲子孫不能相繼爲侯，一如趙國的諸侯之子孫無法相繼爲侯。

在太后「有復言令長安君爲質者，老婦必唾其面」的遊戲規則之下，竟能將動之以情，說之以理，誘之以利，喻之以弊四項原則運用自如，終於能不提及「令長安君爲質者」，而卻令長安君爲質，這正是觸讋說服術最高明之處。空有道理，若不能服人，有時不免成爲無用之理，如何將道理恰當的傳達，於此，觸讋高超的說服技巧實有值得我們學習效法之處。（原載於《國語文教育通訊》十三期，民國八十六年一月）

狡兔三窟

——從〈馮諼客孟嘗君〉看人物形象設計及其行為背後的心理

方靜娟

戰國時代，諸子備出，思想崢嶸，導致縱橫人才四起，一部《戰國策》，記載了多少風流人物，其中《馮諼客孟嘗君》一文，故事情節的構築高潮迭起，人物行爲、性格的刻劃，令人拍案！作者對於馮諼此一角色形象塑造之用心，尤其使人印象深刻。

依其故事情節的發展，全文內容可分爲三大段及一小段結語，由第一段對馮諼此人的極盡貶抑，至第二段的人物形象逆轉，到第三段突顯馮諼的智謀及遠慮，再由最後小結正面肯定了馮諼的價值及功勞，作者可謂步步為營，成功的塑造了馮諼的形象，讓讀者在讚嘆馮諼的厲害謀略之餘，不禁也折服於作者經營人物形象的高超技巧！

壹、馮諼的形象設計

一、極盡貶抑的負面描繪

第一段作者對於馮諼的描述，可謂極盡貶抑，讓讀者閱讀後不禁產生疑問？如此的負面人物，怎會有人爲之立傳，並以之爲主角？且看作者如何描繪馮諼：

1. 不事生產的寄居者

一開始對於馮諼的介紹，作者是這麼說的——「貧乏不能自存，使人屬孟嘗君，願寄食門下」，由這番話，讀者已對馮諼有了一個粗淺的印象——不單貧窮，而且是沒法子養活自己、須寄食於他人的平庸之人；接下來他又自言「無好」、「無能」，如此一來，讀者更認定他是一個「不事生產的寄居者」。

2. 死皮賴臉的需索者

由文章一開始的介紹，讀者對於馮諼已不具好感，而接著作者對馮諼的描述——一而再、再而三的「倚柱彈其劍」，高唱「長鋏歸來乎」，不斷的要求孟嘗君給予優渥的待遇，更讓讀者對馮諼「死皮賴臉」的需索行爲嗤之以鼻！

3.吹噓誇大的炫耀者

當馮諼的一些要求得到滿足之後，他便「乘其車，揭其劍」，到處向朋友宣傳、吹噓孟嘗君優待他的事實。正所謂無功不受祿，馮諼不僅堂而皇之的以無才者的身份進住孟嘗君家，還三番兩次的彈鋏高歌，後來更大張其鼓的到處炫耀他的待遇，如此的行爲表現，簡直讓讀者想掩卷抗議了！

二、形象逆轉的市義行為

由第一段對馮諼其人的貶抑，第二段的情節發展是令人跌破眼鏡，讓讀者對馮諼的印象生一百八十度的轉變！

當孟嘗君欲徵求會計人才前往薛地收取借貸給百姓的利息時，看似一無是處的馮諼竟自願前往，令孟嘗君及讀者大爲驚訝！原來他仍具有一技之長。而在薛地的收債過程中，他假造命令，將百姓所有的債劵一把火焚燒掉的行爲，不僅使得有寬大雅量的孟嘗君須強忍不悅，連讀者都會覺得馮諼太過一意孤行了！但經由馮諼對孟嘗君的解釋，讀者對於此「市義」之舉，想必鼓掌稱好。而直至孟嘗君被貶，當他灰心的回到薛地，卻見薛地人民夾道歡迎，至此讀者才恍然大悟馮諼「焚券」的真正用意，不禁爲他的深謀遠慮喝采！

情節發展至此，讀者對於馮諼的印象已完全改觀，他非但深具謀略，而且眼光長遠，能見人所不能見、慮人所無法慮的未來，直是人間奇才！

三、謀慮深遠的營窟行動

由在薛地買義的行爲，讀者已見識到馮諼的智謀，而作者並不就此停筆，反而繼續推進，更一步步的突顯馮諼的不凡處。薛地買義的行爲，不過是馮諼的牛刀小試，只能暫時解孟嘗君目前的燃眉之急，馮諼所考慮的是孟嘗君的長遠未來。

首先得先恢復孟嘗君在齊國的地位，正所謂「他山之石，可以爲錯」，所以馮諼前往遊說梁惠王聘孟嘗君爲相，此舉引起齊國君臣的恐慌，因孟嘗君若真前往梁國爲相，會帶給齊國相當大的威脅：其一是孟嘗君畢竟曾爲齊國之相，深諳齊國大小內政，若前往梁國，齊國的秘密無異是赤裸裸呈現於梁王面前，予梁國可趁之機；其二，孟嘗君無端被罷相，安知他不會挾怨報復，藉梁國之力以攻齊呢？其三，孟嘗君畢竟是個人才，兼以食客眾多，國際間的知名度又高，若一同前往梁國效力，梁王無異是如虎添翼，爲齊國多製造了一個強敵！基於上述因素，齊王也只能放下身段，修書向孟嘗君賠不是，並迎孟嘗君回齊爲相，完成第二窟的行動。

雖然第二窟修鑿已成，但「伴君如伴虎」，今日齊王可以「莫須有」的罪名罷免孟嘗君，以後這種情況仍可能發生，因此爲了預防萬一，馮諼提議「願請先王之祭器，立宗廟於薛」，國家祭祀用的禮器及供奉歷代祖先的宗廟都在薛地，齊王再無道，也不敢對祖先大逆不道，對孟嘗君及薛地有所不敬。至此，三窟完成，而孟嘗君也果真高枕無憂幾十年。

根據情節的鋪排，讀者對於馮諼的智慧定是大爲折服，而第一段的負面形象已不復存在，有的只是一再的驚嘆及拍案叫絕！

貳、馮諼行為的心理探析

順著故事情節的發展，本文作者對於馮諼此一人物的經營的苦心昭然可見，但若再仔細予以深入探討，不禁會質疑作者何以一開始安排馮諼自言「無好」、「無能」？試想，在當時縱橫人才四起的時代環境中，每個縱橫家都極欲突顯自己之才以求聞達於諸侯（如毛遂之自薦於平原君），如今馮諼既有求於孟嘗君（欲寄食門下），該是極力表現自己，力求孟嘗君的注意與重視，如此才會有出頭的機會，但馮諼卻反其道而行？尤其從他營造「三窟」的行爲看來，他並非真如一開始所呈現的是個一無是處、死皮賴臉的寄居者，反而是位高瞻遠矚的謀略者，馮諼如此的自我貶抑，其背後所隱藏的深層心理，頗堪玩味！

一、測試孟嘗君的度量

戰國四公子，各養食客數千，而孟嘗君更以愛才、納才名聞當時，馮諼此舉，或許是想爲了測試孟嘗君是否真的人如其名？若孟嘗君真因他的片面自貶之辭而不理會他，足見孟嘗君也不過是位膚淺之人，不值得爲他效力。

二、引起孟嘗君的注意

一般食客之引薦於孟嘗君，想必都是極力誇耀自己的才華，陳腔舊調、老生常談，孟嘗君當不甚予以注意；而馮諼自貶身價及無賴需索的另類作法，或許真能異軍突起，吸引孟嘗君的特別注意。

三、避免其他食客嫉才

人是自私的，通常爲了一己的利益往往勾心鬥角、彼此猜忌，或許馮諼不想淌入這些爭鬥之中，貶抑自己，藉以減低別的食客的注意力，爲自己謀得一份清閒。

四、不願把話說得太滿

真正的才能之士，是不會隨意誇耀自己的才能的，所以馮諼之前的表現可視爲一種謙虛的表現；再者，也或許他對自己未來究竟能贏得孟嘗君的多少信任、能有多大的表現等，不敢太過自負，因此他不願把話說得太滿，以免屆時食言而肥！

由以上之分析，或許可以一窺馮諼那些一反常態的自我貶抑行爲背後的心理因素。另外，對於作者安排馮諼在得到上等賓客的待遇之後，便「乘其車，揭其劍，過其友，曰：『孟嘗君客我！』」的舉動，我們可以推測馮諼此舉的動機或許也是別有涵意的，正如侯嬴之於信陵君，以傲慢、失禮的態度及行爲來襯托信陵君的謙虛及寬大，馮諼這種自我吹噓的行爲，目的應在於宣傳孟嘗君禮遇門下食客的名聲，以打開孟嘗君的知名度。

〈馮諼客孟嘗君〉雖只是《戰國策》中的一篇散文，但其生動的人物形象刻劃、緊湊的情節營造、精彩的對話運用及細膩的心理呈現，可以視之爲一篇完美的小說作品；而其曲折的戲劇張力，更能編寫成一部精彩的戲劇作品，其中內容，著實值得讀者細細咀嚼。（原載於中國語文第五一三期）

從〈馮諼客孟嘗君〉一文看戰國之士

傅正玲

周文化崩毀，原本穩定的社會結構也隨之解體，在整個解構的過程中，釋放出來且最富生機的一股力量，即是「士」這個新興的階層。「士」介於平民與貴族之間，既不屬於一個特定的經濟階級，亦未能享有政治結構上可因襲的權位，這樣的背景使他們成為所謂的「遊士」。他們大多周遊列國，在戰國群雄紛擾的勢力消長中，一言足以安邦亦可興戎的遊士們，常是隱身其中的主導者。

〈戰國策〉這一本書中正是記載著戰國之士各顯精彩的言辭與身段，全書洋溢著這一批知識份子任才使智的鋒芒。和後代的士族相比較，他們顯得更具有獨立性與自信。他們不依附於某種經濟條件與政治地位，而以精神上的自覺、學識上的才智挺立他們的尊貴性。在精神上以人格的獨立而可與君王對列，在學識上因其關懷擴及整個社會而發展出一套治國的觀點。

戰國之士既沒有盡忠於某一國君的意識型態，也不以尊卑來看待君臣的關係，如〈戰國策〉中有一則記載：齊宣王召見處士顏斶，命令他前來，顏斶也命令王前來，齊宣王厲聲問道：士尊貴還是王尊貴？顏斶說：士尊貴，王並不尊貴。因爲自古以來的君王，沒有不禮賢下士而能使國家得治的。戰國之士因對自身的份位明白，故而能昂然挺立，自尊與自信也使他們的行徑處處流露出獨特的性情。

〈馮諼客孟嘗君〉一文先點出馮諼「不能自存」的現實窘境，他因而寄食在孟嘗君的門下。當孟嘗君問：「客何好？」「客何能？」時，他也以「客」自稱，直接地回答無好無能，遂被安置在最下等的食客中。馮諼不以某一專能來謀食，又不肯屈就於草食之具，都顯見其對自身的肯定。孟嘗君的門下食客分成三等，上等者食魚居車，馮諼不僅是要位於上等而已，他一次又一次的彈鋏歌歸，當有魚有車之後，更要求安頓家人，直到孟嘗君派人供應他的老母食用所需，他才「不復歌」。

文章中以對比性的筆法來突顯馮諼特異的行止，孟嘗君與其他門客對馮諼一而再、再而三的彈鋏而歌有不同的反應，孟嘗君自始至終都依其所求，似乎不是對馮諼另眼相看（戰國策此處與史記的著眼點不同）而是因他欲藉禮賢之名以自高。當他聽到馮諼有「無以爲家」之歎，立即問：「馮公有親乎？」並使人給其食用，這和其他門客的厭惡情緒相比較，有很大的落差。其他門客對馮諼先是笑之，而後惡之，「以爲貪而不知足」，之所以厭惡馮諼，正在於馮諼提出了他們不敢（或者不知）提出的要求。一般人依靠孟嘗君謀食，聽其安排分等；誰有自信的人，才能向環境爭取合理的對待。馮諼依其對自身份位的認定，主動改變孟嘗君養士而不知士之尊貴的對待。從獨立的人格發出聲音，去改變由上而下的規制，以求得合理的對待，無疑是一個知識份子參與人世頗可貴的一份精神。

孟嘗君號稱「食客三千」，但多是雞鳴狗盜之輩，這和他養士的態度相關；而像馮諼這戰國之士已屬難得，但在馮諼獲利上等之後，立刻「乘其車，揭其劍，過其友」，流露出十足的得意之色，和後代的士族相比，少了一份因品格操守而來的謙遜自抑，而多是氣性的揮灑。

〈戰國策〉記載各國遊士的事跡，焦點放在遊士與王君之間的對話，主要是從言辭的往來問對中突顯遊士們的才德與智慧，而在作事件的描述時，也常以省略主詞的對話來進行，使文章呈現一種明快的節奏感。在這一篇文章中，馮諼爲孟嘗君到薛地收債一段，即是用簡潔的對話來對比馮諼不同於孟嘗君的關懷。

孟嘗君襲有薛地，卻以地主的心態，放債於民以取得息錢，馮諼藉著爲他收債於薛的機會，「以債賜諸民，因燒其卷，民稱萬歲。」改變了孟嘗君與薛民之間的關係，債主與債戶的關係是建立在現實的利害上，君臣的關係則須是建立在仁義上，這就是所謂的「市義」。馮諼刻意在臨行前先問孟嘗君：「何市而返？」以孟嘗君好名而不務實的性格，遂回答：「視吾家所寡有者。」所以當馮諼一大早從薛地回來，告訴孟嘗君他家「宮中積珍寶，狗馬實外廄，美人充下陳」什麼都不缺，只缺了一個「義」字時，孟嘗君雖然不悅但也無話可說。這段文字中除了顯示言辭的機巧，其實更直接彰明孟嘗君著眼於利害，與馮諼著眼於仁義的不同。戰國時期的王君常以利害的觀點治國，梁惠王見孟子時即問：「有利於吾國乎？」孟子要特別指出：「王何必曰利，亦有仁義而以矣。」正是治國之道不在利害相交，唯有仁義才能穩立君民的關係。

一年之後，孟嘗君失勢，齊宣王罷其相位，原先的三千食客一哄而散，薛地的百姓卻是「扶老攜幼，迎君道中」，冷暖之間，孟嘗君體會到馮諼所爲他買的「義」。文章至此，藉著馮諼爲孟嘗君「復鑿二窟」，密集地彰顯出馮諼這個人的智慧。他先利用梁惠王來營造孟嘗君的國際聲勢，當梁國的使臣三次往返，重金禮聘孟嘗君不成，齊國君臣聞之而懼，立即請回孟嘗君，復其相位。其中權謀的運用，在於馮諼能掌握人性的弱點，梁惠王因一心求富強，渴望與大國並列，遂被馮諼所利用；齊王則因剛掌有政權，自信不足，所以也立刻請回孟嘗君。馮諼更利用孟嘗君受到重視的時機，請立宗廟於薛，如此一來，原先不受重視的薛地，便成爲齊國的重地了，這即是狡兔的第三窟。

〈馮諼客孟嘗君〉一文乃以突顯馮諼這個人物爲主，可視爲傳狀類，而從馮諼的「不能自存」，到「孟嘗君爲相數十年，無纖介之禍，馮諼之計也。」當中馮諼的精采，乃逐步流露，充滿了戲劇的張力。而其中鮮明的人物形象，巧妙的情節設計，及生動的言辭對應，都使人感受到當時戰國之士的機巧。（原載於中國語文第四七三期）

漢魏晉南北朝

從〈垓下之圍〉談項羽的命運感受

傅正玲

司馬遷著筆《史記》，乃以人物作爲歷史的中心，透過個人的遭遇，清楚地呈現由性格與時代環境所鋪陳的命運軌跡。「命運」橫掃一切人物，而人也在命運的無情中，彰顯人性的特質。一切散落的事件，透過人性的反應，而找到串連的線索，也對後世的人，充滿啓發性。

〈項羽本紀〉中鋪陳項羽叱吒風雲的一生，其中最生動的部分，即是司馬遷透過許多事件的抉擇與面對方式，來顯現項羽獨特的性格。項羽以其性格稱霸天下，亦以其性格自刎烏江，在〈垓下之圍〉一段終結項羽一生，使讀者清楚地感受到項羽人生的悲劇性。

〈垓下之圍〉從項羽獨對四面楚歌的失敗命運寫起，到親領二十八騎出入漢軍重圍，收束於項羽放棄東渡的機會而自刎烏江。一路寫來，司馬遷一次次將項羽被逼臨絕路的處境點出，也一層層剝落項羽屬於霸王的外在形象，使他在命運之前，一步步體認生命的本來面目。〈垓下之圍〉以層次分明的結構，彰顯項羽在這過程中的心境轉化，十分鮮明。

首先，司馬遷寫出項羽置身於兵少食盡，四面皆楚歌的絕境中，而將他猛然警覺到失敗命運的悽惶心情生動的刻畫出來。深夜飲於帳中，四下沈寂，眼前所見的，不再是天下功業，而是左右相隨的摯愛，「有美人名虞，常幸從；駿馬名騅，常騎之。」項王乃悲歌慷慨：「力拔山兮氣蓋世，時不利兮騅不逝，騅不逝兮可奈何！虞兮虞兮奈若何！」失敗的悲哀不由自身的危困而來，反而從美人駿馬的不能安頓興起，正是項羽被後代評其「兒女情長，英雄氣短」之所在，然而，其中使人感受到的不僅是英雄失路，托身無所的無奈，亦照見項羽隱隱流露的仁愛性格。

由個人勇悍之力所塑造的霸王形象，在「時不利兮」的無情命運之前，更加突顯其剎時毀滅消散的悲劇性，「可奈何！」「奈若何！」的歌聲中，項羽當下感受到的是「力」「氣」終究不足以憑恃，這一份感受，使他解除了因失敗而來的惶亂，代之而起的心情是不能護衛所愛的慚愧與無奈，「項王泣數行下，左右皆泣，莫能仰視。

文章接下來便是項羽潰圍馳走的場景，表現出項羽從容不懼的行徑，和前一場景的哀淒相比，是另一番精神的表現。爲何項羽突然有此轉變？〈垓下之圍〉一篇文字中並未點明，不知「美人和之」一幕，是否可視爲關鍵？據「楚漢春秋」所載，虞美人和曰：「漢兵已略地，四面楚歌聲。大王意氣盡，賤妾何聊生！」歌罷自刎於劍下。這一幕「霸王別姬」是平劇中被一演再演的戲碼，其中突顯的正是虞姬的精神。表面上是虞美人對項王英雄氣盡，無以依靠的嘆辭，但其「從一而終」的自刎舉動裡，又無疑是一種提醒，賤妾所依恃生存的，並不是悍人的氣勢，而是大王的意志，就如同一位英雄所憑藉的並不是拔山之力，而是昂揚剛健的意志。

項羽率領部屬潰圍斬將，在「漢騎追者數千人，自度不得脫」之際，仍能挺立不屈，所呈現的便是一份視死若生的英雄意志。就誠如項王謂其騎曰：「吾起兵至今八歲矣。身七十餘戰，所當者破，所擊者服，未嘗敗北，遂霸有天下。然今卒困於此。此天之亡我，非戰之罪也。」項羽帶領二十八騎，佈陣、潰圍、斬將、刈旗，指揮若定，充分表現臨難不懼的勇者形象，如此作爲，乃要向其部屬證明，「此天之亡我，非戰之罪」，不僅要讓忠心追隨的二十八騎能坦然赴死，死而無悔，更要彰顯英雄的生命，不藉由成敗斷定，而是由超越成敗之外，不受成敗擺佈的意志決定。命運無可奈何，「此天之亡我」，這是人不能作主的，但並不因此而否定生命的尊貴，生命的尊貴由我作主，英雄的自我意志由我作主。「非戰之罪」，便是項羽在命運之外，以人的自主性意志，與命運相對的態度。如此，人便因命運的壓迫，更激發出堅強獨立的心靈，失敗的結局，使悲劇形象更具有英勇的莊嚴感。

「於是項王乃東渡烏江」，司馬遷又從此句開啓了另一種精神層次的項羽，烏江亭長準備好船隻，只等待項王東渡回到故里。形勢一下和緩下來，之前漢軍圍殺的艱險場面暫時退去。然而，項王就在可渡、可不渡的結局裡，撰擇了「不渡烏江」，之前失敗的命運是不可迴避的，然而，就在可以迴避的時刻，他選擇了失敗。烏江亭長的一席話，彷彿正為項羽的人生勾畫一個句點：「江東雖小，地方千里，眾數十萬人，亦足王也。」人生又走回了起點，當年帶領八千子弟渡江而西，身經七十餘戰，末了，又是江東之地。「亦足王也」一語，使項羽八年的爭戰奮鬥成了一場笑話。人生因功業名位的執著而來的奮鬥，走到頭，竟是荒謬而虛幻，還要繼續走下去嗎？項羽至此乃釋然一笑了，項王笑曰：「天之亡我，我何渡為！」既是天意，既是天與「我」的一場對立，何不就由「我」來成全天意，成全天意便成了項羽的最後天命了。原來自視爲「力拔山兮氣蓋世」的唯我獨尊，不過是「霸王」的假象；原來執著「非戰之罪」的自我意志，不過是「英雄」的幻影，「霸王」也罷，「英雄」也罷，都仍在自設的毀譽得失之傾軋中，放下「我」，也就放下了得失，也就無得無失了，於此，既無攀緣，亦了牽掛，心靈才真正擁有了自由，生命才真正完整圓滿。

放下「我」，流露的便是渾然的仁愛之心，項羽念及的是江東父老痛失子弟的悲傷，「今無一人還」「我何面目見之」之語，都是項羽感同身受的心情。接下來，是對烏騅馬的「不忍殺之」，而送予了烏江亭長。

項羽令騎士皆下馬步行，已是準備接受死亡的儀式了，而在漢軍追殺中，顧見曾是部屬的呂馬童，項羽所思及的僅僅是「故人」的關係，因成敗的在乎而來的敵我對立已然消泯，末了，「吾爲若德」，「乃自刎而死」，都是安詳而從容的腳步了。

從「時不利兮騅不逝」的悲愴，到「此天之亡我，非戰之罪」的英雄意志，及最後「天之亡我，我何渡爲？」的釋懷一笑，我們看到項羽在命運之前，一步步的體認，也看到從霸王到英雄，而又超越英雄形象的自由心靈。（原載於中國語文第四五七期）

問世間情為何物，直教人生死相許

——我看〈韓憑夫婦〉

方靜娟

魏晉南北朝時期，神仙鬼怪、宗教靈異、談論人文地理的文字盛行，蔚爲風氣，形成獨特文類，稱之「筆記體志怪小說」，而晉干寶所著之《搜神記》，旨在「明神道之不誣」（見《搜神記》序），以較完整的結構及生動的描述，成爲魏晉南北朝志怪小說的翹楚。其中〈韓憑夫婦〉故事的描寫，人物刻畫生動、情節結構鋪排合宜，內容十分精彩。

〈韓憑夫婦〉寫戰國時期，韓憑之妻何氏因美貌而爲宋康王所奪，後韓憑、何氏以死明志，死後二人墓冢並各長出大梓木，彼此互相盤錯，象徵生死不渝！梓木上也出現一對鴛鴦悲鳴，人們以爲即爲韓憑夫婦之精魂。淒美的愛情配合上神話色彩濃厚的結局，讓這則故事傳誦千古。

在這則故事中，除了歌詠愛情的堅貞外，在短短的文字當中，也突顯了三位人物的鮮明形象---韓憑、何氏、宋康王。

一、韓憑

對於執政者的強勢作爲，古代的人民往往敢怒而不敢言，隱忍苟活；韓憑則不然，當他的妻子何氏爲康王所奪，在強權之下，他表達了他的憤怒，導至康王惱羞成怒，不僅囚禁了韓憑，甚至以莫須有的罪名加以懲處——論（判罪）爲城旦，白天防戍，夜晚築城，康王或許想藉此苦役折磨韓憑，期使韓憑因此而退縮放棄。不想韓憑不但沒有退縮，當他接獲妻子何氏秘密送達、決定以死明志的書信時，他不久後也以自殺殉情，最後其魂魄更化爲梓木及鴛鴦，以示對愛情的執著，或許，也藉此表達了他對康王的抗議。

就古時男子可以三妻四妾的父權社會體制下，韓憑執著於他妻子的決心可謂十分罕見的；兼之韓憑身為康王「舍人」，只要他願意，康王當會許以其他女子，或者，他也可藉此平步青雲。但在這篇故事中，韓憑以憤怒、以自殺、以死後魂魄化為梓木及鴛鴦的種種方式，表達了他不畏強權的決心；對何氏，他也展現了對愛情及對婚姻的堅持。在眾多描述男子負心的文學作品中，韓憑的專情及癡心，令人動容。

二、何氏

在此則故事中，干寶對何氏形象的塑造十分用心，兼具了外表的美貌及內涵智慧和堅貞節烈的性格。

㈠出眾的外表：

關於她的外貌，干寶雖惜墨如金的僅以一「美」字概括之，但從坐擁後宮美女如雲的康王，卻垂涎於她的美色而奪之的行為來看，可知她當具有迷倒眾生的傾城之貌。

(二)不凡的聰明才智：

對於何氏的聰明才智，干寶倒是不吝筆墨的加以刻畫。首先是何氏被康王奪後，爲表明心跡，「密遺憑書，繆其辭曰：『其雨淫淫，河大水深，日出當心。』」，她十分明白自己處在康王的勢力範圍之下，到處都是康王的眼線，因此她只能偷偷的以暗語的方式與韓憑互通信息，表白自己的決心，如此一來，就算信件爲他人所劫，也無從得知她的用意。在這封短短十二個字的文字當中，卻充滿了象徵、譬喻，既表達了她對韓憑的相思之情，也展現了她殉死的決心，足見何氏不凡的才學智慧。

只是，她的用心最後仍被康王的臣子蘇賀破解，如此一來，康王勢必會對她「嚴加看管」，在這種情形之下，她只好「陰腐其衣」，以時間換取時機，私下偷偷的破壞衣服的強韌度，等待時機一到，便投臺而下，就算左右大臣想加以攔阻，也會因事出突然而愣住、耽擱，待他們回神，人已躍下，衣服質地也已腐朽，想抓也無能爲力了。何氏心思之細，令人佩服！

(三)堅定的決心及毅力：

一般而言，自殺通常緣於一時的衝動及當下的決心，一旦經過時間的沖刷，

「死」的決心及衝動往往會慢慢消除，但何氏不然，從她以書信明志、經過「陰腐其衣」的過程，一直待到「王與之登臺」這個機會，必定等了一段相當長的時間，而在這段時間內，康王當是對她百般討好，左右也定時時勸解，兩相夾攻之下，她最後仍選擇自殺一途，其決心及毅力，不可謂不強！

㈣對情的堅貞：

當何氏以死來表明她對愛情的執著之後，仍不忘以遺書請求康王「願以屍骨賜憑合葬」，而當康王不想完成她的遺志時，她的魂魄竟也感動天地，數日之間，自墳墓一端長出大梓木，以盤錯相交的根枝，與韓憑墓上的梓木互相交錯，代表著她想與夫君同塚的決心，並與韓憑化作一對鴛鴦，時時交頸悲鳴於梓木上。生不能同在一起，死後魂魄化爲異物，仍堅持永遠廝守，何氏對情的執著及堅貞，著實令人感動！

三、宋康王

康王在這則故事中，是爲一極端的負面人物，雖是如此，他所呈現出來的性格特色，卻仍極爲鮮明！

康王爲貪圖何氏的美貌，竟罔顧人倫，仗著權勢強搶人妻，他的形象突顯了不合理、自私的、殘暴的強權體制，在國君專權的封建制度下，他享有無上的權力，斯土斯民，莫不是他的財產，他可以爲所欲爲！因此當韓憑夫婦紛紛以自殺表態，並留下遺願希望合葬時，他竟惱羞成怒，刻意的使二人的墳塚遙遙相望，並嚴苛的說道：「爾夫婦愛不已，若能使冢合，則吾弗阻也。」他的無理、他的蠻橫，著實令人齒冷！

〈韓憑夫婦〉的故事不長，但其簡煉的文辭、鮮明的人物形象、生動的故事情節，深刻的歌詠了愛情的力量及偉大！也難怪從古至今，愛情會成爲文人雅士爭相取用的題材，也成爲男女之間不解的習題！（原載於中國語文五〇一期）

〈陌上桑〉、〈羽林郎〉二詩之女主角形象比較

方靜娟

〈陌上桑〉（日出東南隅，照我秦氏樓……）及辛延年的〈羽林郎〉（昔有霍家奴，姓馮名子都……），兩首不同作者、不同角色的詩歌，卻呈現了相同的社會問題——在強權威勢的欺淩下，女性尊嚴被踐踏的事實；並由此突顯了兩位才貌兼具的女子。

〈陌上桑〉中的羅敷，〈羽林郎〉裡的胡姬，雖是不同詩作中的角色，但在其形象的塑造上，卻出現了異曲同工之妙，以下就兩首詩中對於兩位女主角外型的描繪、性格的刻劃等方面來加以探討。

壹、外型的描繪：

這兩首詩同樣的都無直接描繪女主角的長相，因此讀者無法從詩作中確切的知道她二人到底是何模樣？但卻可以肯定的是，這兩位女子都是美女，且看作者如何舞弄其巧筆來讓讀者領會二人之美？

一、穿著打扮：

在〈陌上桑〉第一段中，作者先以第三者的旁白中引出羅敷的美是眾所皆知的：「秦氏有好女，自名爲羅敷。」讓讀者興起了強烈的好奇心：「到底她多美？」但接下來，作者卻不正面交代出羅敷的長相，反而費了不少筆墨，細細的勾勒出她的穿著打扮，並藉由其穿著打扮突顯出羅敷亮麗的外型，且看作者如何描繪羅敷：

> 青絲為籠系，桂枝為籠鉤。頭上倭墮髻，耳中明月珠。緗綺為下裙，紫綺為上襦。

對於外在物品（竹籠）裝飾的講究，可見出羅敷的慧心；再加上流行的髮型、耀眼的耳飾、鮮明的穿著，至此，作者已然勾勒出一位搶眼明亮的女子形象了。

辛延年對於胡姬穿著打扮的描寫，不僅寫出了令人目眩的搭配，更誇飾了胡姬家境的富裕：

長裾連理帶，廣袖合歡襦。頭上藍田玉，耳後大秦珠。兩鬟何窈窕，一世良所無。一鬟五百萬，兩鬟千萬餘。

時髦的穿著搭配著顯眼的藍田玉、大秦珠，已讓人眼睛爲之一亮！再加裝飾於髮上價値千萬餘的飾品，胡姬的穿著打扮，著實使人驚豔！

二、他人的反應：

只有著搶眼明亮的穿著打扮，是不能滿足讀者對於美女標準的要求的，因此，兩位作者更進一步的透過他人的反應來烘托出她們的美麗，先看在當時的人眼中，羅敷究竟出色不出色？

行者見羅敷，下擔捋髭鬚。少年見羅敷，脫帽著帩頭。耕者忘其犁，鋤者忘其鋤。來歸相怨怒，但坐觀羅敷。

無論是路上的行人或是年輕人見了羅敷，震懾於她的美，所以下意識的整理自己的服裝儀容；正在田裡工作的農人見了羅敷，也都被她的美吸引得忘了手邊的工作，以致回到家後只能互相懊惱，因爲貪看羅敷的美而耽誤了工作。由這些人的舉止反應，儘管讀者並未明確的見識到羅敷的美貌，卻也能清楚的知道，羅敷在當時人的眼裡，確實是一位令人摒息的美人了！

而美麗的女子總是受人矚目的，所以羅敷的美貌引來了使君的注意：

> 使君從南來，五馬立踟躕。使君遣吏往，問是誰家姝……使君謝羅敷，寧可共載不？

駕著五匹馬所拉的馬車，想來使君該有著不低的身份地位，家中也應是妻妾、美女成群了，竟還被羅敷的美貌吸引，足見羅敷是真的很美！

至於對胡姬美麗的印襯，則是以她受到了馮子都的青睞而突顯出來：

> 昔有霍家奴，姓馮名子都，依倚將軍勢，調笑酒家胡……不意金吾子，娉婷過我廬，銀鞍何煜爚，翠蓋空踟躕。就我求青酒，絲繩提玉壺。就我求珍肴，金盤鱠鯉魚。貽我青銅鏡，結我紅羅裾。

一個依仗將軍（雖言霍家奴，實指東漢竇家）的奴屬，看上了胡姬，用盡各種方法想引起胡姬的注意：華麗的馬車、昂貴的酒壺及金盤、再加上青銅鏡、紅羅，馮子都的一切作爲，只是爲討胡姬的歡心，而他對胡姬的殷勤，則是進一步突顯胡姬的美麗。

〈陌上桑〉及〈羽林郎〉兩詩的作者，不約而同的都以側筆的方式來展示女主角外型的亮麗，讓讀者在腦海中先行勾勒出一個明亮的外型；接著透過他人的反應加強了這二位女主角的美貌。不直接刻畫五官長相，其實是留給讀者更大的想像空間，因爲每個朝代有不同的審美標準，而每位讀者對美的要求也不盡相同，作者只描繪出一個外型的輪廓，留給不同時代的讀者自己塡上自己心目中最美的女主角。

貳、性格的刻劃：

文學史上描繪美麗女子的作品俯拾皆是，如何在眾多美女中勝出，成爲讀者心中的最佳女主角，除了要具備令人目眩的外貌之外，我想，強烈的性格特色尤其可以增添女主角的形象特色，羅敷及胡姬的性格即令人印象深刻！

一、羅敷的性格刻劃

〈陌上桑〉刻畫出一個堅貞、聰明又進退得宜的羅敷，面臨強權，仍以得宜的態度應對：

羅敷前置辭：「使君一何愚！使君自有婦，羅敷自有夫。」

對於使君的示好，儘管心中已有明確答案，但畢竟對方是個有身份、有地位的「使君」，所以羅敷仍不失禮儀的「前置辭」，「前」顯示了她的知禮，而接下來的婉拒（羅敷自有夫），則表現了她對夫婿堅貞的心意。

只是這樣的回答或許會被當成是一個藉口，仍不具說服力，爲了取信於使君，羅敷接著開始形容她的夫婿，不低的身份地位、優越的家世背景、卓越的個人才能、出色的外表容貌、不凡的風度氣質，最後更以「坐中數千人，皆言夫婿殊」作結，目的是讓使君知難而退，如此一來既表達了自己的立場，又不致讓使君過於難堪，羅敷的表現落落大方，既聰明又得宜，令人喝采！

二、胡姬的性格刻劃

相對於羅敷的顧全大體，胡姬對於馮子都的拒絕則顯得強烈且更決絕：

不惜紅羅裂，何論輕賤軀。男兒愛後婦，女子重前夫。人生有新故，貴賤不相踰。多謝金吾子，私愛徒區區。

以十分強烈的行爲及語氣斬釘截鐵的拒絕了馮子都，並表達不管環境的變化或是貧富貴賤，自己對於夫婿的心意不變，雖然最後仍委婉的以「多謝金吾子，私愛徒區區」來和緩當時的氣氛，但較之羅敷的表現，胡姬嚴正的態度，直接潑了馮子都一盆冷水，雖會給讀者大快人心的感覺，但不留情面的言辭，不禁令人爲她捏一把冷汗！羅敷言道「使君自有婦，羅敷自有夫」、胡姬嚴申「男兒愛後婦，女子重前夫」，二段擲地有聲的文字，至今仍爲人樂道！而兩位令人心折的美女，同樣的不畏強權的脅迫，堅定的拒絕，出色的美貌與高潔的性格互相映襯，爲古今文學作品留下美麗的倩影。

「淚」語話蘭芝

——談〈孔雀東南飛〉中的肢體運用

林豔枝

〈孔雀東南飛〉為漢末魏晉時期的樂府詩，內容是描寫漢末府吏焦仲卿的妻子劉蘭芝，不受婆婆的喜愛，被遣送回娘家，又受兄長逼迫再婚，兩人最後選擇殉情共赴黃泉路的悲劇。詩中以大量的對話來鋪陳情節的演進，並夾雜肢體動作的演出，如同一齣歌劇。

肢體動作是一種無聲的語言，運用得當，可以將人物的內在情緒作一外在的呈現。人物對於外在事物的刺激，所產生的心理衝擊與反應，經由肢體動作再折射出來，而反應的差異，正是性格的表露與限制。由肢體動作呈現的人物特性，也是最具說服力的。

在焦母、蘭芝的婆媳戰爭中，當焦仲卿向母親表白若將蘭芝遣回娘家，就終身不再娶時，焦母的反應是：

> 阿母得聞之，搥床便大怒：「小子無所畏，何敢助婦語！我已失恩義，會不相從許。」

對於兒子，焦母並不是以眼淚來作柔性的訴求，而是以凶暴的動作：「搥床」、「大怒」來震攝住兒子，守寡的焦母在父權社會中爲求生存而磨練出來的強悍性格便顯露出來。而焦仲卿被母親強悍的舉動給嚇得：

> 府吏默無聲，再拜還入戶。舉言謂新婦，哽咽不能語。

噤聲無語地回到房中，面對妻子僅只開口叫聲「蘭芝」，便哽咽得無法言語。如此描繪便把長期處於被母親保護下的焦仲卿，柔弱順從的性格表露無遺。這一場婆媳戰爭，蘭芝註定是要失敗，悲劇早已產生。

蘭芝知道婆婆不再接受她，丈夫亦無能保護她，唯有離婚一途。在離別夫家的時候：

> 雞鳴外欲曙，新婦起嚴妝。著我繡夾裙，事事四五通。足下躡絲履，頭上玳瑁光；腰若流紈素，耳著明月璫；指如削蔥根，口如含朱丹；纖纖作細步，精妙世無雙。

作者運用上下打量的角度來看蘭芝的精心打扮，仿若回到蘭芝初嫁至夫家時眾人窺視新娘美麗裝扮時的情景。唯景象相若，情卻何以堪！蘭芝壓抑自己，不讓自己有一絲的狼狽模樣。面對婆婆「母聽去不止」的無情，蘭芝客套的道別，並未描寫她落下一滴眼淚，此時的蘭芝只想維持住她的最後一絲尊嚴。但當面對朝夕相處的小姑時：

> 卻與小姑別，淚落連珠子。

想到初嫁至焦家時，小姑尚還幼稚，而今已是亭亭玉立待價而沽，比照自己的遭遇，強忍住委屈的淚水便如斷線的珍珠，一粒粒的滾滾落下。離開焦家大門：

> 出門登車去，涕落百餘行。

情緒再也無法控制，眼淚成行若河的流下。二、三年的婚姻生活就此被否決了，也顛覆了蘭芝原有的生活價值觀。難怪詩中一開始便描寫蘭芝向焦仲卿抗議自己是受過父母詩書禮樂的教育，依時嫁到焦家的媳婦，日夜辛苦的操勞，替無法常在家中的丈夫奉養婆婆，照顧小姑，是依循禮教生活的媳婦，但這一切卻都被婆婆一句「此婦無禮節，舉動自專由」給否定了。此時生活中的苦辛與對人生的失望湧上心頭，眼淚便潰堤了。回到娘家，當縣令遣媒人來說親時，面對母親的詢問：

阿女含淚答：蘭芝初還時，府吏見叮嚀，結誓不別離。

對仲卿的期待與對母親的依賴，此時的蘭芝並不絕望。縱是有淚，亦是輕含眼中。但當再次被兄長以「先嫁得府吏，後嫁得郎君，否泰如天地。……不嫁義郎體，其往欲何云？」的言語逼迫，回答兄長的態度與面對焦母時是一樣的強硬：

理實如兄言。謝家事夫婿，中道還兄門，處分適兄意，那得自任專？雖與府吏要，渠會永無緣。登及相許和，便可作婚姻。

在在顯示蘭芝面對強權時的不屈不撓，也暗示著面對生死大關時的決然性格。最後被迫改嫁，日期逼近時：

阿母謂阿女：「適得府君書，明日來迎汝。何不作衣裳？莫令事不舉！」

阿女默無聲，出門掩口啼，淚落便如瀉。

當唯一支持她的母親，亦無情的責怪、逼迫時，她整個人崩潰了，家中已無容她之處，她默然無聲的掩口走到戶外，內心再也無法承受孤獨無依的打擊，眼淚像飛瀑奔瀉而下。

即將再次出閣的前日，縫製完嫁衫：

奄奄日欲暝，愁思出門啼。

面對昏沉的夕陽，想到自己的日暮途窮，也只能憂愁鬱結的出門啼泣。與仲卿最後一次的見面並結誓：「黃泉下相見」。嫁娶當日，蘭芝進入青廬，告訴自己：「我命絕今日，魂去屍長留」，便「攬裙脫絲履，舉身赴清池」。面對死亡，並無一「淚」字，毅然決然的舉動，表露了蘭芝的決心與剛毅的性格。

〈孔雀東南飛〉所敘述的內容是傳統社會中極普遍的社會事件。但因作者能以客觀的敘述，引導讀者去觀看整個事件的始末，成功地塑造了詩中人物鮮明的性格，呈現出人物的典型形象。一「落淚」景象的差異，讓讀者隨著蘭芝婚變至殉情的心路歷程，對人世的不圓滿慨然嘆息，並對人性尊嚴與情愛自由有一深切的省思。

〈孔雀東南飛〉的對話表現

林秀蓉

一、前言

對話表現，在傳統詩歌中早已多有運用，如《詩經·鄭風》的〈女曰雞鳴〉、〈溱洧〉，皆以「女曰」「士曰」的對話，真切地朗現青年男女情深意密的愛情關係。又如漢樂府民歌中的〈上山採蘼蕪〉、〈十五從軍征〉、〈東門行〉、〈孤兒行〉、〈婦病行〉、〈豔歌行〉、〈陌上桑〉、〈孔雀東南飛〉等，皆穿插對話，用來敘事或述情，具有豐富的戲劇性和強烈的感染力。

〈孔雀東南飛〉是五言敘事詩中獨有的長篇，善於描寫人物語言，三百五十五詩句中，對話的運用，竟超過一百九十四句以上，使全篇敘事如畫，述情若訴，形象塑造鮮明。本文主旨在分析詩中的對話內容，以彰明其藝術價值。

二、內容大意

〈孔雀東南飛〉以東漢末年的封建禮教社會爲背景，焦仲卿、劉蘭芝夫婦的愛情悲劇爲線索，悲劇的形成來自蘭芝婆媳之間的感情衝突。通篇波瀾曲折，情節緊湊，自蘭芝被遣歸、被逼改嫁、夫婦殉情分三層次進行，剪裁詳略得當，敘事細密完整，王世貞曾評曰：「亂而能整」（《藝苑卮言》卷二），胡應麟曰：「詳而有體」（《詩藪．內編．古體中．五言》），沈德潛曰：「極長詩中具有剪裁也」（《古詩源》卷二），堪稱是長篇敘事詩的不朽傑作。以下茲依三層次的情節賞析之。

三、對話表現

(一)請遣—求情—話別—密誓

1.請遣

「十三能織素，……及時相遣歸。」寫蘭芝向仲卿述說受婆婆折磨的痛苦，並自請遣歸。她以訴說往事的倒敘手法，自述成長過程，以及結婚以來與丈夫、婆婆的相處，云：「十三能織素，十四學裁衣。十五彈箜篌，十六誦詩書。十七爲君婦，心中常苦悲。」出嫁前有良好的家庭教養，而且精通女紅針織，是賢淑知禮的女子，期盼在婚姻中得到愛憐；然結婚以來，何以心中常懷苦悲?第一，「賤妾留空房，相見常日稀」，夫婦兩情纏綿，卻聚少離多；第二、「機鳴入機織，夜夜不得息」，日夜辛勞，然「大人故嫌遲」；自己品行無不端正，只是不討婆婆的歡心，「君家婦難爲」，所以難以相留。

全詩開門見山直接透過蘭芝的細訴衷情，揭開矛盾衝突，敘事簡潔凝鍊；字句間可感其在委曲中有撒嬌，在埋怨中有情意。

2.求情

身兼孝子、好丈夫的仲卿，將扮演婆媳間溝通的橋樑，於是極力向母親表白蘭芝本無可指責，自己對她更是情深意厚，曰：「兒已薄祿相，幸復得此婦，……女行無偏斜，何意致不厚?」並誓與其「結髮同枕席，黃泉共爲友。」出語直率的頂撞母親，不得溝通的技巧，當然遭來一頓訓斥，焦母曰：「何乃太區區，此婦無禮節，舉動自專由。吾意久懷忿，…便可速遣之，遣去慎莫留。」原來她對媳婦早有偏見，任何求情的言語，她皆無動於衷，因此也就專斷蠻橫的說出了遣歸的決定，並且屬意再娶東家的賢女。怯懦馴良的仲卿繼續以恭敬的態度，堅定的語氣，曰：「伏惟啓阿母。今若遣此婦，終老不復取。」阿母聞此，更加大發雷霆，曰：「小子無所畏，何敢助婦語。吾已失恩義，會不相從許。」這段仲卿與母親往返的對立談話，形聲如睹。

溝通失敗後，沮喪的仲卿唯有請妻子暫時還家，不久再圖迎歸，他說：「我自不驅卿，逼迫有阿母，卿但暫還家…，愼勿違吾語。」冷靜理性的蘭芝則曰：「勿復重紛紜。…久久莫相忘。」其中「仍更被驅遣，何言復來還」，「於今無會因」，說明她對未來現實環境的隱憂與不能白頭偕老的絕望，雖然如此，她也道出衷心的願景，即能與丈夫天長日久莫相忘。情篤意深，令人感動。

3.話別

「昔作女兒時……念母勞家裏。」這是蘭芝對婆婆的辭別，婆婆憤怒不予慰留，故而蘭芝雖是戀戀不捨，卻仍被休離家，臨走時，忍住悲淒，對婆婆說了這段自表慚愧的話：「本自無教訓，兼愧貴家子。受母錢帛多，不堪母驅使。」由此可見她是教養有素的，「無禮節」的罪名是莫須有的。「新婦初來時……嬉戲莫相忘。」這是蘭芝對小姑的話別，悲愴之中，溫厚之至，既淒楚又細膩。善良多情的她，仍不忘囑咐小姑「勤心養公姥，好自相扶持。」又「初七及初九，嬉戲莫相忘。」鮮明可見其活潑可愛的性情，回憶往昔與小姑相聚的美好歲月，更增添離別的依依難捨。

4.密誓

「下馬入車中，低頭共耳語：『誓不相隔卿。……誓天不相負。』新婦謂府吏：『感君區區懷。……逆以煎我懷。』」這是恩愛夫妻再發的誓言。仲卿信誓旦旦，前後兩句「誓」言，語氣堅強。蘭芝聞之感動，道出了「不久望君來」的期盼，卻也充滿惶恐，對於未來，仍有不能自主的恐懼。「我有親父兄，性行暴如雷，恐不任我意」，也為悲慘結局埋下伏筆。「君當作盤石，妾當作蒲葦；蒲葦紉如絲，盤石無轉移。」以磐石的巨大與穩固象徵男性，以蒲葦的柔韌象徵女性，以絲的柔軟永纏綿，表達蘭芝的愛情不變。這四句以盤石、蒲葦喻同生共死，寫得精細之至。

此段寫夫妻行將話別，難分難捨，情味深長，以此反襯了焦母的專制無理。在封建家長制的權威下，仲卿不敢抗言陳詞，只好柔順屈從，並寄望於他日破鏡重圓，蘭芝則勇敢正視現實，預見無望；兩人性格特徵明顯不同。

㈡還家—謝媒—逼婚—備妝

1.還家

「阿母大拊掌：『不圖子自歸。十三教汝織，……十七遣汝嫁，謂言無誓違。汝今無罪過，不迎而自歸。』蘭芝慚阿母：『兒實無罪過。』」母女一怒一慚的問答，表示出劉母的憐惜愛女與蘭芝的委曲慚愧，十分生動傳神。阿母的話採用倒敘，重提往事，來與現今作一對比，進而證明對錯，朗現了焦母的不仁，焦郎的無義，以及蘭芝的可悲。

2.謝媒

「阿母謂阿女：『汝可去應之。』阿女銜淚答：『蘭芝初還時，……徐徐更謂之。』」縣令遣媒來為其第三郎求婚，劉母意欲答應，而詢問蘭芝，蘭芝態度堅決，語氣溫和的道出與仲卿「結誓不別離」作為拒絕的理由，得到阿母的諒解與尊重，故而「阿母謝媒人：『女子先有誓，老姥豈敢言。』」正見慈母心腸。

3.逼婚

「阿兄得聞之，悵然心中煩。舉言謂阿妹：『作計何不量。…其往欲何云。』蘭芝仰頭云：『理實如兄言，…處分適兄意，那得自任專。雖與府吏要，渠會永無緣。登即相許和，便可作婚姻。』」原本個性暴烈的劉兄，對蘭芝的不迎自歸，無過被休，早已憤怒。二次媒人登門，均被蘭芝拒絕，令他疑惑且不樂，因此發出了不滿的責問。蘭芝的無奈認命與突然允諾，誠然是對前途已完全絕望的表現。這段刻劃劉兄勢力絕情，自私橫暴的形象，十分深刻逼真。

4.備妝

劉母催促蘭芝作嫁衣曰：「適得府君書，明日來迎汝。何不作衣裳？莫令事不舉。」情節發展至此，氣氛愈顯低沉凝重。其中鋪敘太守準備行聘之舟船、車馬、錢帛、鮭珍、從人的豪華排場，筆法細膩，誠有以樂景襯哀情的效果。

(三)誓死—別母—雙殉—合葬

1.誓死

仲卿聽聞蘭芝改嫁，速與之會面，蘭芝嗟嘆哀傷地說出內心的無奈與絕望，曰：「自君別我後，人事不可量。…君還何所望。」焦郎反而責備她不守約定，一面恭賀她的新婚姻，一面告知她決定自己獨死，曰：「賀卿得高遷，…吾獨向黃泉。」看似決絕語，實則深情語，蘭芝至此已肝腸寸斷，曰：「何意出此言。同是被逼迫，君爾妾亦然。黃泉下相見，勿違今日言。」兩情纏綿，於是同伸前誓，相約共死，願與焦郎共赴黃泉追求永遠的愛情。此段衝突帶來戲劇張力，並與前兩次訣別字字照應，絕妙無比，也爲下段殉死情節預埋伏筆。

2.別母

焦子決定殉情前，最後來向母親拜別曰：「今日大風寒，…四體康且直。」焦母雖然了解兒子至愛蘭芝，卻仍想用另一美女來挽回兒子的心，一曰

：「愼勿爲婦死，貴賤情何薄」，再曰：「東家有賢女，窈窕豔城郭。阿母爲汝求，便復在旦夕。」此段刻劃焦母的權威形象，十分生動鮮明，也暗示了這齣愛情悲劇的罪魁禍首。

至終篇採直述法，寫夫妻殉情共死後，焦劉兩家將其合葬華山旁，墓上桐柏交蔭，鴛鴦和鳴，場面悲涼，淒美動人。末二語「多謝後世人，戒之愼勿忘。」是詩人的感嘆，也是對傳統的封建禮教提出強烈的抨擊與抗議。

四、結語

〈孔雀東南飛〉自悲劇的開始、過程與結束，皆透過了對話的藝術，恰如其分地塑造各人物的個性與神態，栩栩如生，無論焦、劉夫婦，或焦母、劉母與劉兄，已形神並茂地活現在每一位讀者的心目中。陳祚明說：「歷述十許人口中語，各各肖其聲情，神仙之筆也。」（《采菽堂古詩選》）又胡適稱美爲「古代民間最偉大的故事詩」（《白話文學史》），細究原因，對話所展現的藝術價值功不可沒。（原載於中國語文月刊第五一六期）

魏晉論人物的經典著作

——《人物志》與《世說新語》

林秀蓉

三國魏初劉卲的《人物志》與南朝劉宋臨川王劉義慶的《世說新語》，雖各有其不同的著作背景與動機，然皆以討論人物爲內容，在識鑑的方法上，有相契之處。透過二書的引導，可以了解魏晉識人的準則。

探究二書的著作背景，得追溯自東漢清議如何演變爲魏晉清談的歷程。東漢時代，人物品鑑和現實的政治密切相關，無論是地方察舉和公府徵辟，皆以鄉里清議爲根據，所謂清議，即對被選人士的道德才能作一考察評議。至魏初，曹操提出「唯才是舉」的用人準則，人物品鑑標準由道德轉向才能，劉卲《人物志》即在此時應運而生，自序中云：「知人誠智，則眾材得其序，而庶績之業興矣。」具備了知人的智慧，才能調合眾才並善任之，進而完成各項政績事功，由此可知其撰寫動機原出於「識人與用人」的政治實用目的。全書共分三卷十二篇，內容論述兩大主題，一是識人方面，涵括識人的理論基礎與識人的方法，如〈九徵〉、〈材理〉、〈八觀〉、〈七繆〉、〈效難〉等篇；二是用人方面，涵括人材的分類剖析與量能授官，如〈體別〉、〈流業〉、〈材能〉、〈利害〉、〈接識〉、〈英雄〉、〈釋爭〉等篇。其主旨在於「論辯人才，以外見之符，驗內藏之器，分別流品，研析疑似」(〈四庫全書提要〉)，歸納才性主體所顯現的種種體別與性格，爲設官分職建立一套客觀標準的理論系統。劉劭以其深厚的學養，豐富的閱歷，加上洞悉人事的敏銳與條分縷析的歸納，雖然用字遺詞精簡深奧，然體用完具，值得細加研讀，用心體會。

之後曹植置九品中正制，以世家作爲選拔吏員的主要依據，助長士族階層的形成；晉室建立，由於曹氏與司馬歷世猜忌，名士少有保全者，一些名士爲了保身避禍，不敢評論時事、臧否人物，改清議爲清談。此即由東漢至晉，談者之所以由具體事實轉而爲抽象原理，由切近人事轉而爲玄遠理則的時勢。當時參加清談的魏晉名士，仍是門閥士族的代表人物，《世說新語》即在展現這些名士們的精神風貌。內容分門類編，計三十六門，記述東漢、三國、兩晉各代世族名士的言語應對、人物品題、玄虛清談以及疏放舉動，語言清俊簡麗。人物識鑑的傳統在時代的引領下，由《人物志》的政治實用目的，漸漸演化爲《世說新語》的純粹藝術審美；動機與風格雖異，然仔細探究其中人物識鑑的方法卻有相契之處，以下舉例說明之。

一、觀儀態、舉止、聲音、貌色、眼神

《人物志》識人的理論基礎建構在才性觀點上，而其才性觀點則建構在兩漢以來的氣化宇宙論上。首篇〈九徵〉開宗明義即曰：「蓋人物之本，出乎情性」，言人物的根本，可求之於情性之理，而情性之理可求之於形質，云：「苟有形質，猶可即而求之。」又云：「夫色見於貌，所謂徵神，徵神見貌，則情發於目。」人的內在狀態與外在的儀態、舉止、聲音、貌色、眼神有密切關連，即外形可徵心性，可深入體會觀察人性人情。

《世說新語》中，即形徵性的例子，屢見不鮮。如〈容止〉篇，劉惔就貌色稱道桓溫，曰：「鬢如反蝟皮，眉如紫石稜，自是孫仲謀、司馬宣王一流人。」又〈識鑒〉篇，潘滔以王敦小時之眼神、聲音評議王敦爲殘忍之人，曰：「君蜂目已露，但豺

聲未振耳。必能食人，亦當爲人所食。」再者，〈雅量〉篇依舉止神色判別祖約、阮孚的優劣，原因是祖氏愛財，適有訪客見他清點財物，即以「傾身障之，意未能平。」神色不舒坦。阮氏愛屐，訪客見他「自吹火蠟屐，因歎曰：「未知一生當著幾量屐。」」神色閑暢。」十分悠閒平靜，於是兩人風度的高下便見分曉。

〈雅量〉篇在描述士人處於特殊境遇時，從外顯的舉止容色，以見個人的修養。如王劭、王薈一起拜見桓溫，正碰上桓溫派人搜捕庾希家，王薈「不自安，逡巡欲去」；王劭則「堅坐不動，待收信還」，議者依此反應認爲王劭勝過王薈。又如王坦之、謝安面對桓公的殺害時，王氏貌色畏懼驚恐，謝安則神意不變，從容不迫，謂王氏曰：「晉祚存亡，在此一行。」而且「望階趨席，方作洛生詠，諷浩浩洪流」，使得桓公「憚其曠遠，乃趣解兵。」王、謝於此始判優劣。

二、觀其奪救，以明間雜

《人物志》〈八觀〉第一個觀識人的方法爲「觀其奪救，以明間雜」，意即觀察惡情奪正與善情救惡，即可明瞭是否爲毫無主見、善惡不分的間雜之人。就惡情奪正而言，其中一種人是「有仁而不恤者」，「睹危急則惻隱，將赴救則畏患」，他見別人在急難之際，惻隱之心油然而生，然要他去救難，則畏首畏尾，裹足不前。《世說新語》〈德性〉篇中有一例，即華歆、王朗俱乘船避難，有一人請求依附共載，華氏拒絕，而王氏贊成曰：「幸尙寬，何爲不可？」後賊兵追至，王氏欲捨棄依附者，華氏曰：「本所以疑，正爲此耳。既已納其自託，寧可以急相棄邪？」遂一如當初幫助他。此爲華歆、王朗處危急之情境，面對依附之人，有捨救之別，世人據此論定二者品德的高下。這與劉卲「觀其奪救，以明間雜」識人的方法實同。

除此，《人物志》在〈七繆〉中提及觀人時可能產生的誤繆，其中第二點「接物有愛惡之惑」，意即觀人時或因個人主觀好惡所迷惑，又於〈接識〉云：「能識同體之善，而或失異量之美。」指出一般人對和自己材質相近者就能欣賞讚美，對不同者則鄙視批評，流於黨同伐異的偏頗。

而這種愛惡之心，在《世說新語》的品評上亦常見，如〈識鑒〉篇，就王衍「姿才秀異，敘致既快，事加有理」的特色，山濤驚歎曰：「生兒不當如王夷甫邪？」欣賞其利口與儀表；至於羊祜則曰：「亂天下者，必此子也！」擔心王衍的能力禍亂天下；此顯然是因愛惡的不同，而有南轅北轍之評。又同篇記載傅嘏對夏侯玄的評論云

：「志大心勞，能合虛譽，誠所謂利口覆國之人。」然在〈賞譽〉篇中，卻有荀粲說他乃「一時之傑士」，裴楷說他「肅肅如入廊廟中，不脩敬而人自敬」，是一位讓人不由得心生敬意者，這顯然與傅嘏的觀點，大相逕庭。蓋論人時的主觀愛憎往往矇蔽了客觀性，遂產生偏頗的意見，吾人不可不察。又如〈品藻〉篇，裴頠、樂廣論友人楊淮之子楊喬、楊髦兄弟的優劣，裴頠本性弘大方正，喜愛楊喬有高雅的風度；樂廣則性情清正淳厚，喜愛楊髦有高尚的品質；楊淮以爲：「我二兒之優劣，乃裴、樂之優劣。」顯然是以人之常情「譽同體」之理推得。

具實用政治意義的《人物志》，雖未知其對魏晉政壇的人事任用發揮多少幫助，然卻實際影響《世說新語》人物品識的方法；以古鑑今，亦足以成爲當今各行各業領袖的知人龜鑑；修己者的治性圭臬。至於具人物美學意義的《世說新語》，不只展現魏晉名士生命之美，更提供了今人研究魏晉歷史、政治、哲學、宗教、文學的寶貴資料，有其獨特的藝術與學術價值。二書堪稱是魏晉論人物的經典之作。（原載於中國語文月刊第五一九期）

試論〈蘭亭集序〉的哀樂之情

傅正玲

王羲之的〈蘭亭集序〉被譽爲「天下第一行書」，書法史上臨摹者無數，卻無人能及其灑脫從容。暮暮時節，群賢畢至，在盡興唱和，陶然酣醉的狀態下，王羲之落筆揮灑而成，身心全是一遍天真忘我。酒醒之後，連他自己都感驚奇，再提筆臨摹，已不能到達其中意境。

〈蘭亭集序〉這一帖書已經失傳，然而，那天機流露的心境，仍透過文字的記載，保留下來，使後代的人能夠循其履跡，以心靈印證，重新體味昔日蘭亭的精神，而想像其風華。

〈蘭亭集序〉這篇文章用筆清雅，情感純摯天然，而最可貴的是深入生命的處境，其中的欣樂、悲慨都是人性中一再體認的共同經驗。全文先樂後哀，先以白描的筆法呈現蘭亭之集的盛況，收束於一「樂」字，而後突然一個轉折，轉以省思的筆調，說明「斯樂不常」的悲哀，從容沈穩的語意中，以情感的層層深入來加以貫穿，而點出人生中哀樂相生的感悟。

蘭亭位於會稽山陰，即今之浙江紹興，春天三月的江南，正是氣候宜人，山水明媚。五十一歲的王羲之與一群名流雅士，便因修褉事的習俗，舉行雅集。文章一開頭點明天時、地利、人和的盛況。四季之中，以春三月景物最佳；江南風光，以會稽山水遊覽最盛；而與會者又都是志同道合的賢士，作者以「群賢畢至，少長咸集」八字來說明與會之盛，不僅是人數之多，亦是所有人投入的盡興。

東晉文人的生命形象，超脫世俗禮法，而以保有清靜無爲的精神爲高，故而形成邀遊山水，清談玄虛的行徑。〈晉書．王羲之傳〉中便說他常居於會稽名山，與謝安、孫綽等名士悠遊吟詠。他們面對現實政治的紛擾爭鬩相當無奈，爲保有身心的清明與完整，遂轉而企求道家思想中順任自然的永恆與超脫。往來山顛水涯，吟詠談玄，正是從深入大自然的氣韻形貌中，體味老莊清靜無爲、逍遙無待的境界。

在此次宴集所吟詠的蘭亭諸詩中，可以看到這份「以玄對山水」的精神流露，如王玄之所作的這一首〈蘭亭詩〉：

松竹挺巖崖，幽澗激清流。
消散肆情忘，酣暢豁滯憂。

前二句先寫山林澗流，以「挺」「激」二字表現自然生機，後二句則點明在山水之間陶然酣暢，足以消憂暢懷，是身心的釋放。又如王羲之的這首詩：

仰視碧天際，俯瞰綠水濱。寥闃無涯觀，寓目理自陳。
大矣造化工，萬殊莫不均。群籟雖參差，適我無非親。

在遊觀山水之間，感受天地的浩翰無涯，心胸隨之擴大，觸目而領悟天地自然所涵具的至理。宇宙萬物同時分享造化之工，在盎然的生機裡呈現自足的生命，萬物雖各具形貌，參差不同，但皆可相遇契合。這首詩更爲直接的表現出道家的思想。莊子〈知北遊〉一文中有云：「天地有大美而不言，四時有明法而不議，萬物有成理而不說。」天地萬物正與人相契合於這「大美」、「明法」及「成理」之中。

〈蘭亭集序〉一文即以人與大自然相契相融，來表現其所樂之處。在描寫景物時，王羲之並不用工筆，作細膩的刻繪，反而以淡墨勾勒出春天盎然的生機。春天裡萬紫千紅的色彩，淡化成「崇山峻嶺，茂林修竹」二句，呈現淡樸的美感，山水的形貌未被作個別性的突顯，而以整體的氣韻呈現。「崇」「峻」「茂」「修」都是彼此呼應的形容語詞，而山林之外，帶出一曲清流環繞，「映帶左右」，從清流中又引出隨著曲水列坐的人物，在筆墨的圖示裡，山林、清流、人物的出現形成了一個整體。

文章接下來，便是對這份人與自然融合的精神作一總括，人與萬物同在春日的「天朗氣清，惠風和暢」裡，「仰觀宇宙之大，俯察品類之盛」，一仰一俯之間忘懷一己，而胸納宇宙萬物，生命領域的擴大，使個人身世得失皆于此消釋，真正獲得遊騁之樂。

文章接下來，王羲之乃對「是日之樂」提出了反省，將一時人與自然融合的至樂，置放於人生長流之中，突顯出一時的人事物因緣而聚亦因緣而遷變的事實，「及其所之既倦，情隨事遷，感慨係之矣！向之所欣，俛仰之間，已爲陳跡。」一切的人生經驗終究流落於時間之中，情隨事遷，無常的人事流變，使先前的欣樂，轉眼之間，成爲記憶中的陳跡，而人的情感又不能不因之興起眷情，但所得的不過是逝去返照的光影，在今昔的對照中，一一體驗的不過是失落之感。

整篇文章從蘭亭之會引申出更寬闊的視野，而逼臨至整幅生命的經驗，人的一樂一悲，便在於「欣於所遇，暫得於己，快然自足，曾不知老之將至」與「向之所欣，俛仰之間，已爲陳跡」之間，時間遷流，任何「是日」都將成爲「陳跡」，所有的遇合都將空無，歸到終極，人的生命旅程「終期於盡」，一切真實的感受都因無常而成虛妄。

王羲之在點明樂往哀來的人生處境後，便以之印證昔人之作，而更進一步發現，這份感慨是人類共同的生命經驗，「每覽昔人興感之由，若合一契，未嘗不臨文嗟悼」，表現在所有文學作品中的，都是「欣於所遇」的陳跡，在歡樂之時，已有無常之哀；而哀情之中，又無非是種種歡樂的光影。透過情隨事遷的無常領悟，使人對其人生本象感慨不已，而又因此感慨而益增深情，亦由此感慨而體會了所有人類的同情共感，「後之視今，亦猶今之視昔」，今昔之間，皆以此哀樂交纏的感慨相呼應。

因爲無常的領悟，使人在每一個相交融的剎那，多了一份覺醒，便有「列敘時人，錄其所述」的舉動，將每一個稍縱即逝的時刻記載下來，譜成了人文的傳統，雖然作品中所留的，亦是已爲陳跡的「向之所欣」，但此哀樂相生的「興感之由」，使所有人的情感得以共鳴。或者「趣舍萬殊」，或者「靜躁不同」，但「所以興懷，其致一也」。當下的一刻成爲永恆，便在於雖「世殊事異」，但人的情感代代相證相契。而此亦是〈蘭亭集序〉使我們感動共鳴的原因。（原載於中國語文第四五五期）

論陶淵明的真

傅正玲

歷代品評陶淵明的人格性情、詩歌文章，總不離一個「真」字，如蘇東坡贊曰：

> 欲仕則仕，不以求之為嫌；欲隱則隱，不以去之為高。飢則叩門而乞食，飽則雞黍以延客。古今賢之，貴其真也。

陶淵明的人生裡，曾經出仕而後退隱，也曾經因飢餓向鄰里乞食，寬裕時亦常以雞黍壺漿召請村人，他的舉止皆剝落世俗的虛名浮文，行事言語發自天然性情，平平行來便是一份動人的真淳。

而淵明的作品，又如清朝的方東樹所說：

讀陶公詩，專取其真事、真景、真理，真不煩繩削而自合。

真誠的生命，在真樸的生活裡，流露真實的言語，渾然天成，不須經過著意的規矩裁削，便能與讀者共鳴了。

後世讀者對淵明的欣賞敬愛，源於他真摯的生命，而淵明保全性命於亂世之中，所要涵養維護的，也是一個「真」字。他的詩文以「養真」自期，時時嚮往上古之世的「抱樸含真」，也感慨當時的「舉世不復真」，可知，「真」在陶淵明的思想裡，並不僅是一種行事的態度而已，其更是一份生命的理想。

陶淵明從田園生活中成長，二十八歲時寫〈五柳先生傳〉，充分流露任真自得的自信與愉悅。二十九歲起，前後四次出入官場，更深入艱難的人生處境後，淵明對「真」的自覺與護全，便有了更爲嚴肅的心情了。在幾首步入仕途，奔波於行旅之中有感而作的詩歌裡，他一再地省思自己的生命方向，如〈辛丑歲七月赴假還江陵夜行塗口〉一詩：

閒居三十載，遂與塵世冥。詩書敦宿好，園林無世情。如何舍此去？遙遙至西荊。叩枻新秋月，臨流別友生。涼風起將夕，夜景湛虛明。昭昭天宇闊，皛皛川上平。懷役不遑寐，中宵尚孤征。商歌非吾事，依依在耦耕。投冠旋舊墟，不為好爵縈。養真衡茅下，庶以善自名。

又如〈始作鎮軍參軍經曲阿作〉一詩：

弱勢寄世外，委懷在琴書。被褐欣自得，屢空恆晏如。時來苟冥會，宛轡憩通衢；投策命晨裝，暫與園林疏。眇眇孤舟逝，綿綿歸思紆。我行豈不遙，登降千里餘。目倦川途異，心念山澤居。望雲慚高鳥，臨水愧游魚。真想初在襟，誰謂形跡拘。聊且憑化遷，終返班生廬。

兩首詩中皆將園林與塵世作一對比，陶淵明以生命作印證，自覺到從園林詩書所養成的性情，因沒有世俗的競逐，而能天真圓全，雖然被褐屢空卻覺自得無憾。入仕之後，發現世俗的名利驅策形成一片羅網，使人偏離本性而惶惶不安，加上自己「性質自然，非矯厲所得」，便處處「與物多忤」了。詩中對故鄉的惦念，遂不僅僅是田園生活的不捨，也爲遠離自然本性而惆悵慚愧，「如何舍此去?遙遙至西荊。」；「望雲慚高鳥，臨水愧游魚。」等語，都流露出反省的心境，由此也更確定了自己的心志：

「不爲好爵榮，養真衡茅下。」；「真想初在襟，誰謂形跡拘。」此時所謂的「真」，指的是生命的本來面目，能認清心靈的主體，雖然在仕途流浪，但終有歸返的自信。在四十一歲這一年，陶淵明寫下〈歸去來兮辭〉，從此揮別世路，歸返田園。文章中有云：「歸去來兮，田園將蕪胡不歸」之語，田園象徵心靈，心靈已在俗情中迷失，日漸荒蕪而失生機，「歸去」二字，便有「歸真返樸」的意涵，故而全篇文章處處流露覺悟的喜悅，「悟以往之不諫，知來者之可追。」；「實迷途其未遠，覺今是而昨非。」生命的方向不再是向外求索架高，而是回到平常田園，走回最真實的內在，使生活處處流露「真意」。

歸回田園的生活中，陶淵明寫下這一首千古傳誦的詩，〈飲酒詩・其五〉：

結廬在人境，而無車馬喧。問君何能爾？心遠地自偏。採菊東籬下，悠然見南山。山氣日夕佳，飛鳥相與還。此中有真意，欲辯已忘言。

因能體現心靈的本來面目，故能安於「人境」，於有限的形軀中，體現無限的蘊意，於此日常的作息舉動裡，便隨時都是「見道」的契機了。「採菊東籬下」是最平常的動作，心中無事，不意而見南山，遂同在一遍悠然之中。「山氣日夕佳，飛鳥相與還。」是悠然的心境中，望向更廣大的存在之境，而與天地萬物同其一體了。

陶淵明於田園之中養成性情，進入仕途後，即敏銳地感受到乖離本性的痛苦，故而重返田園，〈歸園田居〉一詩云：「久在樊籠中，復得返自然。」乃說出從虛矯返回真實生命的釋放與慶幸。由此也領悟生命的圓滿之境，並不在外在的妝點營求，乃唯有發諸本心，才能使人自得而無憾。

陶淵明由此省視整個時代的病徵，世間的紛擾緣於「真風告逝，大僞斯興。」生命不再圓全天真，破裂的生命使人營營追逐，卻滿是缺憾不安，而要解救時代，也唯有讓人心返樸歸真。陶淵明時時懷念著上古那真淳的時代，〈勸農〉一詩中云：「悠悠上古，厥初生民；傲然自足，抱樸含真。」上古時代人心在一遍混沌天真中，素樸而自足，無欲無爭，是生命最圓滿自在的狀態。陶淵明在田園中生活，世人欣賞其灑脫自適，但對「衣霑不足惜，但使願無違。」的淵明而言，他是以自身的田園生活，爲紛亂的世間保有一份清明真實的生命，且以人格活出一種典範，讓世人在紅塵奔逐困乏之際，也能藉此發現生命的真實主體。

〈桃花源記〉是陶淵明的感時之作，漁人乃「忘路之遠近，忽逢桃花林。」正是一忘得失算計之心，而見天地本然之美，在全無心機的一片天真裡，自然而然走入無競爭征戰的安樂之境；漁人走出桃花源，便心機深藏，雖處處留下記號，而終是「尋向所誌，遂迷不復得路。」一有心機與目的，便有造作，便使人迷失了安樂之境。而一造作一忘機之間，也不過是人心的一念。（原載於中國語文第四六三期）

但識琴中趣．何勞弦上音

——談陶淵明的無弦琴

簡光明

陶淵明蓄無弦琴，是中國文學史上的一個典故、一項相當引人注意的公案。究竟陶淵明懂不懂音律？何以要蓄無弦琴？到底有何深意？在在都是值得探討的問題。

梁昭明太子蕭統在〈陶淵明傳〉一文中，對於陶淵明蓄無弦琴的事情有一簡要的說明，他說：「淵明不解音律，而蓄無弦素琴一張，每酒適，輒撫弄以寄其意。」史書的記載和這段說明相去無幾：

> 潛不解音聲，而蓄素琴一張，無弦，每酒適，輒撫弄以寄其意。（《宋書·隱逸傳》[1]）

（潛）性不解音律，而蓄素琴一張，弦徽不具，每朋酒之會，輒撫而和之曰：但識琴中趣，何勞弦上音？（《晉書》卷九十四〈隱逸傳〉）

所謂「素琴」是指未經人工雕飾的樸素之琴。蕭統在「素琴」之前加上「無弦」，《晉書》也在「素琴一張」之後，加上「弦徽不具」來作補充說明，可見素琴不直接等於無弦琴。

這三家與陶淵明的時代較為接近的記載都認為陶淵明不解音律，那麼，陶淵明是否真的不解音律呢？要了解這個問題，最好的辦法就是從陶淵明的詩文中去印證。〈與子儼等疏〉說：「少學琴書，偶愛閑靜，開卷有益，便欣然忘。」陶淵明少年時期曾經學彈琴，而且讀書與彈琴是他最喜歡的活動，在往後的日子裡，一直以琴書自樂，〈始作鎮軍參軍經曲阿〉說：「弱齡寄事外，委懷在琴書。被褐欣自得，屢空常晏如。」雖然生活貧窮，但有了書與琴，生活上就能自得。不但少學書琴，而且弱齡就委懷在琴書，倘若不解音律，實在不可能對於琴有如此高的興趣。琴究竟有何魅力，可以使陶淵明忘卻生活上的困頓而自得呢？〈達龐參軍〉說：「衡門之下，有琴有書。載彈載詠，爰得我娛。豈無他好，樂是幽居。朝為灌園，夕偃蓬廬。」〈歸去來辭〉也說：「悅親戚之情話，樂琴書以消憂。」彈琴不但可以消解憂愁，更能使他得到喜悅。消憂得娛，使生活有所寄託，故能樂此不疲。

〈勸農〉一文說：「孔耽道德，樊須是鄙；董樂琴書，田園弗履。若能超然，投跡高軌。敢不斂衽，敬讚德美。」董仲舒喜歡彈琴與讀書，其程度已到了下帷讀書，可以三年不窺田園的地步，所以陶淵明才希望效法董仲舒。〈閑情賦〉所提到的諸願中，琴也是其中的一項：「願在木而爲桐，作膝上之鳴琴。悲樂極以哀來，終推我而輟音。」甚至於在〈自祭文〉中都沒有忘記琴：「翳翳柴門，事我宵晨。春秋代謝，有務中園。載耘載耔，迺育迺繁。欣以素牘，和以七弦。」一個不解音律的人，能以琴自樂到這樣的程度，實在有違常理。因此，鍾優民說：

> 淵明一生，與音樂早結不解之緣，從「少學琴書」到「弱齡寄事外，委懷在書琴」，中年更是「樂琴書以消憂」，晚年仍舊「載彈載詠」、「和以七弦」，他偶而彈弄無弦琴的故事，只能說明他心目中的琴弦，只是借以「寄意」的工具，琴音之外同樣可以尋找到音樂的「自美」。

從上面所引陶淵明的詩文中，我們得到的結論正如鍾優民所言，淵明不但懂得音律，而且從少年就與琴結下不解之緣。問題是：陶淵明只是「偶而彈弄無弦琴」嗎？爲什麼會偶而彈一彈而已呢?潘光晟的說法可以作爲這兩個問題的解答，他說：

> （陶淵明）這樣脫落的人，遇到琴弦斷了，一時懶得修理，也是常有的事。正因為他是很懂音樂的人，酒後技癢，琴上雖然無弦，依然撫弄以寄其意，也就不足為奇了。

因爲弦斷了懶得修理，所以才偶而彈一彈無弦琴。其實，我們還可以幫他找到一個理由，就是家貧。以陶淵明生性喜歡喝酒，家貧尚且不能常得，弦斷了要更換琴，以陶淵明的經濟能力，恐怕也非易事。然而，如果說陶淵明彈無弦琴就只是因爲「家貧」或「懶得修理」，那恐怕才是真的「不足爲寄」的事。我們認爲陶淵明彈無弦琴不該僅是如此，而應有更深的意涵。

陶淵明常將琴書相提並論，所以元朝的李治就從兩者的關係來作說明，他說：

> 蓋不求甚解者請得意忘言也。何勞弦上音者，謂當時弦偶不具，因之以得其趣，則初不在聲，亦如孔子論樂於鍾鼓之外耳。

「弦偶不具」就是「弦徽不具」的意思。李治肯定陶淵明深解音律，並把「無弦琴」與「不求甚解」相提並論是很有意義的，陶淵明〈蓮社高賢傳〉說：「但識琴中趣，何勞弦上音。」弦上音就是言，琴中趣就是意，「得意忘言」在讀書上，重視書中的義理而不拘泥於字句訓詁；在彈琴上，則要無弦才能得琴中趣。蘇東坡〈琴詩〉說：「若言琴上有琴聲，放在匣中何不鳴？若言聲在指頭上，何不於君指上聽？」琴中趣不在琴弦上，當然也不在指頭上，那麼究竟在何處呢？

琴中趣既指「得意忘言」，得意忘言則出於《莊子．外物》篇：「筌者所以在魚，得魚而忘筌；蹄者所以在兔，得兔而忘蹄；言者所以在意，得意而忘言。」陶淵明在〈五柳先生傳〉中所謂「好讀書不求甚解」，就是要「得意忘言」。宋代的朱熹曾說：「淵明所悅者老莊。」朱自清更透過詩文的分析，而指出「陶詩用事，《莊子》最多，共四十九次。」陶淵明對於莊子非但不陌生，他的不為五斗米折腰也正如莊子寧遊戲於污瀆之中，是讀《莊子》而能真正以行為來實踐者，從莊子對於彈琴的觀點或許可以了解陶淵明何以要蓄無弦琴。

《莊子．齊物論》論昭氏之鼓琴，說：

> 是非之彰，道之所以虧也。道之所以虧，愛之所以成。果且有成與虧乎哉？果且無成與虧乎哉？有成與虧，昭氏之鼓琴也；無成與虧，昭氏之不鼓琴也。

昭氏名文，是古代最善於鼓琴的人。莊子卻認爲，昭氏鼓琴有成與虧，道當然也就有所虧；只有昭氏不鼓琴，無成與虧，然後才能得到道之全。這段文字我們可以透過郭象的《注》來理解：

> 夫聲不可勝舉也，故吹管操絃，雖有繁手，遺聲多矣。而執籥鳴弦者，欲以彰聲音也，彰聲而聲遺，不彰聲而聲全。故欲成而虧之者，昭氏之鼓琴也；不成而無虧者，昭氏之不鼓琴也。

郭象的意思是說，「任何名音樂家，也不可能把所有的聲音同時間都奏出來，總有些聲音被遺漏了。」即使是不同時間，弦也無法把所有的聲音都演奏出來，因此，只有昭氏不鼓琴才能使道無成毀而得到聲之全。陶淵明詩文既然常引《莊子》的文字，生活也常表現出莊子的思想，對於此段文字當不陌生。因此，我們認爲陶淵明懂得音律，其蓄無弦琴並非「弦偶不具」，而是有意如此，因爲昭氏不鼓琴而聲全，同樣地，陶淵明雖彈琴，卻是無弦之琴，故能彈而非彈，無成與虧而得聲之全。

如果把文字訓詁比爲琴弦，則雖長篇累牘，一如「雖有繁手，遺音多矣」，必然也會遺失更多文字背後的意涵，故「好讀書」正如喜歡彈琴，一般人彈的是有弦之琴，而「不求甚解」則正如彈無弦之琴，是彈而非彈，故能無成與虧而能得「意」之全。這才是陶淵明所以蓄「無弦琴」較爲深刻的意義。（原載於國文天地第九卷十一期）

陶淵明「好讀書不求甚解」試論

簡光明

壹、前言

陶淵明是中國文學史上傑出的詩人，他的詩品與人品，數千年來備受人們的喜愛。〈五柳先生傳〉是作者自況之作，在這篇傳誦千古的名作中，我看到質樸自然的文字與胸襟遼闊的人品。了解陶淵明的方式很多，最爲直接的莫過於透過作者自道。國中的國文課本即選錄了〈五柳先生傳〉（第二冊第十八課），使學生能透過這篇文章，了解陶淵明樸實的文字及其爲了理想而固窮不變節的人生觀。

在陶淵明的生命中，讀書佔了很重的份量。〈五柳先生傳〉中，陶淵明自稱其讀書方式是「好讀書，不求甚解」，課本解釋爲「喜歡讀書，但不拘泥文字，鑽研無關緊要的問題。」課本作爲青少年學習的教材，當然無法太過詳盡，僅能精要地作說明。然而，即使只有七個字，要真正了解其中的意涵卻並不容易，歷來的文學家與文學評論家談及〈五柳先生傳〉時，大都輕易滑過，未能加以清楚的說明；有所說明者，卻略此而詳彼，略彼而詳此。

因此本文嘗試從陶淵明的詩文中去印證其真能「好讀書」，並從其言意觀以及時代環境去說明「不求甚解」的意義，希望能使陶淵明「好讀書，不求甚解」的意涵得到一個充分而清楚的說明。

貳、陶淵明之「好讀書」

蕭統在〈陶淵明傳〉說：「淵明少有高趣，博學，善屬文。」所謂「博學」當然非多讀書不行，然而多讀書卻未必真能好之，從陶淵明的詩文中，我們可以發現其乃真好讀書而博學者。

一、「好」讀書

陶淵明在〈癸卯歲十二月中作與從弟敬遠〉一文中說：「蕭索空宇中，了無一可悅。歷覽千載書，時時見遺烈。」覽讀千載書成爲唯一可悅的事，因爲「愚生三季後，慨然念黃虞。得知千載外，賴有古人書。」（〈贈羊長史〉）讀古人書不但能得知千年以前的事情，更重要的是，時時可見遺烈，使我們在爲人處世有一可以效法的典範。

在耕讀的生活中，耕作使身體獲得勞動，而讀書則使心靈充實。〈讀山海經〉說：「既耕亦已種，時還讀我書。」便是其生活的真實寫照。淵明讀書，常常是有琴相伴的，〈扇上畫贊〉說：「曰琴曰書，顧盼有儔。」〈達龐參軍〉云：「衡門之下，有琴有書。載彈載詠，爰得我娛。」〈和郭主簿〉云：「息交遊閑業，臥起弄書琴。」又如在名篇〈歸去來兮辭〉中也說：「悅親戚之情話，樂琴書以消憂。」讀書有琴爲儔，不但可以消憂，更能從中得到快樂。〈始作鎮軍參軍經曲阿〉云：「弱齡寄事外，委懷在琴書。被褐欣自得，屢空常晏如。」可見淵明從從弱齡即好讀書。

淵明「好」讀書究竟到什麼程度呢？〈與子儼等疏〉說：「偶愛閑靜，開卷有益，便欣然忘食。」正與〈五柳先生傳〉中所謂「好讀書，不求甚解，每有會意，便欣然忘食」的說法相合。民以食爲天，「好」讀書而至於忘食，讀書已成爲天外之天了。在《論語．述而篇》中，孔子以「發憤忘食，樂以忘憂」來形容自己；在〈五柳先生傳〉中，陶淵明也以讀書而忘食來描寫自己。就是因爲可以「消憂」、「忘憂」，可以得到「娛」、「悅」，故能「好」之；非但好之，更能「樂」之。

一本書，倘若內容太淺，缺乏深刻的內容，讀來可能會缺乏興味；同樣地，若純粹玩文字遊戲，讀來也可能會枯燥無味。然而，一本內容深刻思想高遠的書，如果不能讀出其中的意涵，當然也難以令人「好」之不忍釋手，因此如何「讀」，讀什麼「書」也就成爲能否「好」之的關鍵。

二、好「讀」書

陶淵明在〈五柳先生傳〉中提到他的讀書方式是「不求甚解」，究竟何謂「不求甚解」？爲什麼要「不求甚解」？留待下文再予討論。

一個人，即使辭去官職隱於田園如陶淵明者，也是不能離群而獨居的。當然，獨學而無友，則孤陋而寡聞。自己讀書時，方式是不求甚解；與朋友一起讀書討論，方式則爲「奇文共欣賞，疑義相與析。」

〈移居〉云：「昔欲居南村，非爲卜其宅。聞多素心人，樂與數辰夕。懷此頗有年，今日從茲役。弊廬何必廣，取足蔽床蓆。鄰曲時時來，抗言談在昔。奇文共欣賞，疑義相與析。」能與心地淡薄的人（素心人）爲鄰，時時可以高談古代的人與事，當然是樂事一樁。由於彼此志趣相投，因而在欣賞高奇的文章時能夠引起心靈的共鳴，不致對牛談琴；而對於疑難的問題，透過腦力激盪，不論是自己分析解答了疑難的問題，或是聽到鄰居精闢的論點，對自己而言都是一種快樂。〈五柳先生傳〉所謂「每有會意，便欣然忘食」，當下的體會是一樂，把領會的心得與鄰居共同分享，又一樂也。

一般而言，一個人吸收經驗的方式主要有三種：一是從大自然去體驗，從生活中去學習。二是透過讀書，以古人爲師，所謂「得知千載外，賴有古人書」。三是向老師友學習，與朋友互相討論問難。陶淵明「性本愛丘山」，能從大自然體會人生的道理；「好讀書」、「開卷有益」，能從書中獲得知識；又能選則志趣相投的鄰居，「奇文共欣賞，疑義相與析」。若淵明者，可謂善「讀」書者也。

三、好讀「書」

陶淵明好讀書，但究竟是什麼書讓他高興得連飯都忘了吃呢？

陶淵明說自己「少年罕人事，遊好在六經。」（〈飲酒〉），其好讀六經在其他文中也曾提及，如〈辛丑歲七月赴江陵夜行塗口〉一文說：「閑居三十載，遂與塵事冥。《詩》、《書》敦所好，林園無世情。」〈尚長禽慶賀〉云：「貧賤與富貴，讀《易》悟損益。」除了六經之外，〈讀山海經〉云：「泛覽〈周王傳〉，流觀《山海經》。」可見其讀書以六經爲主而不限於六經。

陶淵明究竟讀過那些書，我們無法正確獲知，然而，我們可以透過詩文的用典，大概地推算其所讀之書。朱自清在〈陶詩的深度〉一文就曾指出：「陶詩用事，《莊子》最多，共四十九次。《論語》第二，共三十七次。《列子》第三，共二十一次。」若依新加坡學者沈振奇的統計，則用《詩經》的典故有一四零次，《莊子》一三三次，《史記》七十三次，《楚辭》七十次，《論語》六十七次，而被朱自清列爲第三位名的《列子》在沈氏的統計上，只有十八次，列第二十位。沈振奇統計用典的依據有四：一、故實與詞、句胎襲合記，二、故實取諸較近者，三、詞句之胎襲取諸義近且結構相似者，四、不能明顯分辨者兼收。事實上，若依上述的標準，難免有穿鑿附會之嫌，但卻是不得已的辦法。

沈振奇在《陶謝詩之比較》一書中說：「陶詩用典來自一八三類作品，自其援引之字句或典故觀之，其最熟悉者乃《詩經》、《莊子》、《史記》、《楚辭》、《論語》、《漢書》等六部書。《莊子》、《論語》、《淮南子》、《列子》、《老子》、《呂氏春秋》、《荀子》、《管子》、《抱朴子》、《法言》、《潛夫論》等，乃淵明最喜讀之經書與子書。《史記》、《左傳》、《國語》、《三國志》、《燕丹子》、《戰國策》等，為其最喜讀之史書。《詩經》、《楚辭》、曹植詩文、古詩十九首、阮籍詩歌、左思詩賦、稽康詩文賦、陸機、張協詩、賦、魏文帝詩文、王粲詩賦、潘岳詩文賦，則為其最愛讀之文學作品。淵明當亦讀過《金剛經》，從其言及之隱逸神仙家，知亦讀過嵇康或皇甫謐之《高士傳》及劉向《列仙傳》一類書。」透過沈氏精密的分析，我們可以大致了解陶淵明所讀的是那些「書」。

參、陶淵明之「不求甚解」

一、是否「不求甚解」？

所謂「甚」，據許慎《說文解字》的解釋是「尤安樂也」，段玉裁《註》說：

「尤甘也。引伸凡殊尤皆曰甚。」《左傳》僖公二十四年所謂「臣之罪甚多矣」，桓公十八年所謂「復惡已甚矣」，襄公十八年所謂「甚雨及之」，其實也就是「極也，過也，大也」的意思。因此，「甚解」就是指對文章內容的字句之極度詳盡的解釋。

那麼，陶淵明讀書是否求甚解呢？明朝的楊慎認爲陶淵明讀書是求甚解的，所謂「不求甚解」是後人的誤解，他說：「《晉書》云陶淵明讀書不求甚解，此語俗世之見，後世不曉也。余思其故，自兩漢來，訓詁盛行，說五字之文，至于二、三萬言，如秦近君之訓〈堯典〉『曰若稽古』者，比比皆是，後進彌以馳逐漫羨而無所歸。陶心知厭之，故超然真見，獨契古初；而晚廢訓詁，俗世不達，便謂其不求甚解矣。又是時周續之與學士祖企、謝景夷從刺史檀韶聘，講《禮》城北，加以校讎，所住公廨近于馬肆，淵明示以詩云：『周生述孔業，祖謝響然臻。馬隊非講肆，校書亦已勤。』蓋不屑之也。觀其詩云：『先詩遺訓，今豈云墜？』又曰：『詩書教夙好。』又云：『游好在六經。』又云：『汎覽〈周王傳〉，流觀《山海經》。』其著《聖賢群輔錄》、《三孝傳贊》，考索無遺，又跋之云：『書傳所載、聖賢所傳，盡于此矣。』豈世之鹵莽不到心者耶？予嘗言：『人不可不學，但不可爲講師、泥訓詁。』見〈淵明傳〉語，深有契耳。」歷來都認爲陶淵明讀書的方式是「不求甚解」，楊慎的說法似乎相當新奇，與傳統的講法大異其趣。

事實上，《晉書》的時代距陶淵明遠較楊慎近，說法當較爲可靠；尤其，陶淵明在〈五柳先生傳〉的自況中也說自己是「不求甚解」。可見「不求甚解」並不是「後世不曉」的「俗世之見」，而是陶淵明的原意。楊慎與傳統的解釋其實沒有太大的差異，只是楊慎把「不求甚解」作另一番解釋，而得到完全相反的結論罷了。

對於陶淵明讀書方式，楊慎的「求甚解」與傳統的「不求甚解」之解釋，意思竟然完全相同，可見釐清「不求甚解」的意思實在有其必要。

二、何謂「不求甚解」？

楊慎所謂俗世之見的「不求甚解」，是指不用心思、囫圇吞棗的讀書方式。然而，我們只要從下一句「每有會意，便欣然忘食」去理解，就可知其非淵明之意。不用心恐怕連會意都有問題，更不用說囫圇吞棗能夠欣然而到忘食的地步。能夠會意而欣然，欣然而忘食，必然是用心思索而心領神會才能達到的。因此，「不求甚解」絕非隨便讀過一通就算了事的。

元朝的李治曾對陶淵明的「不求甚解」作詮釋，他說：「蓋不求甚解者謂得意忘言也。何勞弦上音者，謂當時弦偶不具，因之以得其趣，則初不在聲，亦如孔子論樂於鐘鼓之外耳。」李治認爲不能將陶淵明的「不求甚解」理解爲囫圇吞棗而不求了解，正如不能將「何勞弦上音」誤解爲陶淵明不懂音律，只會擺弄無琴弦以寄趣。《宋書・隱逸傳》說「潛不解音律，而蓄琴一張，無弦，每有酒適，輒撫弄以寄其意。」李治的話顯然由此而發。從陶淵明的詩文中，我們知到他少學琴書，中年以琴書消憂，晚年仍從載彈載詠中得到快樂。既然是從少年時期就開始學琴，又能以之消憂自娛，理應不致不解音律，因此，深解音律然意不在聲而在琴弦之外的說法較爲合理。但是，李治說蓄無琴弦是因爲「弦偶不具」，恐怕未得其實。弦偶不具，故而只好撫無弦之琴，境界似不高，深解音律而撫無弦之琴，則意味較爲深遠。

《莊子・齊物論》說：「有成與虧，昭氏之鼓琴也；無成與虧，昭氏之不鼓琴也。」郭象《註》說：「夫聲不可勝舉也，故吹管操絃，雖有繁手，遺聲多矣。而執籥鳴弦者，欲以彰聲也，彰聲而聲遺，不彰聲而聲全。故欲成而虧之者，昭氏之鼓琴也；不成而無虧者，昭氏之不鼓琴也。」陶淵明詩文既然常引《莊子》的文字，生活也常表現出莊子的思想，對於此段文字當不陌生。因此，我們認爲陶淵明懂得音律，其蓄無弦琴並非「弦偶不具」，而是有意如此，因爲昭氏不鼓琴而聲全，同樣地，陶淵明雖彈琴，卻是無弦之琴，故能彈而非彈，無成與虧而得聲之全。如果把文字訓詁比爲琴弦，則雖長篇累牘，一如「雖有繁手，遺音多矣」，必然也會遺失更多文字背後的意涵，故「好讀書」正如喜歡彈琴，一般人彈的是有弦之琴，而「不求甚解」則正如彈無弦之琴，是彈而非彈，故能無成與虧而能得「意」之全。這才是「不求甚解」較爲深刻的意義。

語言文字只是表情達意的工具，工具不是目的，因此重要的是文字背後的「意」，如果耽溺於文字的表面，可能迷途而忘返，買櫝而還珠。課本把「不求甚解」解釋爲「不拘泥字句，鑽研無關緊要的問題」。楊慎所謂「人不可不學，但不可爲講師、泥訓詁。」其實也都是同一個意思。

二、何以「不求甚解」？

了解「不求甚解」的意思之後，我們不免要問：何以陶淵明會好讀書卻「不求甚解」？

1.從學術史來看，魏晉玄學反漢代訓詁，不求甚解爲時代之風氣。

陶淵明之「不求甚解」，有其歷史因素的影響。《漢書・藝文志》說：

「後世經傳既已乖離，博學者又不思多聞闕疑之義，而務碎義逃難，便辭巧說，破壞形體，說五字之言至於二三萬言；後進彌以馳逐，故幼童而守一藝，白首而後能言，安其所習，毀所不見，終以自蔽，此學者之大患也。」前面提到楊慎的文字：「自兩漢來，訓詁盛行，說五字之文，至于二三萬言，如秦近君之訓〈堯典〉『曰若稽古』者，比比皆是，後進彌以馳逐漫羨而無所歸。陶心知厭之，故超然真見，獨契古初。」就是承《漢書・藝文志》而來。東漢的儒者治學，大都注重文字訓詁，名物的考據等瑣碎的事，結果引來漢人註經而經亡的批評，學者埋首書堆，用二、三萬字來解釋五字之文，考據喧賓奪主，讀者遂難以真正了解經典的意涵。除了秦近君外，馬宗霍《中國經學史》也提到「東漢則袁京習京氏《易》，作《難記》三十萬言」、「朱普歐陽《尚書章句》四十萬言」，馬氏又說：「牟氏《尚書章句》四十五萬言，張奐亦以其浮辭繁多，減爲九萬言，然奐自著《尚書記難》亦三十萬言。伏恭治齊詩，以父黯章句繁多，乃省簡浮辭，定爲二十萬言。張霸就樊儵受嚴氏《公羊春秋》，以儵刪嚴氏《春秋》猶多繁辭，乃減定爲二十萬言。」張奐把牟氏的書從四十五萬減爲九萬，自己在同一領域的著作卻仍高達三十萬，可見東漢人自己雖不滿文字訓詁繁多的浮辭，卻仍難脫離其弊，不但使自己成爲自己批判的對象，甚而到了學生不滿老師、兒子不滿父親，必刪之而後安的地步。

魏晉時期社會動亂，文字訓詁無法滿足人心，記誦章句訓詁也未必能獲得利祿，而對於學術的反省，使他們說經的態度轉爲平易，淸談的三部主要經典《老子》、《莊子》、《易經》，本身無法由文字訓詁而通其意，解經的方式，也由文字訓詁的「顯解」改爲著重探求義理的「隱解」，經義的玄學化使讀書人的態度大爲轉變，由章句訓詁而轉爲得意忘言。陶淵明「好讀書，不求甚解」便是這種轉變的典型。

2.言不盡意，經典的意義，不能由訓詁而得，故不必求甚解。

陶淵明好讀書，認爲讀古人書不但可以「時時見遺烈」，更能「得知千載外」。然而，所得「知」千載外的事是透過文字訓詁？還是透過言外之意呢？所「見」的遺烈，是文字本身？還是文字之外的遺烈的心靈呢？答案顯然都是後者，因爲只有掌握文字之外的人的心靈，才能真正的有所感動，才能真正的樂在其中。

《莊子・天道》云：「世之所貴道者書也，書不過語，語有貴也。語之所貴者，意也，意有所隨。意之所隨者，不可以言傳也，而市因貴言傳書。世雖貴之哉，猶不足貴也，爲其貴非其貴也。」因此，莊子認爲，即使是所謂聖人之書，也不過是古人的糟粕。那麼，陶淵明好讀書，所讀不都是古人的糟粕？問題是：如果書是古人的糟粕，莊子又何必著書？事實上，莊子認爲語言只能表達簡單粗淺的意義，對於深刻的思想，就無能爲力了，他說：「可以言論者，物之粗也。可以意致者，物之精也。言之所不能論，意之所不能察致者，不期精粗焉。」（〈秋水〉）然而，是不是就可以不要語言呢？事實上語言還是需要的，只是不能拘泥在語言上面而忘了背後的意義，《莊子・外物》云：「筌者所以在魚，得意而忘筌；蹄者所以在兔，得兔而忘蹄。言者所以在意，得意而忘言。吾安得夫忘言之人而與言哉！」把握了意義就要忘了語言。

莊子的言意觀對魏晉玄學有深遠影響。王弼《周易略例・明象》說：「夫象者，出意者也。言者，明象者也。盡意莫若象，盡象莫若言。」又說：「言者所以明象，得象而忘言；象者所以存意，得意則忘象。猶蹄者所以在兔，得兔而忘蹄。言者所以在意，得意而忘言。」王弼「得意忘言」的說法承自莊子，更進一步加以引申和發展。王弼的主張針對漢儒繁瑣的經學而發，「忘言」、「忘象」即在打破漢儒死守章句、泥古不化的弊病。

陶淵明深受到莊子以及魏晉王弼等「得意忘言」主張的影響，故〈飲酒〉云：「山氣日夕佳，飛鳥相與還。此中有真意，欲辨已忘言。」所謂「真意」、「忘言」，很明顯源於莊子，「夕陽西下，飛鳥倦歸，詩人觸景生情，悟出了人生真諦，感慨繫之；他想把它說出來，又覺得無法用語言表達，竟而覺得不必表達，讓讀者去體會」。「言」對於深刻的思想畢竟是無能為力的，惟有忘言才能存意；但陶淵明終究仍不得不用語言文字來表達，使後世讀者能體會所謂的「真意」。〈影達形〉云：「存生不可言，衛生每苦拙。」〈連雨獨飲〉云：「形骸久已化，心在復何言？」〈贈羊長史〉云：「擁懷累代下，言盡意不舒。」〈癸卯歲十二月中作與從弟敬遠〉云：「寄意一言外，茲別誰能契？」即認為「存生」、「心」都不是「言」所能盡的，而「言盡意不舒」、「寄意一言外」則都說明「言」之不可完全依賴。陶淵明在創作詩的時候，尚且認為無法用語言文字把「真意」表達出來，在讀書時也就更不可能認爲書中的文字能完全盡作者之意，文字訓詁則離「意」更遠了。〈五柳先生傳〉中所謂「好讀書，不求甚解；每有會意，便欣然忘食。」正是不拘泥文句名物的訓詁考據，不爲繁瑣經學所束縛，擺落文字的束縛後，用心領會而得其意趣的最佳說明。

肆、結　語

陶淵明擺脫章句訓詁的繁瑣無謂，故能讀出書中的意趣。因此，「好讀書，不求甚解」的方式，應該能給我們許多的啓示：

一、讀「書」首先應選擇經典。有深刻的思想的書不但意味深永，探索不盡，也能提供生命的典範以供效法。讀書雖然未必一定要成爲思想家或學者，但毫無選擇地隨興而讀，非但難得讀書的樂趣，更可能浪費時間而無益於生命。

二、「讀」書要有方法。語言文字是表情達意的工具，拘泥在文字的表面所能得到的畢竟是文字的解釋而已，文字所能表達卻是物之粗的，因此，一定要透過文字去了解作者所想要傳達的生命的真實，才算是真正的讀書。

三、讀書一定要能「好」之。倘若讀書只是求取功名，那麼，當功名求到時，也就是書被束諸高閣時，與生命並未發生多大的關係。真正好讀書者，能尚友古人，能以讀書消憂，能從讀書得到快樂，那種快樂甚至會使人忘了吃飯，惟有把書讀進生命，書才能真正發生作用，生命也才會因而更能得到充實。

（原載於國語文教育通訊第六期）

從〈陳情表〉看推辭的藝術

傅正玲

〈陳情表〉選自〈文選〉卷三十七，作者李密原在蜀漢擔任尙書郎職。蜀漢亡國之後，晉武帝先召爲郎中，再召聘爲太子洗馬，李密皆不願出仕。武帝乃下詔責備，李密遂懷著惶恐的心情寫下這篇〈陳情表〉。

一般欣賞〈陳情表〉乃以其文中所流露的奉親報孝之情爲重心，故有所謂：「讀陳情表不哭者不孝」之語。但李密反覆表達孝養祖母的心情處境，則是爲了要推辭詔舉。若以「辭詔」爲線索來看這篇文章，便可見李密在內容上的用心安排，由精鍊的思想結構，結合整齊的語言形象，明確地突顯其心意，謙遜婉言的背後，流露出始終如一的堅定意志。

李密的〈陳情表〉語言洗練，音節勻整，全文以四個字的詞組爲主，講求對偶排比，形成莊重典雅的文字風格。因奏章的閱讀者爲君王，李密又以辭詔的立場落筆，故而，文中處處流露謹慎委婉的語氣，後世的讀者今日看來，仍可感受到整篇文章籠罩在一股強大的政治壓力之下。

西晉司馬氏父子篡奪曹魏政權，消滅了蜀漢、東吳而一統天下，他們一方面提倡名教，標榜以孝治天下，藉此收服人心；而另一方面又以高壓手段，殘酷地毒殺前朝文人。如何晏、夏侯玄諸名士被殺；阮籍縱酒昏酣，以頹唐自廢的方式才得自保；而嵇康雖然遠離俗議，潔身自好，仍難逃司馬昭以傷風敗俗的名目將之殺害的命運。在這樣的政治背景中，李密能以〈陳情表〉說服晉武帝，爲自己在改朝換代的夾縫裡留下喘息的空間，其中所流露的智慧頗値得欣賞。

整篇文章乃以終養祖母作爲辭詔的根據，首尾一貫，使得這個理由讓人深信不疑。李密首先點出個人特殊的身世，父亡母去，孤苦多病，以其特殊的處境突顯祖孫二人相依相靠的情感，又特別加強自己煢煢獨立的景象，尤易打動人心。李密在理由的陳述中，乃以情字爲主，將君臣之間客觀性的政治對待，化入人與人具體的情感交流，使晉武帝願以個別情況加以體會與諒解。文字內容的安排上，除了將孤苦相依的情感，加以情境化；之外，更將祖母臥病，孫兒側侍的狀況，予以情節化。首段先有「

劉夙嬰疾病，常在床蓐，臣侍湯藥，未曾廢離」的描寫，隨著文章鋪陳，中段有「臣欲奉詔奔馳，則劉病日篤」之語；文末再云：「以劉日薄西山，氣息奄奄，人命危淺，朝不慮夕」，「是以區區不能廢遠」，從時間的推移中，層層透顯祖母一天天沈重的病情，及自身倍受催迫而又寸步不能離去的苦哀，使讀者不自覺地要認同且同情其進退兩難的處境。

〈陳情表〉一文除了以奉親報孝之情來打動晉武帝，也在文章中以理性的態度，明確地說明自己的立場，以解除晉武帝的猜測與懷疑。李密特地舉出入晉以來，地方首長如太守、刺史接二連三的推舉，他都因「供奉無主」，而辭不赴命，由此點明他推辭的立場，並非專對晉武帝之詔而來。而武帝因他的「辭不就職」，予以切竣責備，反使他陷入左右爲難的狼狽之中。

從武帝的立場來看，一般遺臣的辭詔，都有爲前朝盡忠，心中不認同當朝的嫌疑。李密在〈陳情表〉中直接表白自己「本圖宦達，不矜名節」的處世態度，即是爲了釋去武帝的猜疑。而在行文中也用「聖朝」稱晉，用「僞朝」稱已亡的蜀漢；更處處以「臣」自稱，十足地表現出他對武帝忠忱服從的態度。

文章最後，李密更將奉親報孝的行爲納入晉武帝「以孝治天下」的教化中。如〈

陳情表〉中云：「伏惟聖朝以孝治天下，凡在故老，猶蒙矜育；況臣孤苦，特爲尤甚。」藉著肯定武帝的政策，巧妙地提出懇求。司馬氏集團篡奪曹魏的天下，所以在教化政策中，只能宣達孝道之名，而不能取忠。李密以終養之名辭詔，突顯出自己選擇先盡孝而後盡忠的行爲，正符合晉武帝的治國理念。

推辭的藝術，乃在於使推辭的對象無被拒絕的感受，而反昇起成全之心。李密委曲詳盡地說明自己的特殊處境與難堪之情，乃從推辭者的角色轉換爲等待被成全的人。更進一步讓晉武帝覺得唯有成全其終養祖母的心願，方不負因其孝名而徵召之意。故而有賜婢二人，供其　餼，令其終養的完美結局。

在〈陳情表〉這篇文章中，我們可以體會到李密謹慎處事，堅忍奉親的性情；更能欣賞其深達人情，切明時勢的智慧。（原載於中國語文第四五八期）

唐代篇

王維詩中的出世精神

傅正玲

在《舊唐書》中記載王維的生平，年少時期宦遊京城，與諸王駙馬相結交，寧王、薛王待之如詩友。到了晚年，王維的生活則是「齊中無所有，唯茶鐺、藥臼、經案、繩床而已。退朝之後，焚香獨坐，以禪誦爲事。妻亡不再娶，三十年孤居一室，屏絕塵累。」早年的繁華酬酢，與晚年的清靜孤寂，形成強烈的對比，而影響王維之生活轉變的，即是他的佛教信仰。王維信仰佛教，並且依佛教教理修行，選擇遠離塵累的清靜生活，不僅涵養一份清高的人格，也在詩歌中以出世的精神，流露出和諧圓滿的自然之境。

王維二十一歲進入官場，二十六歲便辭官隱於嵩山，此後未再積極的營求仕途上的成就。隱居或者居住山林之半官半隱的生活，幾乎佔了王維的一生。在他中期的詩歌裡，常可以看到「閉關」、「歸來」之類的字眼，如：

「靜者亦何事，荊扉乘晝關。」〈淇上田園即事〉

「迢遞嵩高下，歸來且閉關。」〈歸嵩山作〉

「岸火孤舟逝，漁家夕鳥還。寂寥天地暮，心與廣川閒。」〈登河北城樓作〉

「終年無客長閉關，終日無心長自閒。」〈答張五弟〉

這些句子描寫他的處境，都是在一種寂靜孤獨的狀態中，王維選擇這種人生境遇，是出於自覺性的，而安排自我走入孤絕靜寂，則是因為生命在世間的功業外，有另一份圓滿的領域值得追求。

王維字摩詰，即從佛典〈維摩詰經〉而來。王維自幼生長在佛化的家庭中，曾提及他的母親師事北宗大照禪師三十多年，平日持戒安禪，樂住山林。而他自身三十歲喪妻，隱居在藍田，也隨從大照禪師學佛。當時北宗的禪法重視靜坐修行，主張心靈須遠離塵雜，在靜寂的處境中清淨內在，即可照見自性的本來面目。王維的詩歌中有大量的作品都不斷的表現出一個與人群相隔絕的靜寂處境，不管是「山中習靜觀朝槿」，或者「守靜解天刑」，王維自處於孤獨的生活，與北宗禪學強調「靜以淨心」的修行法門，應是關係密切的。禪宗重視心靈的自覺自證，「守靜」、「靜坐」都是要使人解除攀附外緣的情慾糾葛，讓內在回歸本然的自主性，一方面體現生命的無限自由，一方面體察宇宙萬物的自然生機，在交融互動中，達至終極的和諧。

王維的精采作品，正是經過洗滌的心靈，在寧靜自在的狀態中，所體現的自然生機。如下面這些作品：

人閑桂花落，夜靜春山空。月出驚山鳥，時鳴春澗中。〈鳥鳴澗〉

空山不見人，但聞人語響。返影入深林，復照青苔上。〈鹿柴〉

獨坐幽篁裡，彈琴復長嘯。深林人不知，明月來相照。〈竹里館〉

木末芙蓉花，山中發紅萼。澗戶寂無人，紛紛開且落。〈辛夷塢〉

「春山空」、「不見人」、「深林」、「人不知」、「寂無人」等語，常在王維的詩中出現，他清楚地呈現出一種與人世間相隔絕的孤獨狀態，而就在這種狀態中，人反而從生命的限制跨越出來，獲得一份與自然相融和的無限感。「月出驚山鳥，時鳴春澗中。」在靜寂的春夜裡，萬物無時不在呼應互動，天地間處處流露微妙的生機，而在此時人也融化在這遍生機中。「深林人不知，明月來相照。」更清晰地透顯出在遠離人群的深林中，心靈在寧靜的狀態下，照見更爲永恆的和諧感。而〈辛夷塢〉中：「澗戶寂無人，紛紛開且落。」則是在「無人」的靜寂中，體會一切生命的本質，萬物從比較、差別的糾葛中釋放出來，見其自開自落的完整生機。

禪宗信仰使王維體認世俗之外，一份永恆圓滿之境，所以安史之亂中，王維遭遇進退兩難的人世困境時，一心所想的便是「安得捨羅網，拂衣辭世喧。」當時，玄宗倉惶出京，王維爲安祿山所擒，被迫在僞朝任職，王維不能接受，又無法拒絕，遂吃藥大病，被拘禁在菩提寺。安史之亂平定，肅宗回朝，王維又因身列僞朝的官職名單，下獄問罪。後因肅宗垂憐而將他釋放，並遷升爲太子中允。這一路行來，世路的顛簸動盪，頗使王維深感人命的微危，遂上書請求辭官，出家修道，但朝廷不僅未解除他的官職，反而因他人格的高潔，不斷升遷，六十一歲時，王維在尚書右丞的任上去世。

晚年的王維雖身任高職，但在今日可見的生平資料中，他一直保有寂靜安禪的生活。簡樸的物質環境，孤獨的修行生活，使他的詩歌作品也一直呈現寧靜自在的出世精神，半官半隱的生活中，流露不執不著，悠然自得的心境。〈終南別業〉這首詩作，是此時最佳的寫照：

中歲頗好道，晚家南山陲。興來每獨往，勝事空自知。行到水窮處，坐看雲起時。偶然值林叟，談笑無還期。

佛道的追求，使他一步步脫離人世的繁華處境，而獨居在山林之中，逐漸能接近自來自去的自在生活。隨興而行，心中不執不著，便隨處是美景。「行到水窮處，坐看雲起時。」行坐之間，正因不沾不滯的心境，遂能與自然、人物達至最圓滿的和諧。

王維在〈能禪師碑〉中，闡論佛理，他說：

無有可捨，是達有源；無空可住，是知空本。

道出禪宗不捨不住、不執不著的心法，一切平平行來，便是自性的真實面見，晚年的王維悠然自在，似乎更接近禪宗的精神。（原載於中國語文第四六八期）

空林獨與白雲期

——讀〈山中與裴迪秀才書〉

唐淑貞

王維在〈早秋山中作〉詩中寫隱居生活是：「寂寞柴門人不到，空林獨與白雲期」，空林柴門，紅塵中的人跡自是罕至，在寂寞孤獨中，仍保有自己與白雲間心高志潔的互期互勉，白雲的高潔是心性之嚮往，透過人格與自然的彼此點化與相互成全，柴門生涯竟也孤獨自在，有了自得其樂的充實愉悅。在〈山中與裴迪秀才書〉一文中，王維依舊是「興來每獨往」的身姿，只不過此次身在山林，「空林獨與白雲期」中的「白雲」，成爲天機清妙的好友裴迪。此文略分三段，本篇即以三段立意，欲從王維此番尋訪嶢山，寫下獨行的自得其樂、發出同往的盛邀切盼中，去呈現作者可獨行、可同往的無待自在。

一、可獨行、可同往之自在

山林歲月、隱居生活，一切無待而自在，興緻起時，獨行便是王維慣常、普遍的乘興之姿，〈終南別業〉曾就此寫道：「興來每獨往，勝事空自知」，「空自知」中雖有悵然可惜，但對人際遇合也不可勉強刻意，所以此文首段即寫其見「足下方溫經，猥不敢相煩，輒便往山中」，可見王維每一度的尋幽訪勝，乃無待自在的山林之遊，有友同往固喜，一人獨行亦有滋味。

二、在獨行中自得其樂

文章第二段乃記其寒夜中獨處山林的自得之樂，在觸景生情之下，追憶往事、懷想友人。王維爲十二月月末天寒夜暗中的山林記遊，已屬別致，再觀此段行文皆採一暗一明（如「玄灞」下接「清月」；「夜登華子岡」下接水波「與月上下」等）、一冷一熱（如「寒山」緊接「遠火」）、一靜一動（如「深巷寒犬」下接「吠聲如豹」

；「村墟夜」中有春聲、鐘聲相間；「僮僕靜默」下接「多思曩昔」）的佈置，那幽暗、寒冷、寂靜本屬冬夜之特有氛圍，但因作者心之清妙、情之細膩，而以明朗、溫熱、生動的線索去點化、豐富山林冬夜的姿采和趣味，這是王維發動感官、全幅生命地參與自然，而達至的互動效果。

而王維的獨行之樂，是樂在自然，也樂在分享，好友裴迪此番雖未同行，精神上卻彷佛與之俱在，故獨行而不覺孤單。這在第二段文末，作者寫對往事、友人之懷想可知，且在眾多往事中，王維擇「攜手賦詩，步仄徑，臨清流」記之，寫在狹窄的小路上，仍對清澄溪流有賞心悅目之從容自得，不禁令人聯想「行到水窮處，坐看雲起時」〈終南別業〉的自在豁達，可見兩人相交，乃心性、人格的相契互期。

三、願同往的盛邀企盼

文章第三段著力於描寫春日的蓬勃生機，以王維對自然之親近熟悉，冬夜中的他，即使是對春日進行想像、虛擬，亦如畫似真，沒有矯飾和刻妝。見他描繪春日風光，不分動、植物（草木及輕鯈、白鷗），任何靜態、動態的存在（春山、青皐及朝雊）皆展現生動的春意、活潑的生機。這蓬勃活潑的春日生氣，未嘗不是作者企盼好友同遊的潛在熱情，所以在春日的描述之後，緊接著便是提出真誠邀約，因為有春日在前的鋪述，使得隨後「倘能從我游乎」的邀詞，含蓄中不失熱切，盛邀下仍留有餘地，是王維在人際中一貫的自在情調。

此段最後以對友人性情之了解，點開共探深趣的盛邀之因，可知兩人相交，絕非浮光掠影的泛泛，這樣一份因大自然而起的邀約，是在心性相知下的默契使然。「非子天機清妙者，豈能以此不急之務相邀？」這份清遠高妙的性情，是王維對裴迪的認識，實亦是王維的自知之明。

四、結語

「獨行」雖是王維山林歲月慣常、普遍的乘興之姿，但其絕非自絕人群的離群索居，在人際往來中，他能充分掌握自然不刻意的互動藝術，故有「偶然值林叟，談笑無還期」〈終南別業〉的真誠交會、忘我暢意。此文亦在王維獨行的自得其樂、同往的盛邀切盼中，呈現其無可無不可的隨遇自在。尤其文末藉林中馱藥人下山之便，將信託之，亦是不著痕跡的自在寫意，與〈終南別業〉以林叟談笑作結，頗具異曲同工之趣。（原載於中國語文第五〇六期）

談李白詩中的時間意識

傅正玲

李白的詩歌奔放自由，才思橫逸，全是生命意氣的盡情展露，使後代詩人覺得只能欣賞讚歎而不敢效倣追隨。歷代的品評也都認爲李白的作品壯浪縱逸、無拘無束，有一股非人力可及的氣勢流盪其間，一閱讀他的詩歌，感受到其中的氣勢，不禁都目眩神怡，不能自止。而李白的詩使人直接感受到其氣勢豪壯的，常來自於詩中迅速的節奏感。他的才思豐沛，形式上變化多端不受羈勒，嘉用單行句法，表現出飛動的行氣。另一方面，李白行走世間，對人事的感受也直接明快，投入與超出，常有灑脫的風姿，而情感的悲傷與欣樂，來去之間也十分痛快。李白流動性極強的詩歌風格，來自於他獨特的生命情調，也同時來自於他對時間獨特的感受。

賀知章讚美李白是「天上謫仙人」，正點出其不同於一般人的生命格局。平常人生裡，心念繫於親眷功業，或者衣食名利之間，雖然也是在生死的路程中，但並不能清晰的感受到生命有限的悲哀。李白並不在人間的親眷名利中安頓人生，他浪遊天涯，處處爲家，詩中極少提到家人，對於名利更是率意輕擲，從不經心。纏繞一般人的愛惡憂樂，並不能牽絆他的內心，所以他能「君子呼來不上船」；也能說出「天生我材必有用，千金散盡還復來」之類的話，展現在世人面前的，便是豪放壯闊的生命氣魄。但也因爲李白不念於人間的小喜小悲，在極盡的生命領域裡，時時碰撞著人類生命有限的問題，作爲一個人的有限性，遂成了胸懷仙氣的李白永恆的悲哀。

在〈將進酒〉這首詩中，李白起首便唱出時間奔逝的壓迫感：「君不見黃河之水天上，奔流到海不復回；君不見高堂明鏡悲白髮，朝如青絲暮成雪。」奔騰壯闊的生命終究一去不復返，紅顏與白髮、生與死，不過是在朝暮之間，生命的有限性形成人生強烈的幻滅感。一般人所感受的時間流動，都是緩慢的節奏，由青絲到白髮，是日日漸漸變化而來，所以不知不覺。而李白對時間的感受卻是極敏銳的，時間轉眼消逝的幻滅感，遂成了不能抹去的痛苦，這種感受使他更形狂放，只要及時快意，一切擁有皆可拋擲，詩中云：「五花馬，千金裘，呼兒將出換美酒，與爾同銷萬古愁。」讓我們看到越是懷抱永恆的嚮往，便越是領受生命短暫的悲哀，李白狂歌痛飲，就只為稍解這份無可奈何的愁緒。

在〈宣州謝朓樓餞別校書叔雲〉這首詩中，同樣是時間的消逝感，引來一腔鬱勃落寞，詩中云：「棄我去者，昨日之日不可留；亂我心者，今日之日多煩憂。」李白面對時光不可留的事實，是一種高亢激越的態度，他幾乎不思迴避化解之道，直接的面對，激盪出憂亂的情緒，即使藉諸於酒，他仍然明白「舉杯消愁愁更愁」，這樣毫不退讓的逼近，似乎是要以自身的無可奈何，「抽刀斷水水更流」，來讓世人更明白的面對生命的事實。

李白的時間意識流露在他的人生風格中，使他行事作為都給人及時盡興的感受，而他的作品也是當下即成的。從他的詩歌中，讓我們覺得他總是在每個當下，盡情盡性的揮灑出生命的活力，他是用「朝如青絲暮成雪」般時光無常的感受，來走過人生的旅程。人世間漫長的經營與累積，於李白是不可想像的，即使是面對世俗的功業，他仍然懷抱著立即成就的想法。在他三十歲這一年寫下〈代壽山答孟少府移文書〉一文，流露他在人間創業的心願，文中表明：

申管晏之談，謀帝王之術，奮其智能，願為輔弼，使寰區大定，海縣清一

> ，事君之道成，榮親之義舉，然後與陶朱留侯，浮五湖，戲滄州，不足為難矣！

李白用俠義的心情參與人事，覺得憑一己之材，可以使天下安定，功成之後，即揮手上馬，浪遊江湖。在一般人眼中的艱難大事，須逐步經營，他卻能以浪漫飛揚的心情，認爲「不足爲難」，這樣的態度也注定李白在功業上的一事無成。求官的路上充滿挫折，讓李白寫下〈行路難〉、〈蜀道難〉等作品，但也沒有改變李白的行事風格。四十三歲時受唐玄宗賞識而待詔翰林，一般人看來難得的職位，李白卻因不能一展長才，在隔年便上書請辭。杜甫曾經形容李白：「狂歌痛飲空度日」，正是點出李白不能成就一事，不能於人間落實的悲劇性。但對李白而言，這樣的遭遇正是忠於自我的真實感受，不得不然的路程。

李白另一項因生命有限的壓迫感，而作的追求，即是煉丹求仙的努力。從年少遊走山林，參訪逸士，到終老不時有出世之思，都可見道教的修煉登仙之術，對李白一直是充滿吸引力的，他甚至在辭官還山之後，由高天師如貴道士授道籙於濟南郡的紫極宮。在〈草創大還贈柳官迪〉一詩中，李白清楚表白求仙棄俗的心境，他說：「不向金闕遊，思爲玉皇客。」這樣的嚮往，都是爲超越人的有限性，向無限的世界作追求，但李白心中又清楚的知道，羽化登仙其實是比成就人間功業更不可能的事。杜甫說他：「未就丹砂愧葛洪。」不過是說出李白生命落空的寂寞。

飛揚跋扈的一生，在六十二歲這一年畫下句點，李白的〈臨終詩〉更是總括他欲超離人的有限性而不能的悲哀，詩云：

大鵬飛兮振八裔，中天摧兮力不濟。餘風激兮萬世，遊扶桑兮掛左袂。後人得之傳此，仲尼亡兮誰為出涕。

多願像大鵬鳥一般，背負青天，逍遙於無垠無際的太空之中，但卻是「中天摧兮力不濟」，上不能達於天，下不能落於地，生命掛空的蒼涼，使人動容。生命刹時消亡，歲月轉眼成空，使李白時時渴望著永恆之境，因此，人軀種種限制，便鋪成他終身不能停息的悲哀。奮力飛揚的形跡及狂放的歌聲裡，正隱藏著一股萬古愁緒。

然而，不同於一般人的時間感受，也正完成了獨一無二的詩仙——李白。（原載於中國語文第四六五期）

試探杜甫詩中的自然觀照

傅正玲

杜甫一生漂泊憂患，行走天涯，詩中蒼涼悲慨的心境，常和自然山水交疊映襯，呈現元氣淋漓的詩歌氣韻。透過自然山水的交感相應，杜甫流露一深厚廣博的心靈世界，和一般的山水詩人是有所不同的。中國山水詩一向表現道家澄懷虛靜，以物觀物的意境。透過自我意欲的消泯，生命回歸與萬物一體的本源。就在悠然自得的存在狀態中，捕捉自然的生機，這是山水詩所呈現的美感。而杜甫以其仁者胸懷行走江湖之間，詩中的自然觀照，便呈現另一種深邃的面貌，頗值一探。

與儒家詩觀相呼應的類型，即是「詩言志」的詩歌傳統，這一類的詩歌乃以比興的手法，將自然景物入詩，詩中呈現「以我觀物」的色彩，即詩人將心中的悲喜或自覺或不自覺地投射於景物，因景物的襯托，使悲喜之情，更爲具體可感。杜甫詩中不乏這一類的句子，如〈春望〉一詩中的名句：「感時花濺淚，恨別鳥驚心。」花鳥與人同在國破家殘的悲痛之中。儒家以仁義之性爲生命的本質，儒者的心靈自然的流露出對人間乃至宇宙萬物的關懷與悲憫，由於對生命本身的自覺，這一類型的詩人遂呈現出較爲明確的主體性，自然景物的出現，便常以呼應詩人的心境爲主了。

但在杜詩中，我們看到自然景物的呈現並不單單被藉以襯托詩人的主觀心境，隨著詩人生命境界的提昇與開擴，自然景物與生命主體有更完整的交融與渾化。杜甫的生命關懷是沒有界線的，對妻兒、兄弟、朋友、君王、人民乃至一草一木，都隨遇而具體地表現其關切之情，因其生命源源不絕的情感，使他所面對的一切對象，都呈現出真切可感的面貌，這是杜甫以其性情具現給我們一個真實飽滿的世界。杜甫詩中，人與自然的相遇共感，一則是人心中不容自已的仁愛之情；一則是天地間盎然的豐沛生機，二者交融一體，即呈現出和諧融洽、充滿深情的詩境。如杜甫〈春夜喜雨〉一詩：

好風知時節，當春乃發生。隨風潛入夜，潤物細無聲。
野徑雲俱暹，江船火獨明。曉看紅濕處，花重錦官城。

全詩形容春雨潤物的景象，充滿溫柔欣喜的情感。詩中的「春雨」已不是客觀的自然景象，而是與人心相感的生命體，杜甫用「知時節」、「發生」、「潛入夜」、「潤物」等語來形容春雨，正是以雨絲滋潤大地的過程，讓人感受到大自然的生生之機。「春雨」是詩中的主語，而人則融化於大自然之中，以仁心而與天地萬物爲一體。儒家以仁心爲生命本質，仁心的發用即成真實不虛的存在狀態，人與外物無隔，亦是善與美的具顯。

杜詩中的自然景物，通常以生命體的面貌呈現，在詩人眼中，一草一木都是完整具體的生命存在，故而與人可親可近。如幽居四川時，生活中日日與鷗鳥相親，〈江村〉詩云：「自來自去梁上燕，相親相近水中鷗。」又如〈岳麓山道林二寺行〉一詩中：「一重一掩吾肺腑，山鳥山花吾友于。」隨著起伏的山道徐行，周遭的景物都是心息相通的生命。清人施鴻保在〈讀杜詩說〉中，也點出杜甫在詩歌裡，常以「你」、「汝」等語來稱呼花草禽魚，以第二人稱來指喚自然景物，正是使自我與花草同列於平等的位階，同是生命與生命的對話與往來，其中的情感是交流暢通的。這一點便與道家的自然觀照有所不同，道家消泯人的主體自覺而同化於自然生機，在與萬物爲一體的感受中，不再有屬於人際的位階。而儒家的仁心主體正是以人現實的身心存在爲根據，從人的親身體證來落實與萬物一體的經驗，故其自然觀照是從人的生命內涵一步步擴展而得。

愈是真誠的生命，便愈能與宇宙萬物互動相感，也愈能呈現出生機洋溢的自然景物，如此的生命存在是最圓滿無憾，同時也是最自由暢通的。杜甫詩中的自然觀照，常使我們感受到這份洋溢於心中的樂處，如〈江畔獨步尋花七絕句〉中的這兩首詩：

黃師塔前江水東，春光懶困倚微風。桃花一簇開無主，可愛春紅愛淺紅。

黃四娘家花滿蹊，千朵萬朵壓枝低。流連戲喋時時舞，自在嬌鶯恰恰啼。

春天的萬紫千紅中，萬物各得其所，詩人於其中也擁有一份充實滿足的喜意。

道家思想可以超越人間，在一時一地，山巓水湄處，呈現一致的境界，淸靈虛靜且圓滿無憾，是生命之初的和諧完整。而儒者則是以仁心透顯整個存在處境，其無時無地不承載整幅的人生。因而杜詩中最具代表性的詩歌意境，既非深入人間的悲憫情懷，亦非陶醉於自然景物的適意自得，而反是將自我泯化於無限的時空中，以景物呼應出天地蒼茫的悲涼情感。似乎在面對自然景物時，詩人有更巨大的生命狀態，這是超越人間的關懷，而更深入一切存在的心胸。杜甫常有孤身獨對天地的時刻，在某一處風景之前，引發對無限的時間、空間之感受，生命存在於一遍蒼茫之中。如〈登高〉一詩中：「無邊落木蕭蕭下，不盡長江滾滾來。」又如〈旅夜書懷〉一詩：「星垂平野闊，月湧大江流。」自然景物與心靈境遇交融成一遍，詩中的景物不單以個別物象存在，而乃涵融於整體宇宙之中，象徵整體的時空存在，遂呈現一份渾厚蒼茫的美感，詩人於中每每觸動身世之感，突顯出人世生命的渺小與無常。彷彿詩人於自然之中，體證了一份圓融完整的存在感受。草木有枯榮，山水有晦明，整個大自然交融著成全與摧毀，永恆與無常，一景一物都是完整的宇宙存在，杜甫由此照見生命的真實，便也能俯看浮漚般的人世滄桑了。（原載於中國語文第四五九期）

從〈師說〉看韓愈的散文風格

傅正玲

韓愈的文章從唐朝以來，直至今日，不斷地被閱讀、讚美乃至效法，使韓文成爲古文中最具代表性的作品。而韓愈的文章風格，歷來也有其定論，其最受後代推崇的，是文章在雄奇多變中所蘊蓄而成的一股沛然之氣。誠如宋朝蘇洵所論：「韓子之文，如長江大河，渾浩流轉，魚黿蛟龍，萬怪惶惑，而抑遏蔽掩，不使自露。」江河的浩渺奔騰，涵容萬物及變化萬千，正可具象出韓文的奇采與氣勢。

分析韓文中使人不敢逼視的氣勢，乃得之於兩端，一則韓愈發言議論，常從感慨中生起，而義理精到，又往往切中時弊；再則，即是文章句法、語法的安排詭奇靈活，各種修辭技巧隨手運用，又別出心裁，使人有神乎其技之嘆。此二端緊密融塑，相輔相成，又與韓愈的性格及學養密不可分，韓愈的散文風格，無疑是「人如其文」的最佳寫照。

唐史中形容韓愈的性格，「操行堅正，鯁言無所忌。」韓愈對時代的感受強烈，深具正義感，又時時「發言率真」，故而導致時運不濟，仕途坎坷的一生。

自安史之亂後，大唐國勢已漸漸走向低微，衰象叢生，文人有感於時弊，紛紛興起改革的想法。當時獨孤及、梁肅等人深感科舉考試著重詩賦取士，忽略經學傳統，而導致文風敗壞，士氣委靡，而提倡古學，文學上主張以散文取代駢體文；學術上主張以孔孟義理取代經學章句；思想上主張以儒家聖學取代佛老之說，欲從道德人心的提振，來挽救國勢。韓愈與梁肅等人相遊，「銳意鑽仰，欲自振於一代」，他一生的關懷都在儒家聖學的繼承與發揚的文化使命上。深具使命感，又不滿於時風，有舍我其誰的自覺，再加上韓愈狷直無所忌的性格，便使其發言自有一股昂揚勃發的氣勢。

在〈師說〉這一篇文章中，韓愈即從針貶時風的立場發端，以讚美李蟠「不拘於時」，能行從師問學之道，來批判當時文人間恥學於師的風氣。據柳宗元的〈答韋中立論師道〉中所說：「今之世，不聞有師，有輒嘩笑之，以爲狂人。」可知，當時的時代風氣。其實自武后以文學取士，特重進士一科以來，士人經由自學，即可登科爲官，原來通過官學讀書，以獲取官職的途徑，漸被忽視。唐朝極盛一時的太學教育，自天寶年後逐漸荒廢，至憲宗元和年間，唐朝中央官學幾乎解體，學生寥寥無幾，校園荒廢。士子十年寒窗苦讀，一朝聞名天下，成爲唐朝盛行的故事。自學的風氣，不僅使太學體系崩毀，也同時使文人從師問學的傳統消失。

韓愈在當時不顧流俗，抗顏爲師的態度，也引起世人的詆毀聚罵。但誠如柳宗元所言：「舉世不師，故道益離。」提振道統，改革時風，成爲〈師說〉一文的精神主旨。

韓愈的文章雖然變化多端，但卻非漫無章法，相反地，其文中結構簡要嚴謹，使其理路的推陳，格外具有說服力。觀〈師說〉一文，韓愈以古今對舉，立全篇間架。先以「古之學者必有師」一語，點出從師問學的義理性，人生不能無惑，惑而從師，即爲求道解惑而從師，故而「道之所存，師之所存也」，寥寥數語，將師生間以道相承之單純明朗的關係釐清，由此對照「今之學者」恥學於師的心態，不知以求道解惑的態度求師，反以各種年齡、官位的狹隘考量，譏笑師生關係，正可見其謬誤。韓愈先論理後慨嘆，古之學者的明智與今之學者的愚謬，立刻顯照出來。結尾兩段再以古今對舉的手法收束，但與前文的對比性不同，乃採呼應的方式，從「聖人無常師」一段中，指明孔子唯道是求的從師態度，以此帶出李蟠拜韓愈爲師，正是今之學者不拘於時，而能行古道的典範。說古論今，一對比一呼應，使義理的陳述十分完整。

除論理嚴謹清晰外，〈師說〉另一層動人的氣勢，得之於句法的豐富多變，韓愈以頂真、排比、參差交錯及突轉的筆法，使文章語氣產生靈動頓挫，而文勢有頓挫、有起伏，便有波瀾，一股文氣常在閱讀過程中動人於無形，使人不知不覺受其情感渲染。

〈師說〉一文首段即善用頂真法，「古之學者必有師」即接「師者，所以傳道受業解惑也」；接續而來「人非生而知之者，孰能無惑」下接「惑而不從師，其爲惑也，終不解矣！」以頂真筆法突顯「師」「惑」二字，不僅使其語有力，義理的推陳也達一氣呵成的效果。

再者，排偶的運用一向是韓文的特色，〈師說〉一文亦不例外，如「生乎吾前，其聞道也，固先乎吾，吾從而師之；生乎吾後，其聞道也，亦先乎吾，吾從而師之。」爲長句對；「師道之不傳也久矣！欲人之無惑也難矣！」爲單句對……等等，不勝枚舉，排偶句法可讓文句整齊化而產生明快流暢的效果，韓愈深達此道，又能避免因整齊化而帶來板滯之感，在排偶中或長句對、或單句對、或句中對，或增字或省字，變化十分靈活。如「古之聖人，其出人也遠矣，猶且從師而問焉；今之衆人，其下聖人也，亦遠矣，而恥學於師。」此處排偶，上段增「猶且」二字，下段增「亦」字，句式或四言或七言，使整段話生動不少。

韓愈文章的奇詭，也常由於文氣的突轉而來，如〈師說〉一文中，說完「道之所存，師之所存」後，突接「嗟呼！師道之不傳也久矣」的感歎語句，流暢明快的語氣中突一轉折，更添文章氣勢的波瀾。

又如文章中「句讀之不知，惑之不解，或師焉，或否焉」一句採交錯法，文字遂顯得奇突矯健，若直敘之：「句讀之不知，或師焉，惑之不解，或不焉」便顯得平板了。

對稱中有排比，排比中有交錯，各種語法的運用，顯現其文詭奇的特色，但韓愈的詭奇又是收攝在論理嚴謹的結構中，不僅無損其嚴謹，反形成蓬勃的文章氣勢，更有助於義理的抒發。論理精到，文采可觀，遂成全了韓文在古文上不可替代的地位。

（原載於中國語文第四六一期）

從〈始得西山宴遊記〉談「遊」的美感經驗

傅正玲

三十三歲這一年，柳宗元從禮部員外郎被貶爲永州司馬，不僅滿腹理想熱望一夕之間化爲雲煙，他唯一相依的母親也因不堪長途勞頓而病逝異鄉，柳宗元形容自身的處境是「萬事瓦裂，身殘家破」。

「永州十年」不僅凝鍊出清高潔峭的人格，也成全了柳宗元不朽的文學地位，〈永州八記〉即是這個時期的精采作品。一般欣賞這一系列的山水遊記，都從排憂解愁的角度出發，認爲作者是將一腔孤憤，寄情於山水文字之間，也認爲其中潭影丘石都隱含著他內心不平的塊壘。

然而，在〈始得西山宴游記〉這篇小品裡，柳宗元卻傳達出由幽閉到釋放的精神轉化，封鎖的心情，在「西山之遊」的經歷裡開解寬闊，全篇文字也流露破繭而出後明朗輕暢的風格。

〈始得西山宴游記〉乃〈永州八記〉之首，它的性質就像是一篇序言，點出八篇遊記互爲連貫的共同精神。這篇文章的重點不在西山的景色，而在「遊」的美感體悟。柳宗元以對照性的結構來處理「吾嚮未之遊，遊於是乎始」的感悟。未遇西山之前的「遊」，只是習以爲常的旅遊慣性，尋奇探幽，都不離「皆我有也」的征服心態；始遇西山之後，則在美的感動中，獲得「心凝形釋，與萬化冥合」的無限感，兩相對照，充分表達西山之遊是人生中的一大轉變，故而以「始得」爲題，點出其難得的既驚且喜。

首段以短句爲主，駢散錯綜的句法，加上當中一連串的頂真，營造出緊湊流暢的筆調。

文章一開始即點明「自余爲僇人，居是州，恆惴慄」的心靈處境，柳宗元的永州之罪是人生一大關卡，因憂懼不安而陷於幽閉的生命，如何能破繭而出？是此時要面對的人生課題。

「其隙也，則施施而行，漫漫而遊」，無目的而不經意的行遊，其實都由「惴慄」的心情而來，是爲排遣憂愁、暫忘恐懼不安的手段，雖然形跡極盡行遊之能事，「

上高山，入深林、窮迴溪，幽泉怪石，無遠不到。」山水自是山水，我自是我，深林高山並未能形成一股釋憂的力量。柳宗元以「上」、「入」、「窮」三個短句，強調出憂愁之中刻意遨遊的行徑，遊覽成了一件「努力」的事。而如此刻意用力的遊走，一方面突顯出「惴慄」之恆且深；一方面暗指以「惴慄」之心而來的行動，其實無能化解「惴慄」的狀態。

柳宗元給友人的書信中，十分明白地察照出自身的困頓，他說：

> 永州于楚本最南，狀與越相類，僕悶即出遊。……時到幽樹好石，暫得一笑，已復不樂。何者?譬如囚拘圜土，一遇和景，負牆搔摩，伸展肢體，當此之時，亦以為適。然顧地窺天，不過尋丈，終不得出，豈復能久為舒暢哉！（〈與李翰林建書〉）

一種無形的枷鎖囚拘著永州時期的柳宗元，形體的出遊無解於心靈的幽困。「惴慄」恆常，身心處於分隔的狀態，所以，一切身影的遊走，都只是一種反覆的形式，柳宗元以「頂真」筆法的流暢延展，表達一連串公式化的舉動：「……無遠不到；到則披草而坐，傾壺而醉；醉則相枕以臥；臥而夢，意有所極，夢亦同趣。覺而起；起而歸。」「到」、「醉」、「臥」、「起」，「起而歸」，這不加思索的行動反射，其實已成爲某種慣性，究其內涵，也是「到」而「不遊」的行徑。而恰好是這種「不遊」的心胸，有了自以爲是的自負，「以爲凡是州之山水有異態者，皆我有也。」山水的生機與美景，無一能與憂懼的心境相涉，柳宗元以親身的體驗說明，以行遊爲手段，欲藉山水排憂解愁，其實是不可能的事。而真正的「遊」，亦是心靈的生機釋放，無憂無懼的自由。

先前的「到而不遊」與後來身心兩忘的「遊」之間的轉變，得之於一次意外的「相遇」：

今年九月二十八日，因坐法華西亭，望西山，始指異之。

這一日，坐在法華寺的西亭上，遙望西山，突然現西山的美，一種獨具的面目。「亭」在中國園林建築中，常有暗示美景的起興意涵，而亭，停也，是在腳步暫停，身心放下的狀態中，易與美景相會。西山一直挺立在那裡，但直至這日，身心暫忘惴慄，才有機緣相會，西山之遊便不同於柳宗元往日「施施而行，漫漫而遊」的遊覽心態。

接下來一連串的動作：「過湘江，緣染溪，斫榛莽，焚茅筏，窮山之高而止。」

皆是因「始指異之」而來的行動。柳宗元巧妙的點出西山美景掩蔽在蠻荒之中，「斫榛莽，焚茅筏」是開路的過程，這個過程在〈永州八記〉後面的篇章也一再出現，所以，不僅柳宗元因永州山水而重生，永州山水之美也因柳宗元而彰顯，正是美感經驗中互爲知己的相顯相照。

接著，柳宗元集中筆墨刻畫山水與心靈互動的歷程，「景」的形成，即是心物交融的結果，西山獨具的美景層層展現，而精神狀態也隨之逐步開闊、釋放。

「攀援而登，箕踞而遨，則凡數州之土壤，皆在衽席之下。」停下腳步的地方，是在西山之頂，「窮西山之高而止」，此時，此身與西山同其高，因而有了不同於往昔的眼界。而眼界的寬闊只有在「遊」的美感經驗中方能無窮無盡，柳宗元運用「攀援而登，箕踞而遨」這個偶句，兩個「而」字，點出這一連串的行動都不離一份悠遊的心境。

「其高下之勢，岈然窪然，若垤若穴，尺寸千里，攢蹙累積，莫得遯隱。縈青繚白，外與天際，四望如一。」此身彷佛成了西山的一部分，取得西山的高勢，打開一對遼闊的眼睛，這個世界完整的呈現出來。「莫得遯隱」、「四望如一」，都是這個「心與境同」的當下，所感受到的完整、圓全的經驗。

「然後知是山之特出，不與培塿爲類。悠悠乎與灝氣俱，而莫得其涯；洋洋乎與造物者游，而不知其所窮。」「然後知」三個字所表達的心靈狀態，是將融於景象的情感經驗，作了自覺性的觀照。在原先不知其然而然的情感流露後，此時，體現到自己的生命已在情景交融之不自覺的狀態中擴大了，所以當他說：「是山之特出，不與培塿爲類」時，其實，也指出此時的心靈狀態已不同於往昔。接下來的對偶句，即是肯定了與天地合而爲一的無限感。

「引觴滿酌，頹然就醉，不知日之入。蒼然暮色，自遠而近，至無所見，而猶不欲歸。」美感經驗中渾然忘我的高峰，經過理性的觀照後，便成爲自我生命中一次難得的確認。此時，「不知日之入」，「而猶不欲歸」都形容出心神酣醉後，戀戀不捨的心情，而這份不捨既是對西山之景，更是對融於景中的生命狀態。

「心凝形釋，與萬化冥合。然後知吾嚮未始遊，遊於是乎始。」雖然「不知日之入」，但太陽還是要下山；雖然「不欲歸」，但仍舊是要下山回家。美感經驗中所開闊的生命境界與自我的體認，都將成爲一股回歸個體生命後的力量。柳宗元說：「心凝形釋，與萬化冥合」，其實是將此次西山之會的可貴經歷定義下來，形成可以追求的理想境界。心靈主體具現，在與萬化交融合一的當下，無限的、和諧的感受，使人忘懷一切形體的掛礙與有限的得失，而這樣的心靈力量，是柳宗元可以走出「恆惴慄」之處境的關鍵。所以，人生從此可以轉向，「遊於是始」，新的腳步正等待踏出。

柳宗元在西山之遇前，寫下這一天的日期：「九月二十八日」，文章結尾以「是歲，元和四年也」收筆，都顯現了這一日在生命過程中的轉捩意義，紀念這一日，是在紀念一次重生。

一趟西山之遊，心靈突破形體的拘束，而與無限的存在合一冥化，純粹的美感經驗，使人不再向空間作無窮的探索，反而能隨緣遇，在每一處山水體會無限。于此，方有所謂悠遊，而腳步也可行可止了。〈永州八記〉是柳宗元相隔三年，四趟出遊的作品，而他將這些遊記連成一個整體，篇篇環環相扣，每一文的開頭都與上篇互為呼應，而且也彼此映襯，形成中國繪畫中山水長卷般的空間效果，流動性、延展性的畫面結構，正使欣賞者的感受空間可以自由收放，而獲得悠遊的意趣。每一篇作品可以獨立欣賞，也可以連貫來看，都是在「遊」的體驗中一一形成。（原載於中國語文第四七一期）

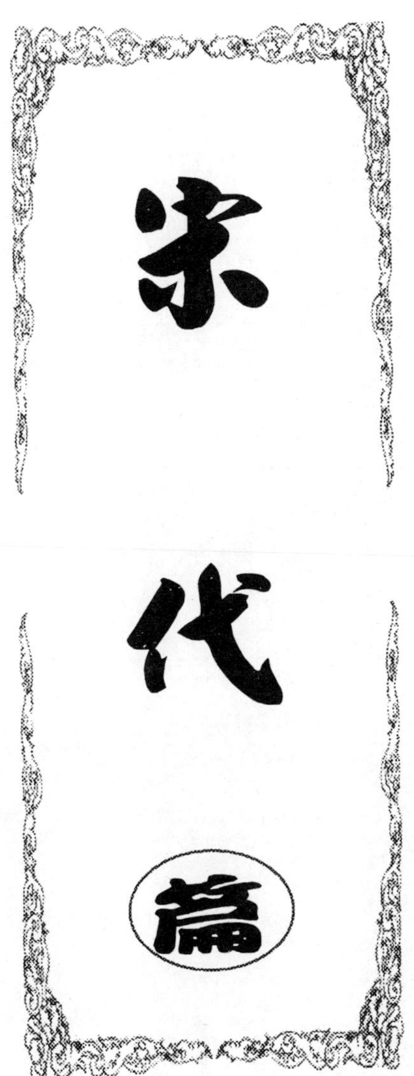
宋
代
篇

「政見自政見，而人格自人格」

——淺談王安石性格

邱瓊慧

王安石在歷史上的評價，一直是褒貶不一的。有些學者奉他爲天地道德、事功的完人；有些學者則認爲王安石泥古汙闊，不知變通，其間的差距，簡直是天壤之別。梁任公在《王荊公》書中就提出對王安石的看法：

> 顧政見自政見，而人格自人格也，獨奈何以政見之不合，黨同伐異，莫能相勝，乃虛辭以蠛人私德，此村嫗相誶之窮技，而不意出其於士大夫也。

正如梁公所言，先不論王安石在政治上變法改革的功過與否，對於王安石，我們可從性格氣質來重新認識他。

一、家世

王安石字介甫，撫州臨川人，父親王益，母親是王益的繼配。父親在他十九歲那年過世，從此七位弟妹就由他照顧，一家子的經濟重擔就落在王安石的身上。王安石明白，唯有通過科舉，求得一官半職，否則經世濟俗就成爲空話罷了。在他二十二歲那年，王安石參加科舉考試名列第四名，不久就被任用爲揚州簽書淮南節度判官廳公事。在任職期間，朝廷雖然屢次想擢拔他「求試館職」，但是，王安石總念及家中長輩以及弟妹們，而加以婉拒。

二、仕宦

王安石的父親王益二十二歲中進士，四十六歲去世，這二十四年的仕宦生涯，並沒有使王益躋入政治要職，反而讓家人跟隨他南北奔走。王安石自幼就與父親遊宦南北，因此，他更能體會民生的疾苦。以仁德施惠於民的思想，常常流露於文字間。就以慶曆七年（一〇四七），王安石被派往鄞縣（今浙江寧波市一帶）擔任知縣，在任職期間，有令人稱頌的三項政績：其一，大興水利，開渠築堤，解決當地乾旱無水的民憂；其二，實行青苗法，貸穀給百姓，避免青黃不接之際，窮人被壓榨；其三是進行教育改革，把孔廟改爲縣學，從事人才的培育。爲了紀念王安石的政績，鄞縣人民建立了祠廟。南宋時，王安石牌位被請出孔廟，鄞縣人民就另建了「實聖廟」來紀念王安石；清初，浙江總督下令拆毀「實聖廟」時，遇遭當地百姓的抵制。至今鄞縣仍有以王安石名字政績相聯繫的名稱，如「安石鄉」、「王公塘」，在在都顯示出施惠於民的王安石被百姓懸念的程度。

三、性情

劉勰在《文心雕龍．體性》一文中提出「才有庸俊，氣有剛柔，學有淺深，習有雅鄭，並情性所鑠，陶染所凝」之說，他認爲文章風格與文人的情性有直接的關係。因此我們可由歷代學者對於王安石文章的評論裏，一窺王安石性情的顯現。後世學者評王安石的作品總提到「精峭」、「氣銳」、「勁直」、「鋒利」、「遒勁」、「拗執」、「深思」、「嚴確」、「緊嚴」、「直而不阿」、「義形於辭」、「深沈之思

「簡勁之言」、「沈著之思」、「簡而有法」、「周而能解」、梁任公認爲「曾文正謂學荊公之文，當學其倔強之氣，此最能知公者」。從這許多評語中，似乎略見王安石性格有著鯁直、堅持的一面。翻閱記載宋人軼事書籍《邵氏聞見錄》，其中記載著一段軼事：

王荊公知制誥。吳夫人為買一妾，荊公見之曰：「何物女子？」曰：「夫人令執事。」安石曰：「汝誰氏？」曰：「妾之夫為軍將，運米失舟，家資盡沒，猶不足，又責妾以償。」公愀然曰：「夫人用錢幾何得汝？」曰：「九十萬。」公呼其夫，令為夫婦如初。

讀著這段軼事，王安石能捨「九十萬錢」，成全夫婦團圓，令讀者感動他的澄澈胸懷。

《宋史》記載王安石的個性是「強忮，遇事無可否，自信所見，執意不回」，而司馬光評論王安石時，也稱其「執拗」。我們或許可以從《邵氏聞見錄》中的二件軼事裏，換個角度來看王安石「執拗」的性情。其一是：

韓魏公知揚州，王荊公初及第為僉判，每讀書達旦，略假寐，日已，高急上府，多不及盥漱。魏公見荊公少年，疑夜飲放逸，一日從容謂荊公曰：「君少年無廢書，不可自棄。」荊公不答。退而言曰：「韓公非知我者。」

其二是：

司馬溫公嘗曰：「昔與王介甫同為群牧司判官，包孝肅為使。一日群牧司牡丹盛開，包公置酒賞之，舉酒相勸。某素不喜酒，亦強飲。介甫終席不飲，包公不能強也。某以此知其不屈。」

從這二件軼事看來，王安石的「執拗」性格無非是有他自我原則的堅持，以及自我行事風格的特色。

王安石晚年居住在鍾山，與他往來的人不過是禪師、白丁；伴隨他的不過是一隻羸弱的驢，以及明月松風。在他〈歲晚懷古〉的詩作中，就流露出淸靜淡泊的性格：

先生歲晚事田園，魯叟遺書廢詩論。問訊桑麻憐已長，按行松菊喜猶存。
農人調笑追尋壑，稚子歡呼出候門。遙謝載醪袪惑者，吾今欲辯已忘言。

結語

從王安石的家世遭遇、宦途政績來看，他恪遵自我原則的性格裏，隱涵著儒者性情；性愛鍾山的恬靜，則又蘊含著愛好自然、淡泊名利的性情，然而，身處在詭譎多變的政治環境，以及身兼「調理鼎鼐」的職分，這與王安石的自然性格是相互乖違的，換言之，王安石何嘗不也置身在居隱山林及仕宦治世的矛盾中，其間如何取得平衡的作爲，就成爲歷史評騭的標的。儘管如此，就讓我們「政見自政見，而人格自人格」來認識王安石吧！（原載於中國語文五二〇期）

談蘇軾〈記承天寺夜遊〉的美感經驗

傅正玲

在進入這篇文章之前，也許我們應先說明何謂「美感經驗」？在美學的研究中，對「美感經驗」的界說頗爲紛紜，但大致上可以放在「某種心靈狀態」這個層面來了解，即爲心靈進入「物我交融、人我合一」的和諧狀態，而獲得忘我的、完整的感受。

當心靈處於主客對列的狀態中，便錯失了「美」的感受；而當心靈解除分析性、認知性的作用時，便處於空靈的狀態中，一草一木、江山風月，與心靈相照，人與宇宙萬物融爲一體，即是「美感經驗」。

不能處於「空靈」的狀態，以本心來生活的原因很多，人生的責任、名利的得失、價值感的追求……等等，都使人易沈陷在算計、思慮的處境裡，能從計慮的、掛礙的處境裡解放出來，心靈留出空間，便常獲得一種渾然忘我的意外感動。

「元豐六年十月十二夜」，當時蘇軾被貶於黃州，無公差、無官舍、無友朋，唯一有的便是空閒，而空閒的狀態中能享有的便是「江山風月」，他說：「江山風月本無常主，閒者便是主人。」能安然接受一無所得的處境，正使心靈釋放出來。

蘇軾在文章之首點出時間，目的不在點出他當時的人生處境，而純是「此夜」之難得，「此夜」之前與之後的人生長流裡，照常有悲歡得失，但「此夜」中生命的完整記憶，成爲人生最精粹的時刻。

文章接下來便是一美感經驗的起興，「解衣欲睡，月色入戶，欣然起行」在一日的作務稍停息，「解衣」也暗示著人要從機制化的心靈中解放出來，在欲睡而未睡的當口，留下一個空隙，純然是一種意外，「月色入戶」其實正是「月色入心」，一個「入」字點明了月、戶與人的怦然互動。「欣然起行」，乃爲月色而起，亦爲此怦然心動而起，純是非目的性的行動，起行的過程即是目的，所有的行動都消融於欣然之中，自然而然。

「念無與樂者，遂步至承天寺，尋張懷民，懷民亦未寢，相與步於中庭」，此一段是美感經驗的延伸，蘇軾用筆十分簡潔，省略一切概念式的解說，保有這篇短文純是美感的精粹性。從「念」而「遂步」而「尋張懷民」至「相與步於中庭」，歷程性的展現十分流暢，原來存於個人心中的感動，就在這個歷程中獲得互證，蘇軾只用了「懷民亦未寢」的「亦」字，就點出兩人各自沈醉在共同的美感經驗中，故而，一視而笑，便可一語不發地相與步於中庭。美感經驗的實存性，便在兩個不同的生命個體，共同的契合中，獲得印證。

由「月色入戶」而起興的美感經驗，使兩個不同的個體得以契合，乃是從「自我」之中釋放出來，同時融入大自然的韻動中，而此時大自然所呈現的美景是怎樣的畫面呢？

蘇軾並非以客觀描繪的筆法將這幅美景呈現出來，選擇語言來傳達美感經驗的目的，是使這一份物我交融的感受能夠保存下來，成爲一種可感的形式，所以，整個語言結構所要呈現的是一種意境，或者說，是蘊涵著物我交融之美感的環境，而非進入分析層次的概念式語言說明。在這篇文章中僅用了三個句子，便將其中意境點出，「庭中如積水空明，水中藻荇交橫，蓋竹柏影也」，「庭中」二字接於「中庭」之後，從人到景的轉接十分流暢。此時月色如水，「庭中如積水空明」，是形容月光籠罩下的庭園，蘇軾筆下所呈現的不只是月，也不只是庭，也不只是庭中的人，而是月與庭與人交融後的整體環境，而用「空明」二字，便將不同的物體互動互融後的美感意境具現出來。「水中藻荇交橫，蓋竹柏影也」，更是神來之筆，不寫月而寫如水的月光；不寫竹柏，而寫其影，更用水中植物藻荇來比喻月光下的竹柏，都使「空明」的意象更爲生動，而人的感受也自始至終都在「空明」的美感經驗裡。寥寥數句，有月卻不落於月的形貌，無水卻不離水的意態，而水的澄明、流動與融滲之感，使因爲月光而興動的美感經驗，有了更爲具體、直接的語言形式。

「何處無月，何處無竹柏，但少閒人如吾兩人耳！」月與竹柏亙古常存，但當人未能與之相會，只會各自幽暗，各自寂寞，所以難得此相會之人，但其實「何處無人」呢？少的是一個「閒」字，人的生存狀態中，難得解除一切責任、憂患、計慮、分析、概念，只存一虛靜空靈，而唯有在此心靈中，人才有與自然相融成一體的可能，也才有美感的體悟，所以，難得此相契的時刻啊！

八十多個字記載了一次審美的活動，審美是內在化的感受，由此感受投射爲一連串的舉止，在此舉止中，人與人，人與物呈現和諧性的互動歷程，所以，我們在這篇文章中看到生命活動的歷程性，月與人，人與人，人與庭中竹柏，月與庭中竹柏，都在互動之中呈現微妙的美感，在美感的心靈中譜成一曲流動性的樂章。

全篇文章的結構，也在此歷程性的具現中，形成一種看似閒散實則緊密無縫的特色。它具有一種內在性的結構，扣準美感經驗的活動，美感的興起、體證、具現到美感心靈的自覺，自然而然，皆非人為刻意所得，而此歷程性的內在結構，我們稱為活結構，表現在文字的表層結構上，即是閒散的。（原載於中國語文第四七二期）

試論黃山谷另一種生命特質

——倔強

宋邦珍

黃庭堅，字魯直，自號山谷道人，是蘇門四學士之一。他的詩造詣高，別出東坡，另闢一徑，成爲江西派的創始者。可是他的詞表現參差不齊，歷代的詞評家評價不一。如陳師道《後山詩話》：「子瞻以詩爲詞，如教坊雷大使之舞，雖極天下之工，要非本色。今代詞手，惟秦七、黃九爾，唐諸人不迨也。」李清照《詞論》：「黃即尙故實，而多疵病，譬如良玉有瑕，價自減半矣。」黃山谷的詞多有文字俚俗情感粗鄙之作，折損他的詞的整體評價。但《四庫全書總目提要》也說：「庭堅詞佳者妙脫蹊徑，迥出慧心，補之著腔好詩之說，頗爲近之。」山谷詞中佳者有很特別心意。筆者閱讀《山谷詞》，發覺其有一種「倔強」生命特質，在詞中時時浮現。就如陳廷焯所言：「詞貴纏綿，貴忠愛，貴沉鬱。黃之鄙俚者無論矣。即以其高者而論，亦不過於倔強中見姿態耳。」（《白雨齋詞話》）陳氏對黃庭堅不是讚美，而是以爲其高者尙有可論之處，但評論亦切中山谷生命特質。以下嘗試從幾闋詞來看黃庭堅的「倔強」。

黃山谷有一闋詞：

> 瑤草一何碧，春入武陵溪。溪上桃花無數，花上有黃鸝。我欲穿花尋路，直入白雲深處，浩氣展虹霓。祇恐花深裡，紅露濕人衣。
>
> 坐玉石，攲玉枕，拂金徽。謫仙何處；無人伴我白螺杯。我為靈芝仙草，不為絳脣丹臉，長嘯亦何為。醉舞下山去，明月逐人歸。（〈水調歌頭‧遊覽〉）

上片寫春天的時候入武陵溪，一入眼簾就是「瑤草一何碧」，香草何等碧綠。接著寫景，溪上有很多桃花，枝上有黃鸝。「武陵溪」是一種理想境界的象徵。再轉入作者自己的經歷，想要穿花尋路，直達白雲深處，浩氣化作虹霓。再轉入作者的想法：只是恐怕花叢深處，紅露會沾濕衣襟。「紅露沾人衣」是象徵俗世的紛擾，恐怕會影響作者。上片有幾個轉折，入武陵溪的讚嘆，寫溪邊美景，寫自己直接的想望，最後寫作者的猶豫。可見他對美好的世界有著幻想、憧憬，因爲現實的阻礙，心中不免猶豫。下片寫他幻想中的美境，他「坐玉石，欹玉枕，拂金徽」，如同在仙境一般。此時他想問李白何在？因爲無人伴他喝酒。接著作者自喻是靈芝仙草，不想做一個塗脂抹粉的小人，有什麼好長嘆呢？最後二句寫作者喝醉酒顛顛倒倒下山去，明月也來相送。下片寫出他的堅持，他嚮往到一個美好的境地去，真希望能有李白作伴，但他卻孤單一人。最後講出他的心聲：他自許爲不俗之人，絕不做庸俗之輩。世間的紛擾會讓其情緒波動，但他絕對堅持他認爲美好的、高尚的。雖卓然自立，不同流俗，但還是人間的想望，未曾真正離開人間，所以最後他說：「醉舞下山去，明月逐人歸。」

山谷另有一闋詞，可以看出他的深情：

> 春歸何處。寂寞無行路。若有人知春去處。喚取歸來同住。春無蹤跡誰知？除非問取黃鸝。百囀無人能解，因風飛過薔薇。（〈清平樂〉）

這闋詞寫對春天的不捨，因不知春歸何處，增添寂寞的感覺。如果有人知道春天去那裡，請他叫春天回來同住。春天無蹤影，誰知道它的芳蹤呢？除非問問黃鸝，可惜黃鸝唱了又唱還是無人能解，黃鸝又隨著風飛過薔薇花叢。夏天來了，春天真正走了。

這闋詞把春天生動化、擬人化，更表現出山谷的真摯的深情。春天不知去那裡，他依然有著一分堅持，想探問春天的消息。從其中可以看出他的執著和追求，他的含蓄曲折的深情。追尋是需要內在的堅持，否則會半途而廢，徒勞無功。最後雖然尋不到春天，但情深可感。

山谷另有幾闋〈鷓鴣天〉詞，第一首：

萬事令人心骨寒。故人墳上土新乾。淫坊酒肆狂居士。李下何妨也整冠。金作鼎，玉為餐。老來亦失少時歡。茱萸菊蕊年年事，十日還將九日看。（〈鷓鴣天•明日獨酌自嘲呈史應之〉）

史應之是山谷貶到戎州所交的朋友。應之，名鑄，眉山人，客瀘戎時，爲童子師。山谷自黔州移謫戎州，時與唱和。上闋先寫他的感慨，「萬事令人心骨寒」，老朋友墳上的土才剛乾，作者自認爲是一個狂居士，在李下整帽不必避嫌。下片寫雖吃山珍美味，老來也會失去少年的歡樂。今天還是和昨天一樣，看著年年開花的茱萸、菊花。此闋的詞序「明日獨酌自嘲呈史應之」可以點出寫作時間是重陽節後一天，而且以自嘲的方式寫作。接著另一首〈鷓鴣天〉：

黃菊枝頭生曉寒，人生莫放酒杯乾。風前橫笛斜吹雨，醉裡簪花倒著冠。
身健在，且加餐。舞裙歌板盡清歡。黃花白髮相牽挽，付與時人冷眼看。（〈鷓鴣天・坐中有眉山隱客史應之和前韻，即席答之〉）

上片寫黃菊枝頭已看出寒意，人生在世別讓酒杯無酒。拿著橫笛在風雨吹奏，頭上插花倒戴帽。其中描繪出一個狂放的形象。下片寫自己身體健康，努力加餐，盡量跳舞唱歌。讓自己的的白髮和黃花相牽連，讓世人冷眼對我。這闋寫出他遇到挫折時，以超乎世俗的方式去面對，雖是反常的，但也是一種堅持的表現。接著另有一首〈鷓鴣天〉：

紫菊黃花風露寒，平沙戲馬雨新乾。且看欲盡花經眼，休說彈冠與挂冠。
甘酒病，廢朝餐。何人得似醉中歡。十年一覺揚州夢，為報時人洗眼看。（〈鷓鴣天〉）

上片寫紫菊黃花爲風露所凍，趁著雨剛停到平原戲馬去。享受這美景，不必談論作不作官這件事。下片寫寧願因酒而病，世人有誰像作者一樣能醉中求歡樂？如此醉中歡，效杜牧的十年揚州夢之嘆，就是爲讓世人擦擦眼看一看。這闋詞是在極度挫折之下所寫，他在醉中求歡樂，雖說是一種暫時麻醉，他還是很倔強要世人看看他的作爲。

山谷因被誣修《神宗實錄》不實，於紹聖二年謫夔州別駕黔州安置，後移戎州別駕。這三首應是元符二年山谷在戎州(四川宜賓)所作。距離被貶已五年。從三首〈鷓鴣天〉可以看出山谷的內心是不怕別人的眼光，胸襟闊達又豪氣，而且堅持自己的想法時，不是默默的堅持，他要讓世人看一看，是一種倔強的堅持。對於世俗標準有相反的意見，但是他還是屬於人世間，不是遺世而獨立。世人的評判不能影響他，他更要做給世人看。其中有狂傲，更有一種環伺世人，我爲自我主人的豪情。

我們從以上的五首詞，可以看出山谷的生命氣質是有創造精神，他敢和一些舊有的相對抗，而且從舊有的超拔出來，走出自己的路。第一首寫出他的矛盾，也寫出他的內在是具有堅持的精神。第二首寫出他的深情，他觀物的方式是有情的，一股腦兒的投入。第三四五首，因爲山谷遇到人生更大的磨難，所以內在的堅持更是擴散開來，甚至激發出和世人對抗的情緒，有自嘲、有叛逆、有抗衡。山谷在文學、書法都是「自成一家」，不肯依傍他人，在詞中就可以印證他的精神所在。這種堅持的精神一定要有一股不計名利，一往情深的生命力。不依傍他人，不管世人眼光，這是他倔強的表現。他不是孤寂式的堅持，而是自豪式的倔強。有夢想、有深情、有傲氣，他更

有對抗世人的倔強。（原載於中國語文五〇四期）

從陳簡齋〈尋詩兩絕句〉談創作者的心路歷程

宋邦珍

《詩品．序》：「氣之動物，物之感人，故搖蕩性情，形諸舞詠。」創作就本質言是一種感發性活動，常常是因爲作者有所感才去創作。一個作者除了有豐富的情感之外，如何使情意和文辭恰當結合，是作者一直苦思難解的問題。如《文賦》所言：「每自屬文，尤見其情。恆患意不稱物，文不逮意，蓋非知之難也，能之難也。」一個作者其實要有敏銳的觀察力，才能從大自然中得到靈感，另外還要能掌握文學語言，才能寫出一篇篇佳作。因此創作活動的過程中可能是「無意於文」，也可能是「有意於文」，透過反省思索，創作變成一種有意識的活動。

宋代詩人陳與義號簡齋，是北宋末南宋初的代表作家，吳之振《宋詩鈔》說簡齋詩：「以簡嚴掃繁縟，以雄渾代尖巧。」筆者發覺其作品中有些是描寫創作經驗，很能代表一個創作者的心情。簡齋的創作，是常用心去追尋。其《書懷示友》之首四句：「平生詩作崇，腸肚困藿食；使我忘隱憂，亦自得詩力。」可以看出其對作詩之多麼在意的。另外如〈對酒〉首二句：「陳留春色撩詩思，一日搜腸一百迴。」可以看出景色觸動寫作靈感，而他對詩之創作是多麼執著。另外一首〈水車〉：「江邊終日水車鳴，我自平生愛此聲。風月一時都屬客，杖藜聊復寄詩情。」寫出景物觸發他的思緒，心中受此感發，所以詩情由此而生。當然在創作時免不了有不順暢的時候。〈春日〉二首之一：

朝來庭樹有鳴禽，紅綠扶春上遠林。
忽有好詩生眼底，安排句法已難尋。

面對庭院裡在樹上鳴叫的飛鳥，以及生意盎然的花木，自然勾起寫詩的興致，那些詩句似乎跳向眼前，一觸即到，但想要把詩句串在一起，怎麼又不見？這首詩寫出靈感的來去無蹤跡，不易掌握；也寫出靈感落寫於構思階段，是一段艱辛的過程。就如王夫之《薑齋詩話》：「以神理相取，在遠近之間，才著手使然，一放手又飄忽去。」靈感有時來去很快速，無法捉摸。

我們再來舉簡齋〈尋詩兩絕句〉作分析：

楚酒困人三日醉，園花經雨百般紅。
無人畫出陳居士，亭角尋詩滿袖風。

※　※　※

愛把山瓢莫笑儂，愁時引睡有奇功。
醒來推戶尋詩去，喬木崢嶸明月中。

這二首絕句據鄭騫《陳簡齋詩集合校彙注》可知作於建炎三年，時簡齋四十歲。居岳州，所居失火，故向岳州太守王摭借州署後圃君子亭居住，自號園公。第一首詩首句「楚酒困人三日醉」因爲居岳州，故言「楚酒」，酒喝得過多讓人醉了好幾天。一醒來欣賞滿園的花，發現花經雨之滋潤更加紅艷，此時的他，無人陪伴，坐在亭角準備找一找寫詩的靈感，風吹得滿袖生風。第一首絕句寫出一個人因爲大醉數日，頭腦昏昏沈沈，一看到大自然的清新、美麗，引起自己的詩興。就如《文心．神思》：「登山則情滿於山，觀海則意溢於海。」一般。如此一來，何不好好把園中美好景物描寫下來，一個人坐在亭子一角靜靜思考捕捉，希望寫出一首好詩來。在這裡，只有孤獨一個人，風一吹來更加顯得孤寂。第二首絕句先道出喝酒是自己的喜好，旁人莫取笑，因爲在憂愁時候喝酒可以讓自己睡得安穩；喝酒是使自己忘記憂愁的好方法。睡醒之後推開門再去找找寫作的靈感。憂愁暫時放一邊，到戶外走走寫寫詩，轉變一下自己的心情。此時明月升起，一棵崢嶸的喬木幽靜陪伴著天上的明月。第二首詩道出解憂之法門。生活之中忘記憂愁的方法之一是喝酒，另一方法就是創作。如果自己有自覺要脫離悲傷，如此自然界的景色可以化解你的不安；換言之，因自己心理受到感動而有所變化，自然界的一切景物都是解憂之良藥。

陳簡齋對於創作是用心去追尋，而且創作是和其生活結合在一起，和其生命力上下起伏。《尋詩兩絕句》寫出一個創作者的心路歷程，面對人世間的紛擾，只能暫時在酒中獲得喘息。人世間的憂煩是來自家國之痛（靖康之恥），是來自個人離鄉背井（客居岳州）。但是人的心是有所感的，面對後園的花在雨後更顯嬌美的情景，也想暫且忘記憂愁，潛心的描繪此情此景。而「尋詩」的過程是一種孤獨而蒼茫的心境，第一首末一句「亭角尋詩滿袖風」，不只寫出蒼茫心境，更見其執著的身影。藉喝酒來忘記憂愁，大睡一場之後，醒來走出房門面向大自然，再次捕捉詩興。最後一句「喬木崢嶸明月中」可有三種涵義。一是尋詩之後，大自然的寧靜讓心境平和下來，靈感一一湧現；一是自己孤獨的形象在明月中如喬木昂首，更顯其執著的心情；一是物我兩忘，大自然自在於此，何不自在隨性，何必勞神去尋詩？一路下來，尋詩不只是言意之湊泊捕捉，更是心靈的反芻過程。

創作不只是抒發自己所感所思，它也是自己心靈的寄託，一種心境轉折體悟的過程。藉著創作可以觸發沈涸的情感，可以整理自己的思緒。甚至創作的過程之中能敲醒自己閉塞的心靈，點亮自己黯淡的心燈。我們從簡齋《尋詩兩絕句》可以看出一個創作者的心路歷程。（原載於中國語文第四九〇期）

從〈臨安春雨初霽〉看陸游的苦悶

宋邦珍

陸游字務觀，號放翁，越州山陰縣（今浙江省紹興縣）人。生於宋徽宗宣和七年（西元一一二五年），卒於宋寧宗嘉定二年（西元一二〇九）。他的祖父陸佃是王安石的學生，父親陸宰是一個著名的藏書家。陸游所處的時代是北宋滅亡，南宋苟安喘息的時代。因爲他從小就受到父親影響，有著愛國思想，極力爲收復失土奮鬥，一直是主戰派的一員，而因爲他曾提出許多積極的政治主張，竟因此引起憎嫌，數度罷官回鄉。

他從年輕時就已經懷抱熱情，準備爲國效忠，屢屢提出諫言。紹興二十三年（西元一一五三）他二十九歲雖中進士，因秦檜阻撓，名次在秦塤（檜之子）之後。等到檜死，紹興二十七年才任福州寧德縣主簿，除敕令所刪定官。而其亦上陳諫言，屢次貶謫。到了乾道二年他四十二歲又因力說張浚用兵，張浚兵敗之後，被免歸家。乾道六年他被派往夔州（今四川省）做通判。乾道八年受四川宣撫使王炎邀請在幕府任公使，策畫北伐。這段時期是陸游生命中最奮進時期，他的政治理想正等待施展。但是沒多久，王炎被調回臨安，陸游的北伐願望落空。

淳熙二年（西元一一七五）范成大任四川制置使，邀請陸游作參議官。陸、范二人有很深友誼，彼此敬重，不拘禮數，引起同僚的毀謗。再加上他喜歡喝酒，常藉酒澆愁，更引起同僚不滿，朝廷因此將他免職。

淳熙五年，陸游被派任江西做地方官（常平提舉），因爲開義倉賑濟饑民，受到當權者的反對，又被罷而回鄉。在家閒居六年，淳熙十三年（西元一一八五），再被起用爲嚴州知事。這一年春天要到嚴州赴任之前，他奉詔到臨安面見孝宗，他住在西湖邊的客棧聽候召見，在百般無聊之中，他寫了這首詩：

世味年來薄似紗，誰令騎馬客京華。

小樓一夜聽春雨，深巷明朝賣杏花。

矮紙斜行閒作草，晴窗細乳戲分茶。

素衣莫起風塵嘆，猶及清明可到家。

題目是〈臨安春雨初霽〉，在臨安待詔，想起前塵往事，心中感慨油然而生，已六十二歲的他，壯志豪情似乎已被消磨殆盡。

我們先看首聯：「世味年來薄似紗，誰令騎馬客京華。」意為這些年來已經體會到世局、人情就如紗一般的薄，因為經歷官場失意，朝廷屈服於外侮，使自己體驗到世態炎涼，換來的是賦閒在家的寂寥。明知如此，為何又來等待召見？誰叫我要來到京城作客。表面上來看他是自我解嘲，自己對功名的戀棧，其實有誰知道他不是戀棧功名，他是為了那分理想，那分重振宋朝聲望，收復故土，為國家開創新契機的執著。語氣雖有些自我解嘲，誰知道裡面藏著多少悲憤？京城是權力的中心，而他寫到：「客京華」，可見他心知肚明，他是遠離權力中心。另外一方面，也與題目中「臨安」春雨初霽相應，把寫作背景點出來。

頷聯，「小樓一夜聽春雨，深巷明朝賣杏花。」住在這客棧裡小樓上，外面下著雨，整個晚上都睡不著覺，就這樣聽著雨聲渡過漫漫長夜。天一亮就聽到巷子裡傳來賣杏花的叫聲。這情景與蔣捷〈虞美人〉下片所言：「而今聽雨僧廬下，鬢也星星也，悲歡離合總無情，一任階前點滴到天明。」有些相似。同樣是聽雨，同樣是經歷世事變化，蔣捷的情直接抒發出來，而陸游的情卻隱藏在字面之下。兩人也同樣是晚年飽嘗世事滄桑而輾轉反側。

陸游回想起這二十幾年爲國家世局擔憂的往事，而今已六十二歲卻一事無成，國家依然還在喘息苟安，向敵人乞求和平。一夜輾轉反側，而清晨起來，一聽到叫賣杏花的聲音，更是使時間腳步迅速移動的事實，逼現出來。這二句詩字面上而言顯得清新宜人，妥貼秀麗，把臨安城下雨過後天放晴那股氣息傳達出來。扣緊題目「臨安春雨初霽」，使意象更鮮明。「聽春雨」接著「明朝賣杏花」，雨過天晴之後，賣花人出門叫賣。

頸聯，「矮紙斜行閒作草，晴窗細乳戲分茶」早晨醒來百般無聊等待召見，隨意拿起短紙，寫起文章來，先打一個草稿，等待以後再修改謄寫。在透亮的窗邊品一品茶，欣賞茶末沖下滾水，冒出細細的泡沫。他似乎是在悠閒享受生活情趣，打發打發時間。但就是因爲如此，更可以看出他無奈的心情。因爲他的志願是要報效國家，馬革裹屍也無悔，他的生命本質是熱烈的、激發的。如今卻只能賦閒在此，寫一寫文章，品一品茶。這不是苦中作樂，根本是對現實政治不得不屈服，不得不作一心情轉寰。「閒」、「戲」並不是他內在真正的通透之後的欣賞悠閒，而是他屈服於世局，不得不如此打發時間，不得不如此稍爲鬆脫自己的無奈作法。

尾聯：「素衣莫起風塵嘆，猶及清明可到家。」「素衣」是指他自己的人品，也可以說是他自己的代稱，他自我勸告自己對世局的污濁不用嘆息、不用悲傷。「風塵」是暗指世局，他借用陸機〈爲顧彥先贈婦〉：「京洛多風塵，素衣化作緇」之典故。因爲他猜想在清明之前又要回家，清明距離現在已經不遠。這次孝宗召見，是不是要重用他，他並不抱著希望。前面太多經驗，讓他體會到他的志向可能要繼續埋沒。他不是想回家，而是心知肚明他又不得不回家，回家就是表示理想再次破滅。末二句透露出他心中的悲憤。雖然下的不是重筆，而是用自我解嘲方式，但心中那般抑鬱，我們可以體會到，在字面下尋繹到，深入到陸游的內心深處。

整首詩是陸游心中的真實感觸。如果只看三四五六句，會讓人感覺語言清新又很細膩地掌握住生活之中悠閒樂趣，尤其是臨安的春天，又下著綿綿細雨，雨過之後天空一片晴朗，是一幅多麼動人的美景。但從第一句讀到第八句，把整首詩連成一氣來看，再考察他的寫作背景，我們不禁要爲陸游悲嘆。因爲在國家多事之秋，又在陸游這個時時身繫國事的人身上，這麼美的風景，這麼悠閒的生活情調，並不能沖淡他的憂心，只是更鮮明對比出他的無奈，他的無力感，甚至他的悲哀。整個臨安城容不下他的行爲、他的志向，他永遠是政治權力的邊陲人物，有志難伸。又要回老家去躬耕，他的心情是多麼蒼涼。

整首詩看似閒淡細膩，神韻清遠，入人心脾，表現陸游詩中靜的一面，情感較內斂。但另一方面悲壯豪宕的摯情，比較激昂的情緒，卻是隱藏在詩的底層，要咀嚼才可得。劉熙載《藝概．詩概》：「放翁詩明白如話，然淺中有深，平中有奇，故足令人咀嚼」真能抓住陸游詩的精髓所在。（原載於中國語文第四九二期）

試論白石詞中色彩運用

宋邦珍

歷代詞評都針對白石詞冷色調詞風來論述，如劉熙載《藝概．詞曲概》：「姜白石詞，幽韻冷香，令人挹之無盡。擬諸形容，在樂則琴，在花則梅也。」陳廷焯《白雨齋詞話》：「白石詞以清虛爲體，而時有陰冷處，格調最高。」南宋末沈義父《樂府指迷》：「姜白石清勁知音，亦未免有生硬處。」白石詞給人的印象就如其人所寫《暗香》《疏影》中的梅花一般雅潔格高。白石既精通音律，又以詩法入詞，別出一格，是南宋一大詞家，其影響後世者甚多，如張炎倡清空說，清浙西詞派都推崇白石。

筆者閱讀白石詞，深覺白石詞的文字運用有獨特之處，詞句精煉外在冷色調的風格中，色彩運用上發揮相生相成之作用。以下就此角度來探討，以呈顯白石詞之特色所在。

白石詞中常賦紅梅，紅當中又有綠：

人繞湘皋月墜時，斜梅花樹小，浸愁漪。一春幽事有誰知？東風冷、香遠茜裙歸。

鷗去昔游非，遙憐花可可，夢依依。九疑雲杳斷魂啼，相思血、都沁綠筠枝。（〈小重山令〉）

此首詞是描寫梅花的姿態、風貌，中間帶起對往事之追憶，最後歸於斑竹之意。斑竹是娥皇、女英相思血淚沁入竹子裡。從賦梅至斑竹，讓情緒宕開來表達。

另一首《鷓鴣天》（已酉之秋苕溪記所見）：

京洛風流絕代人，因何風絮落溪津？籠鞋淺出鴨頭襪，知是凌波縹緲身。

紅乍笑、綠長嚬，與誰同度可憐春？鴛鴦獨宿何曾慣，化作西樓一縷雲。

此首詞是感嘆一位不幸婦女之遭遇，他用「籠鞋淺出鴨頭襪」，「紅乍笑、綠長嚬」來描寫婦女之姿態，鞋、襪（下），紅唇、綠眉（上），由下至上妝點出其生動形象，而且「籠鞋淺出鴉頭襪」是伴著「凌波縹緲身」，紅唇是「乍笑」淺淺一笑，綠眉是青黛色的雙眉，「長嚬」是指眉深蹙著。此紅是鮮紅，而綠是青黛，非鮮綠。

白石在慶元三年丁巳寫了《鷓鴣天》（元夕有所夢）：

肥水東流無盡期，當初不合種相思。夢中未比丹青見，暗裡忽驚山鳥啼。

春未綠、鬢先絲，人間別久不成悲。誰教歲歲紅蓮夜，兩處沈吟各自知。

這是一首懷念昔日情人之詞。白石詞早年曾和合肥女子有過一段戀情，離別後寫了多首懷念對方的作品。這詞是元夕作夢，重見情人，夢醒後寫下的。春未「綠」，因爲只是開春換歲，綠野應未遍，「紅」蓮夜是指紅燈人，應指紅色的花燈。

白石另一首詞《側犯》（詠芍藥）：

恨春易去，甚春卻向揚州住。微雨、正繭栗梢頭弄詩句。紅橋二十四，總是行雲處。無語、漸半脫宮衣笑相顧。

金壺細葉，千朵圍歌舞。誰念我、鬢成絲，來此共尊俎。後日西園，綠陰無數。寂寞劉郎，自修花譜。

這首詞是寫揚州的景物風情，雖言詠芍藥，但對芍藥只作側寫「正繭栗梢頭弄詩句」、「金壺細葉，千朵圍歌舞」。而白石詞中揚州二十四橋用「紅」字描述，一方面這橋是紅色的，一方面橋邊盡是芍藥；再加上「後日西園，綠陰無數」把原盛放後凋謝，先紅後綠之淒涼點染出來。

另外再舉一些例子，《淒涼犯》：「綠楊巷陌秋風起……翠凋紅落……」是描寫合肥衰落景色；《阮郎歸》：「紅雲低壓碧玻 」是形容綠葉上紅花之茂盛；《鷓鴣天》：「柏綠椒紅事事新」是描寫元日時柏綠綠辣椒紅；又《訴衷情》（端午宿合路）：「石榴一樹浸溪紅」是描寫石榴倒映在溪水上，又《石湖》（越調·壽石湖居士）：「浮雲安在，我自愛，綠香紅舞。」是描寫動態化的紅花綠葉。

由以上所言，我們可以發現白石喜紅、綠色相搭配。

又有一些描寫是以紅色爲主的。如《憶王孫》：

冷紅葉葉下塘秋，長與行雲共一舟。零落江南不自由。兩綢繆，料得吟鸞夜夜愁。

這首是以冷紅來指楓葉，楓葉在冷風中飄散，有一種淒涼心情。又如《揚州慢》下片末尾：

二十四橋仍在，波心蕩，冷月無聲，念橋邊紅葯，年年知為誰生。

是描寫紅芍藥之美，在淒涼的景物映襯下，更顯其孤單。又如《長亭怨慢》下片末尾：

> 第一是早早歸來，怕紅萼無人為主。算空有并刀，難剪離愁千縷。

這是寫憶起離別時，合肥女子的吩咐：要早早歸來，紅萼（梅花）才會有主人照顧。而離愁萬千是很難剪得斷的。

爲什麼白石喜用紅、綠二色？一方面是白石喜寫梅花，八十首詞中有二十八首寫梅花，七八首寫荷花，梅花是寫紅梅，荷花也是紅荷，因此他的紅不是豔麗的紅，而是淡色調的紅；而且「綠」色運用是寫柳爲多，或是草之青青，所以他的綠不是濃密的綠，不是春夏之綠，是夏末秋初之綠，或是初春之將綠未綠之時。所以白石詞中的紅、綠二色之搭配不是很醒目，但是畫面還是有色彩的，明度滿高的。

白石喜用「冷」「月」二字，是大家一致公認的。如「二十四橋仍在，波心蕩、冷月無聲。」（《揚州慢》）「淮南皓月冷千山，冥冥歸去無人管」（《踏莎行》）「嫣然搖動，冷香飛上詩句。」（《念奴嬌》）「月冷籠沙，塵清虎落，今年漢酺初賜。」（《翠樓吟》）「但怪得、竹外疏花，香冷入瑤席。」（《暗香》）白石詞中

「冷」字加上紅、綠之搭配，給人一種淒清幽美之感，雅而不俗之效果。他的紅、綠是沖淡式的；不像溫庭筠再配上金色，使詞有穠麗效果。姜、溫二人皆喜用紅色，效果相差很大。但因爲冷字加上紅、綠，才能使畫面有美感，不致太貧乏，也不致太黯淡。

白石詞很少用「黑」色、「橘」色、「黃」色、「紫」色。如黑色，只有《江梅引》：「濕紅恨墨淺封題」言墨碩而有黑色出現。《醉吟商小品》：「細細暗黃千縷」就其序可知「暗黃」是琵琶弦。《角招》：「翠翹光欲溜，愛著宮黃。」「宮黃」是指女子臉上的裝飾。《淡黃柳》：「看盡鵝黃嫩綠，都是江南舊相識。」鵝黃嫩綠都是柳樹的顏色。《水調歌頭》（富覽亭永嘉作）：「日落愛山紫，沙漲省潮回。」日落的顏色以紫色來描寫。

一個詩人喜歡用什麼顏色寫作，是有其心理及時空因素。黃永武《古典詩的色彩設計》提及色彩與詩人心理的關係有六：一、色彩是詩人性格的反映。二、色彩是詩人心情的反映。三、色彩是詩人年齡的反映。四、色彩是詩人特殊經驗的反映。五、色彩是詩人生活背景的反映。六、色彩是詩人生活時代的反映。由此列舉可見白石詞中顏色運用有其特殊傾向，這和白石的生活環境、時空背景相關，也和其性情有密切關係。白石身處時代是南宋已呈偏安狀態，滌雪國恥之志大都消磨殆盡，白石因出生於仕宦之家，年輕時也想有作爲，但仕途困頓失意。他一生不曾做官，靠著朋友資助，衣食尚有靠，性好遊歷山水。他不是一個隱士但性格孤高沈鬱。而其一生遊歷各地風光，江南山明水秀，歌舞管絃之樂，耳目所娛盡是，因此黍離之悲雖有，但非真切體察，其中總有鏡花水月總隔一層之感。而他工書法、精音律、通金石，因此生活中少不了藝術創作，藝術敏感度高，對藝術生活其實有所執著，因此世間景物之美，也能細膩的感受到，無論是梅花、荷花、柳樹、楓葉的美。白石喜用紅字，紅色是熱情亢奮之代表，可是他又用綠色來對比，綠色是紅色互補色，使景物鮮明，但又減少刺激性。再配上冷月之烘托，使鮮麗加上一層薄霧，所以我們可以想見白石是外冷內熱的性格表徵，對人世間還未完全絕望，但他又不是一股腦兒全身投入的人。

白石的作品中有其特殊的色彩偏好，詞風在南宋詞家中也能別具一格。而其愛梅花，也愛荷花；其愛月，也愛水；其愛柳，也愛松；其愛琵琶聲，也愛玉笛曲。白石獨特的品格加上其生活上的經歷，使其詞給人「如野雲孤飛，去留無跡」之感，唯周濟《宋四家詞選·序選》：「白石脫胎稼軒，變雄健爲清剛，變馳驟爲疏宕。蓋二公皆極熱中，故氣味吻合。」也能點出白石之另一種內心世界。所以不同的角度可以發掘一個作者較豐富的內涵。

我們從白石詞的色彩運用，似乎可窺探出白石的內心另一種風貌。（原載於中國語文第四八九期）

〈正氣歌〉之思想探析

傅正玲

文天祥的〈正氣歌〉流傳至今，已有七百多年，它不僅記載了宋末元初一個堅守信念、至死不屈的忠魂，更讓我們看到，有一個人以現實的困厄印證生命的莊嚴，而將有限的形軀化入民族文化的血脈中；文化的精神因他而彰顯，他亦因文化的傳承而不朽。

現代的學生閱讀這篇作品，常因現代文化層面的混雜失序，不僅無法領會文章中內涵的文化精神，甚至也無法對文天祥所謂的「正氣」有恰當的理解。而從現代的眼光來看〈正氣歌〉中所提及的「氣」，常視之爲一種抽象的語辭，對「天地有正氣，雜然賦流行。下則爲河嶽，上則爲日星。」或者「是氣所磅礴，凜烈萬古存。」這些詩句，只能作表面的字句翻譯，理解尙嫌不足，更遑論能深入作品的精髓。

文天祥所謂的「氣」，當要如何體解？現代的論釋者中或有以道教的氣功現象來說明序言的「彼氣有七，吾氣有一，一以敵七，吾何患焉！」如此比附，對文天祥所引孟子之語，及臨終時衣帶上：「孔曰成仁，孟云取義」之言，都不能提出通貫的解說。就文天祥的生命體性來看，他純是儒家的精神，在國族危亡的關鍵時刻，不僅以儒家的義理倡導救國，更以身形實踐出來。而詩歌中從「浩然之氣」通徹宇宙精神與歷史精神，更是儒家思想的顯照。

在《宋元學案》中，文天祥被列於〈巽齋學案〉歐陽守道的門下，歐陽先生的思想在宋代理學中並不彰顯，學案中說他：「無師自力於學」。文天祥曾受業於他，但究竟文天祥的思想與他的關聯性何在？從今日可見的資料中已很難掌握。但若純就文天祥的文集來探討，則可知道文天祥的思想與北宋理學家周濂溪、張橫渠及程明道等人有相應之處。

在《文山先生全集》中，文天祥談及天地本原，乃一氣之流行變化，他說：「溯其本原言之，茫茫堪輿，坱圠無垠，渾渾元氣，變化無端。」又說：「臣竊惟天一積氣耳，凡日、月、星、辰、風、雨、霜露，皆氣之流行而發見者。」以一氣之流行來體照宇宙萬物，是中國人自古就有的觀念，因從人的體受上來看，人與天地萬物都能交相融滲，整個世界是同一質性，且互相影響關聯而成一有機體。雖然形體上千差百異，但都能交感互通，所以是一氣之流行。

萬事萬物的根源是什麼？文天祥並不從抽象的邏輯思惟去推論，而直接從生命的體受上去認取，他說：「未有物之先，而道具焉，道之體也；既有物之後，而道行焉，道之用也。其體則微，其用甚廣。即人心而道在人心，即五行而道在五行。」若要超離萬物去推論「道之體」，則道體幽微難知，「未有物之先」超越了人的認知能力；但萬物的存在中無時無刻不是在「道之行」、「道之用」裡，所以只要反觀自照，從生命的成長變化中，就能印證道體了，而這就只能藉諸體會，即以生命的主體去與道體交會，所以說：「即人心而道在人心。」

從「道之用」來通貫道體人心，文天祥提出「不息」的精神，他說：「道之天下，猶水之在地中。地中無往而非水，天下無往而非道。水一不息之流也，道一不息之用也。」又說：「所謂道者，一不息而已矣。」萬事萬物無一刻不是在流行變化中，文天祥從「不息」來體認道體，即是從流行變化來通貫體用，形而上的道與形而下的形器乃通貫爲一，即一切萬有生命的存在過程中，都是道體的發用呈現，從這裡也可以說，人時時刻刻都可印證道體，一時一刻的生命都實現著永恆。

「聖人立不息之體，則斂於修身；推不息之用，則散於治人。」從個人身心到國家社會之能存在而有意義，在於「不息」的精神。對人而言，操存仁心，才能使生命自強不息；對家國而言，端賴一涵潤仁性的倫常秩序，國乃不亡。人的形軀生命有限，而仁心的發用，使人藉著形軀與天地萬物交融合一，而得永恆。文天祥在詮釋仁心時並不從朱熹的觀點，「以博愛謂仁，而仁之道遂爲小惠。」他認爲應是：「天地生物之心，是之謂仁。」從天地化生萬物處來說仁，正顯其生生不息，而當仁心發用時，即是參贊天地之化育。從此心的顯照擴充，遂使生命進入歷史文化的脈流，並在生存的過程中彰顯與天地合一的宇宙精神。

〈正氣歌〉作於文天祥死亡的前一年，被囚於土室之中，而國已破家已無，人生中可以依靠的形式皆散亡，僅有孤獨一身。生命至此，文天祥抖落一切依傍，所要印證的就是一份天地之心。這份天地之心之不息，證之於歷史，有一一垂丹青者；證之於己，有充沛不能自已的一股正氣。文天祥能夠忍受一般人所不能的處境，正是得之於這份超越精神。此時，生命極其純粹，形軀的存在都是天道的顯照，天道不息，人的任何現實處境都是實踐天道的時機，文天祥乃稱之爲「天命」，他說：「命者令也，天下之事，至於不得不然，若天實使我爲之，此之謂令，而自然之命也。」一般人所不能的行爲，於他，是不得不然，行走起來，也不過自然而然。對文天祥而言，驚天地泣鬼神的事，也不過平平常常，其中自有天意，並非是人之所欲爲。他說：「自古忠臣志士，立大功業於當時，往往邂逅，而計其平生，有非夢想所及。蓋不幸而國有大災大患，不容不出身捍衛。天實驅之，而非夫人所欲爲也。」人只是盡人的本性，在生命的一摒一息間，體現天道之不息。

「不息」二字是文天祥所體證的天地精神，同時也貫穿了〈正氣歌〉這首詩歌。在序言的地方，文天祥勾畫出寫作〈正氣歌〉的當時處境。正當炎炎夏日，且大雨之後，一切潛藏的惡氣因此蒸發籠罩而來，置身其間少有不病，文天祥卻能安然無恙，正因「有養致然爾。」接著他說：「彼氣有七，吾氣有一，一以敵七，吾何患焉！」之所以能「一以敵七」，正在於「彼氣」都是隨時聚散變化的，各種惡氣本身無主動性，不過是物體之間相激相盪醞釀而成，雖或多或少對人造成影響，但其本身是虛而不實的。「吾氣有一」的「此氣」卻是有實質的，從內在心性而源源不絕，乃至「沛然莫之能禦」。文天祥接續孟子所說的「浩然之氣」，更從人事貫通於天道，所以說：「浩然者，天地之正氣。」從人事來說，自此心的根源處發動而行，即仁心擴充，乃能不息；就天道來說，宇宙間有無數氣的聚散，分散來看一聚一散，整全來看皆是一大化之流行變化，從大化流行之「不息」來體會，才有所謂「天道」，萬事萬物才有根源，氣的聚散才有發動處。以人心印證天道，仁心是天地之心，浩然天氣即天地之正氣。所以「一以敵七，吾何患焉！」「一」乃通貫道體，從根源處發動的氣，源源不絕；「七」乃混雜散亂，隨緣遇相盪而起的氣，隨時即消散。此「散」非抗拒，而乃涵化。

〈正氣歌〉按韻部來區分，可作四個段落來欣賞，一段：「天地有正氣，雜然賦流形。」到「時窮節乃見，一一垂丹青。」二段：「在齊太史簡，在晉董孤筆。」到「或爲擊賊笏，逆豎頭破裂。」三段：「是氣所磅礴，凜烈萬古存。」到「三綱實繫命，道義爲之根。」四段：「嗟予遘陽九，隸也實不力。」到「風簷展書讀，古道照顏色。」第一、三段，談天地之正氣，較從天道立言，語氣和緩，押平聲韻；第二、四段，天地之正氣落實於人事來說，情緒的起伏較大，語氣激越，乃押入聲韻。全首詩歌平入相間，節奏感十分鮮明，而聲情的跌宕與內容呼應，使動人的力量十足。

文天祥首先從天道通貫而下：「天地有正氣，雜然賦流形。下則爲河嶽，上則爲日星。於人曰浩然，沛乎塞蒼冥。」河嶽、日星到萬事萬物皆是一氣之流行，人在此一氣之流行中爲天地的參贊者，所以不僅受氣而行，也能自主地發動一「沛然莫之能禦」的浩然之氣，從人的體證落實，才能說此正氣充塞於蒼冥之間。不管人處於何種境地，皆因時因機展露此不息之氣，「皇路當淸夷，含和吐明庭。時窮節乃見，一一垂丹青。」隨著世道窮通，而有不同的生命型態，皆是一份超越的精神運行其中。

在國家大災大患時，這份浩然之氣挺身而現，便成爲照亮歷史的人物，文天祥從春秋時代到唐朝，一共列舉了十二位，將每一個人轟轟烈烈的事跡以五言或十言的詩句涵攝，其中凝鍊而出的張力極強，使人感受到浩然之氣迸射而出的亮烈。另一方面，這些人物的處境不同，時空各異，但一千多年的改朝換代，卻可由他們一致的精神通貫起來，彷彿是一盞接著一盞的燈火，一路照亮人間的幽暗。而文天祥以「在齊太史簡，在晉董狐筆。」來揭開序幕，正有其深意，中國的歷史一開始便有一份超越人事的道德精神蘊涵其中，所以歷史的文化血脈得以不絕，文天祥在國家亡絕的時刻，其實是以盡忠的行跡來接續這份歷史精神，如此，人事可散，但天道不息，人道不絕。

第三段裡，點出十二個人以血肉之軀展現浩然之氣，而通貫道體，生命得以永恆不朽：「是氣所磅礴，凜烈萬古存。當其貫日月，生死安足論。」文天祥進一步，由此證立天道人道的莊嚴性：「地維賴以立，天柱賴以尊。三綱實繫命，道義爲之根。」地維天柱是一份超越的精神，無此精神，人的生命便無永恆的意義可言；三綱則是人間的秩序，此秩序乃因浩然之氣的客觀化而成。最後，究其根本，浩然之氣乃集義而生，發諸於內在的仁義本性，此即人心即道心。

最後一段，文天祥收束到自身的具體處境，在無可奈何的緣遇裡，以己身證立天道，行文之中有莊嚴的精神，亦有一份深沈的悲感：「哀哉沮洳場，爲我安樂國。豈有他謬巧，陰陽不能賊。顧此耿耿在，仰視浮雲白。悠悠我心悲，蒼天葛有極。」語極感慨，在幽暗的世局裡，此心是唯一的光亮，雖然明白確定，但眼前天地畢竟黑暗，文天祥是殉道者，燃燒自己來映照亂世，此身既是不息的天道，亦是亡國的孤臣，切身的感受，寫來使人動容。

宋史中記載：「天祥性豪奢，平生自奉甚厚，聲伎滿前。」但時局動盪時，立即捐棄家財以赴國難，戰亂之中九死一生，乃至被囚一室，寧死不屈，一路行來，「天實驅之，非夫人之所欲爲也。」他只是在一步步的考驗中，仁義之心不息。〈正氣歌〉之震動千古人心，也在於一份至高的天地精神，在一個幽僻的囚室裡，一個待死的生命裡，實存地活現出來。（原載於孔孟月刊第三十五卷第六期）

明清篇

談〈湖心亭看雪〉的空靈之美

傅正玲

唐宋八大家之後，中國散文的發展漸形成一種格套，明清兩代在八股文的框架中，已走不出復古、擬古的符咒。直到明末，不拘格套、獨抒性靈的思潮才帶動出一股清新的文風，出現所謂的明清小品文。

明清小品文是時代的產物，文人在高壓的政權體制及封閉的社會環境之下，轉而向生活借一點幽情、向山水取一份閒適，以此呼出幾口自由的氣息。作品中不談政治、不論民生，只是勾畫著一份閒情下的品賞，這時多的是生活的藝術家。

在這一股潮流中，明末的張岱是其中的佼佼者，在他傳世的《陶庵夢憶》和《西湖夢尋》兩本書裡，篇篇都是精美的小品佳作。他的作品十足地透顯出文人式生活的精絕，生活的內涵優裕，又不同凡俗地流露出空靈之美。

〈湖心亭看雪〉這一篇文章，正是以精簡的結構，準確地掌握出空靈的意境。文章開頭兩句：「崇禎五年十二月，余住西湖。大雪三日，湖中人鳥聲俱絕。」西湖從唐代始，便是遊覽的名勝之地，到了明朝，慕名而來的人潮更使西湖沒有一日的安寧，所以「大雪三日」彷彿就是天地清除了喧鬧，「人鳥聲俱絕」，爲西湖預留了一份難得的寧靜。人潮退去，誰能體會到這份天地之美呢？

「是日，更定矣，余挐一小舟，擁毳衣爐火，獨往湖心亭看雪。」深夜、獨往，不尋常的時間與舉動，都是呼應著作者體會到一份獨特的美感，爲此美感而有所行動，擁著毳衣爐火的張岱，一葉小舟划向湖心亭。爲何選擇湖心亭看雪？原來一份空靈之美的直覺，指向下面這幅畫面：

「霧淞沆碭，天與雪、與山、與水，上下一白。湖上影子，惟長堤一痕，湖心一點，與余舟一芥，舟中人兩三粒而已。」張岱的勾畫由遠而近，先是天地一色，天、雪、山、水交融在一遍白茫茫之中，再於這遍白茫茫的畫面上，淡淡地勾出遠處一痕、一點、一芥及眼前兩三粒，湖上之影朦朧縹邈、似有若無，至此完全襯托出來。張岱是以三個「與」字，將天雪山水相連的感覺寫出，再四個數詞將湖上景物縮約至最小，兩相對照，一種寂靜空靈的美感便直逼在讀者的眼前了。

而且，作者在表現這幅畫面時，所持的眼界已不是位於其中的任何一角，彷彿作者早就融化在天地之間，所以能用天際般的眼界說：「余舟一芥，舟中人兩三粒而已。」這無疑是中國山水畫的美感觀照，人與天地精神同在，由此俯瞰景物的整體呈現；完全不同於西方以畫家位置而來的焦點式呈現。

文章中「到亭上」一段，是另一份驚喜的安排，亭上「有兩人鋪氈對坐，一童子燒酒，爐正沸。」張岱用「鋪氈」、「燒酒」及「爐正沸」等字眼，馬上給讀者一種溫熱的火紅感受，和先前的冰雪靜寂形成強烈的對比。而此番相遇，全是爲「人鳥聲俱絕」的西湖之美而來，白茫茫的天地裡，湖心亭上的意外相逢，使人驚喜莫名。所以對方「見余、大驚、喜曰：湖上焉得更有此人！」而作者亦「強飲三大白而別」，張岱將這場邂逅處理得快速簡潔，使人覺得恍如突然碰觸的火花，雖然一閃即逝，亭外依然冰雪靜寂，但強烈的感受，令人回味不盡。

最後一段，張岱緩緩回到湖畔，及下船，舟子喃喃曰：「莫說相公癡，更有癡似相公者。」乃藉著舟子的話，傳達出餘音遼繞，悠悠不絕的意味。

這篇〈湖心亭看雪〉一靜一動的呼應十分巧妙，不管是白茫茫的湖景，或是亭上的對飲，筆法都點到爲止，空靈的美感十分精準地呈現出來。這樣的作品境界其實與作者創作時的心靈處境是相關聯的，張岱是以蒼涼之身，來回憶往日的繁華之事。由於出身富貴，張岱早年享盡繁華，繁華之中遭遇國破家毀，之後乃自棄於山穴之間，狀似野人，埋頭著書，他說：「余生平繁華靡麗，過眼皆空。五十年來，總成一夢。今當黍熟黃粱，車旋蟻穴，當作如何消受？遙思往事，憶即書之，持向佛前，一一懺悔。」一夢醒之際，回憶夢中之事，便是一幕幕閃爍的光影吧！（原載於中國語文第四七五期）

試析袁枚〈祭妹文〉與〈先妣章太孺人行狀〉二文之悲情

張慧珍

晚明作家湯顯祖曾云：「世總爲情，情生詩歌，而行于神，天下之聲音笑貌，大小生死，不出乎是」，說明了「情」是文學創作的根源。尤其是生離死別之情，更是歷代文學作品中，屢見不鮮的主題。清代性靈派文人袁枚有兩篇描寫死別之作，一是寫骨肉之情的〈先妣章太孺人行狀〉；一爲寫手足之情的〈祭妹文〉，這兩篇文章在體裁上雖然有所不同，但在「悲情」的描寫上確是脈絡相近的，本文擬從這方面析之：

一、「撫今」「追昔」相對而生悲

年年花開時，諸姬人循環張飲，為太孺人壽。太孺人必婆娑置具，行答宴之禮。常戒枚曰：「兒無他出，明日阿母將作主人也。」

而在〈祭妹文〉中，袁枚回憶昔日登科時全家歡喜的往事云：

予弱冠粵行，汝掎裳悲慟。逾三年，予披宮錦還家，汝從東廂扶案出，一家瞠視而笑，不記語從何起。大概說長安登科，函使報信遲早云爾。

在這裡，袁枚有意藉著過往的歡樂與現在的悲涼作懸殊對比；以無限緬懷的口吻，襯托出無盡悼念的傷懷，是以在二文中，他難掩其悲的說道：「嗚呼，痛哉！此情此景，在當時原早知難得，故刻意承懽；亦不圖色笑難追，一轉瞬而杳如天上。」又說：「凡此瑣瑣，雖為陳跡。然我一日未死，則一日不能忘。舊事填膺，思之淒梗。如影歷歷，逼取便逝。」這種經由往事喧鬧後的沉寂，是遠比只有片面哀感情緒的鋪陳，更加動人心紘！

二、「天時」「人事」相映而生悲

憾天時之難容，責人事之有缺，是袁枚在寫喪親之痛時所共通的。其所以如此，現今傷痛之難堪，往往源自昔日情感之綢繆，尤其死者與袁枚關係親密，所以袁枚在表達其委婉曲折、沉痛哀傷的感情時，都扣緊了與死者生前相處的點滴，如在〈先妣章太孺人行狀〉中，追述母子平日相待的情景云：

> 其教枚也，自幼至長，從無笞督。有過必微詞婉諷，如恐傷之。嘗謂姊曰：「汝弟類我，顏易忸怩，故我不以常兒待之。」枚因此愈加悚懼。常伺察於無形無聲之間，有不懌必痛自改悔，俟色笑如常而後即安。

而在〈祭妹文〉裡，回憶兄妹兒時相處的時光云：

> 余捉蟋蟀，汝奮臂出其間。歲寒蟲僵，同臨其穴。……予九歲憩書齋，汝梳雙髻，披單縑來，溫緇衣一章。適先生奓戶入，聞兩童子音琅琅然，不覺莞爾，連呼則則。

昔日共同的經歷，適足以反襯現在的形單影隻；而過去一些歡喜的往事，更是強烈的錐刺著現今的傷懷。在〈先妣章太孺人行狀〉中，袁枚追述過去與太孺人作壽時美好的情景云：

乃在藉由二者之兩相映合，襯托出亡者「死之必然」，而生者「情之難堪」。在〈先妣章太孺人行狀〉中，他說：

嗚呼痛哉！人世以百齡為上壽，再假六年，太孺人便符此數。天何吝此區區者，而不肯賜與耶？抑去來有定，未可強留耶？不然，則終是枚調護無方，奉養有缺，而致太孺人之沉綿不起也！

在這裡袁枚用反覆感嘆和疑問的方式，來表現出這種糾結的情緒。而在其〈祭妹文〉中，他則以哀篤的語氣說道：

汝以一念之貞，遇人仳離。致孤危托落，雖命之所存，天實為之；然而累汝至此者，未嘗非予之過也。

天時與人事之難全，使得文章跌入無端的自責與無垠的憾恨之中，而作者之悲情亦呼之而出。所以在〈先妣章太孺人行狀〉中，袁枚除了責己「調護無方，奉養有缺」外，更有著未能讓母親及時含飴弄孫的缺憾：

前年，弟阿品生男，枚抱以來。去冬，新娶鐘姬有娠，太孺人為之欣然。

> 嗚呼！其應嗣者，太孺人已得而見之矣；其將生者，太孺人猶未得而見之也……。偏使免乳嬰娩，不及待大母含飴一弄，是則人倫缺陷，枚不能不抱恨於終天。

而在〈祭妹文〉中，袁枚對於妹妹以「一念之貞，遇人仳離」，則歸咎於自幼和自己一同讀經：

> 予幼從先生授經，汝差肩而坐，愛聽古人節義事。一旦長成，遽躬蹈之。嗚呼！使汝不識詩、書，或未必艱貞若是。

尤其因遠遊，以致不能守候其臨終，更是抱憾無涯：

> 汝之疾也，予信醫言無害，遠弔揚州。……已予先一日夢汝來訣，心知不祥。飛舟渡江，予以未時還家，而汝以辰時氣絕。四支猶溫，一目未瞑，蓋猶忍死待予也。……然則抱此無涯之憾，天乎人乎？而竟已乎？

藉著「憾於天」、「責於人」的兩相對映，不僅更能深刻的突顯作者內心鬱結的悲情，亦從而反映出對於親人交纏而不捨的愛。

三、「悼人」「哀己」相襯而生悲

在這兩篇文章中，袁枚對於死者的悼念，往往是藉由自哀襯托而出的，如〈先妣章太孺人行狀〉中，袁枚寫自己失恃的神傷云：「晨昏起居，誤呼阿嬭，瞻望不見，神魂倀倀。」；而在〈祭妹文〉中，寫未能再見手足的悵惘曰：「而今已矣！除吾死外，當無見期。吾又不知何日死，可以見汝；而死後之有知無知，與得見不得見，又卒難明矣」。尤其在文末接近尾聲之際，袁枚很顯然地在寫「悼人之逝」的同時，更強烈地摻雜著「哀己之衰」的傷懷，使得文章顯得更加悲不可抑了。如在〈先妣章太孺人行狀〉文末，袁枚悲已「生意已盡」：

枚雖蒼蒼在鬢，而太孺人視若嬰兒。每入定省，必與一餅餌，一果蓏，詔以寒暄，詢其食飲。枚亦陶陶遂遂，自忘其衰。今而後，枚方自知為六十三歲之人也。侍膝下愈久，離膝下愈難，……雖苟活須臾，而生意已盡。

嗚呼，尚何言哉！尚何言哉！

而在〈祭妹文〉文末，袁枚哀己「死之將至」而「子嗣全無」：

所憐者，吾自戊寅年讀汝哭姪詩後，至今無男。兩女牙牙，生汝死後，才周晬耳。予雖親在不敢言老，而齒危髮禿，暗裡自知，知在人間，尚復幾日？阿品遠官河南，亦無子女，九族無可繼者。汝死我葬，我死誰埋？汝倘有靈，可能告我？

兩篇文章，脈絡相近，情思相彷，確實能達到《文心雕龍．哀弔篇》所言：「情往會悲，文來引泣」的意境，誠哀祭文章中之雋品。（原載於中國語文第四九八期）

其他篇

談古今幾篇孝思散文

余昭玟

對父母的孺慕之情是人的本性，中國人更是重視孝道，所以孝思散文在文學史上量多而且質精。

宋代歐陽修《瀧岡阡表》是在父親亡後六十年所寫，當時作者已在晚年，雖然往事渺遠，而記述父母生前的言行事跡，仍嘔心瀝血、感念至深。歐陽修四歲時父親即去世，文中寫父親的往事都借母親之口敘出，以兩件事概括其父一生：首先是祖母死後，父親每在祭祀時涕泣，自責未在生前好好孝養；其次是父親爲吏治獄，常盡力爲死囚謀求生路。前者講純孝，後者講仁義，於是文章總結說自己能居高位、保大節，全賴父母積善德、遺教誨有以致之。當時歐陽修在政治及文學上均有不凡成就，寫作這篇阡表正有顯親揚名的用意在，一片孝心溢於言外。

明代歸有光的《先妣事略》則事記母親，而母親也是早逝，享年僅二十六歲。歸有光最擅長以瑣事見真情，全篇不寫一句讚頌語，但是卻情意綿長不盡。首段逐年記錄母親從十六歲婚後，連續生子八人，無一年間斷，這種具體的寫法比用形容詞刻劃，更能表達母親的勞瘁。而後母親壯年遽逝，畫工來畫遺容時，家人交代：「鼻以上畫有光，鼻以下畫大姊。」母子天生容貌酷似，親情深厚無以復加，怎奈慈母只能留下一幀畫像陪伴幼兒而已，哀痛之情達到極致。作者成長歷程備嘗無母之孤寂，有這樣親身經歷的人才能道出結尾一句：「世乃有無母之人。天乎！痛哉！」方苞曾說歸有光文：「不修飾而能情辭並得，使覽者惻然有隱。」本篇正可作爲代表。

清代蔣士銓的《鳴機夜課圖記》回憶幼時母織子讀，愛深責切的細節，母親對自己或扑打，或不令熟睡，下筆寫來都充滿感恩，將今日成就歸之於昔日嚴教。汪中《先母鄒孺人靈表》敘述往年母子相依，凍餒掙扎在死亡邊緣的情狀，烘托出母性堅強過人的一面。

民國以來，胡適《我的母親》強調母親對自己一生的深遠影響，文詞錬達，是白話文的典範之作。而他另有古文《先母行述》，篇幅更長數倍，詳述母親一生行誼。一再下筆寫母親，胡適的教思與感念不言可知。

現今文壇寫母親的散文更是洋洋大觀，琦君一向以懷舊抒情文聞名，當然少不了這類佳作。《母親》用工筆細織的手法呈現人物，農村婦女那淳厚善良，淡泊自甘的形象真呼之欲出。文中照錄母親睡前爲女兒唸的「孩兒經」、「月光經」，一字一句都似在爲兒女祈禱納福，道出母愛的深切。另一篇《髻》則爲母親婚姻上的不幸抱憾，樸拙的母親比不過摩登美豔的姨娘，始終不獲父親歡心。爲人子女對於父母的曲折愛情最難下筆，而琦君卻能托出母親的一片悵惘之情與寬容之心，不愧是母親的知音。

張曉風《母親的羽衣》全力刻劃母親爲兒女的犧牲。少女時代的母親受到外公寵愛，彷彿仙女一般，吃的用的都十分講究。但如今有了兒女，她卻淪爲吃剩菜的角色。仙女從雲端跌落人間了，而她鎖起羽衣，甘心爲兒女遺忘華麗的過去。成爲「母親」是女人一生的分水嶺，張曉風用細膩的彩筆將那前後生活作強烈對比，以見出「母親」是如何驚心動魄的一種身份。全篇虛實穿插，情境之美、隱喻之妙，都令人不禁再三嘆賞。

這些孝思散文中結構最獨特的，當推三毛的《守望天使》，擅長說故事的三毛，連追念親恩也以說故事的方式表現，而且全用對話來進行。湯米是鄰居的小孩，藉著他不斷的詢問，「守望天使」的真相一一被透露出來；他們將心裝到孩子身上，用翅膀護衛著孩子，甚至爲孩子流了一生的眼淚。而孩子長大後，卻頭也不回地走了。明顯的，這裡有作者深深的歉意，三毛長年旅居國外，無法寬慰父母的懸念之情，筆下不無悵然。文中以天使譬喻父母，既傳神又真切，不過年幼的湯米完全不能理解。他眼中的父母只是每天忙著上班、忙著洗衣燒飯的無趣人物。文章結尾說：「湯米，你現在不知道，你將來知道的時候，已經太晚了。」含有多少無奈！深恩負盡，子女無論如何都報答不了父母，唯其如此，本文才名之爲「守望天使」，父母其實是天使而非凡人。作者的感念盡在這個題旨中了。

親情是人間最真純的一種情感，以上這些散文，雖然時代縱跨一千年，語言也有文言白話的差異，但其中所表達的父母的濃熾之愛，子女的孺慕孝思，卻相承不變。只要親情長存，它們永遠都會在讀者心中激發出晶瑩的光采。（原載於中國語文第五一五期）

不仁與芻狗

——一個句型用法的探討

簡光明

語言文字是人類表情達意的工具，使用者時代不同，對於語言的看法自然也就有所差異。每個時代都會創造出新的語詞和句型，用以傳達特定時空的情境與意義，新的字彙或句型只要經過約定俗成，廣泛地使用之後，大家都能了解其意思並接受其用法，自然不成問題；然而，語言文字也有其傳統，尤其是典故或出自古籍的語詞，在使用時便不能不考慮原始意義，否則，大家顧名思義，任意使用，容易造成語詞意義的混淆，甚而發生溝通困難的情形，實在不可不謹慎。

臺灣日報曾經報導在苑裡發生的兩起家庭倫理慘劇，精神異常的男子因病發作，勒斃自己的親生女兒，記者所用的標題是「父母不仁，小兒女爲芻狗」（八十一年二月二十七日），這裡的「不仁」是指殘暴而沒有人性，「芻狗」則爲被殘害的對象。

報紙如此，學術刊物也有類似的用法。周玉山在〈七十年來的中共權力鬥爭〉一文中提到：中共「延安防奸經驗」指出，當時的整風造成黨員幹部被捕者四千餘人，延安一地被殺者兩千餘人。作者小結此段文字說：「中共不仁，以同志爲芻狗，權力鬥爭往往伴隨著重重的殺機」（《共黨問題研究》第十七卷第十二期），也是把「不仁」當成殘忍不人道，將「芻狗」視爲遭迫害者。

這兩則文字都以「……不仁，以……爲芻狗」爲基本句型。在文字內容上，如果只說「父母不仁」、「中共不仁」，當然有殘暴的意思，所謂「麻木不仁」就是這個意思，但是當後面接上「以小兒女爲芻狗」、「以同志爲芻狗」，爲了配合「不仁」，「芻狗」就變成被犧牲的對象。事實上，這樣的理解顯然不符合句型的原義，流於顧名思義、想當然耳。

《老子》第五章說：「天地不仁，以萬物爲芻狗；聖人不仁，以百姓爲芻狗」，上面的句型即出於此。什麼是「天地不仁」呢？王弼《老子註》的解釋是：「天地任自然，無爲無造，萬物自相治理，故不仁也。仁者，必造化施化，有恩有爲」，「聖人不仁」則指聖人取法天地之自然無爲。因此，所謂「不仁」是超越仁的層次而自然無爲，不是否定仁而流於不人道。老子要人效法天地，並且認爲聖人無常心以百姓心爲心，試想：如果「不仁」指的是殘暴不人道，那麼，殘忍的天地、兇暴的聖人，那有值得人取法之處呢？

什麼是「芻狗」呢？林希逸《老子口義》的解釋是：「芻狗之爲物，祭而用之，已祭則棄之。喻其不著意而相忘爾」，「說者以爲視民如草芥則誤矣。」芻狗是用草紮成的狗，用以祭祀，用完就丟棄而回歸天地，因此，「聖人不仁，以百姓爲芻狗」是說聖人自然無爲，讓百姓自由自在，毫不勉強百姓去做違反其本性的事。林希逸說「以百姓爲芻狗」沒有視民如草芥的意思，是可信的。

總之，爲了避免文義的混淆，減少理解的困難，「中共不仁，以同志爲芻狗」這類措辭仍以不用爲宜。（原載於中國語文第四四一期）

第二輯

現代文學

現代詩篇

花開與花謝

——〈一棵開花的樹〉的教學分享

林秀華

一、前　言

有一天的國文課，我向學生介紹了一首席慕蓉的新詩——一棵開花的樹，我說作者把一位企盼愛情的女子化作一棵樹，是希望藉著樹的生生不息，來象徵滿樹繁花雖然凋零殆盡，但只要生命延續，花落了仍能再度開放，一次希望的落空，並不是代表絕望，何況「落紅不是無情物，化作春泥更護花」，往往生命中的一些挫敗，會使我們長成得更有韌性、更有智慧、更邁向成熟圓融。說著說著，腦海中忽然興起了一個念頭，就對同學說，假如妳們是作者的話，除了化做一棵樹之外，妳們還可以把這位企盼愛情的女子化作什麼呢？於是以寢室爲單位，要她們進行詩的改寫。

第二天，她們把詩交來了，在這些改寫的詩中，有的典雅穩重；有些是詼諧有趣，但不管是前者或後者，均表現了同學豐富的想像力，以及學習的熱忱，在獨自欣賞之餘，本著「獨樂樂，不如眾樂樂」之胸懷，茲提供幾篇，刊載於後，以饗讀者。

二、改寫的詩作

其一

如何讓你聽到我
在我最輕脆的時候　爲這
我已向邱比特　求了無數年
求祂讓我們結一段善緣
×××
邱比特於是把我化成一串風鈴
掛在你必經的窗旁
微風中輕快地搖擺著

聲聲都是我無盡的思念
×××
當你走近　請你細聽
那輕脆的聲音
是我等待的熱情
而當你終於毫無知覺地走過
甜心啊！那不是鈴聲
是我凍結的心

其二
如何讓我刺進你的肉
在我最尖銳的時刻　爲這
我已向南丁格爾　求了一百年
求她讓我們了結一段恩怨
××××

南丁格爾於是把我化作一根針
放在你必到的醫院
酒精下　狠狠地刺
針針都是我前世的怨恨
×××
當你哀叫，請你小聲
那悽厲的哀鳴　是我等待的聲音
在你身後響起的
而當你終於軟弱地倒下
在你身上湧出一地的
敵人啊　那不是鮮血
是我歡暢的心

其三

如何讓你遇見我

在我最美麗的時刻　爲這
我已在佛前　求了五百年
求祂讓我們結一段塵緣。

×××

佛於是把我化作一隻畫眉鳥
飛繞在你的身旁
陽光下　美妙的鳥鳴聲
聲聲都是我前世的盼望

×××

那悸動的鳥鳴　是我等待的熱情
而當你終於無視地走過
在你身後落了一地
情人啊！那不是羽毛
那是我失落的夢。

其四

如何讓你與我相逢
在我們緣盡多年後　爲此
我已在上帝前　祈求了無數次
求祂讓我們再敘前緣
×××
上帝於是把我化作一株楓樹
佇立在你窗前的對坡上
深秋裡點燃滿樹的楓紅
片片都是我幾生的盼望
當你走近　請你細聽
當你走近　請你仔細端詳
那丹紅的葉是我等待的熱情
而當你終於無情地走過
××××

在你腳下落了一地的
男孩啊　那不是落葉
是我泣血的心

三、結　論

同學的改寫作品與原詩間可自以下兩方面來進行討論：

(一)主題方面：同學在既有的詩之形式中進行改寫，連帶在主題的發揮也容易被侷限，其實即使是相同的形式、結構，亦可放入不同的主題、內容。譬如第二首改寫的詩作，同學以護理專業的敏銳度，捕捉了人際互動的另一種情緒，寫恩怨情仇的纏結和暢快，情緒的選擇是可待商榷，但同學能從情感觸動的延伸，並進行意象的選擇，已是文思訓練的起點。

(二)內容方面：

(1)原詩詩句一開始寫「如何讓你遇見我」，作者由「視覺」的期待展開雙方可能的互動關係，同學們在沿襲之下，也能從聽覺、觸覺來發展人際可能的互動關係。

(2)原詩以「佛於是把我化作一棵樹」，烘托等待盼望的姿態，而同時也能化身為「一串風鈴」、「一根針」、「一隻畫眉鳥」、「一株楓樹」，分別寫出等待中的輕快熱情、強烈絕情、曼紗純情、熾熱深情等情感的特質，頗能針對所選取的意象進行特色發揮。

(3)原詩最後對受傷情感的形容：「是我凋零的心」，同學能就以「凍結的心」、「歡暢的心」、「失落的」、「泣血的心」來比擬形容，亦是可貴的文詞聯想。

以上是筆者的教學經驗分享，期能在講究文學欣賞的國文教學活動中，別開生面，引領出學生的創作靈感和欲望。（原載於中國語文第五一二期）

席慕蓉〈一棵開花的樹〉的賞析

陳淑滿

一、前言

席慕蓉的詩，寧靜如一泓湖水，我們總是讚嘆它的幽雅靈秀，彷彿不食人間煙火，然而揭開平靜的面紗，方才發覺仍有塵世的愛戀與執著。如一條適意而流的江河，仔細聆聽，便可聽見內心澎湃之旋律，寫鄉愁是如此，寫愛情也是如此。〈一棵開花的樹〉便是以樹來巧喻愛情的萌發與幻滅，文詞含蓄而情韻深厚，在此對此詩作一賞析，藉以呈現席慕蓉的愛情觀，並與西方「人魚公主」這家喻戶曉之童話故事作比較，從中可發覺兩者在情節上之巧合，以及作者別出心裁之安排。

二、愛情三部曲

題目定爲〈一棵開花的樹〉，若只是重在形容花團錦簇、綠葉發花滋的佳樹，恐怕流於俗套，了無新意，不足爲奇。作者之巧思，即展現在「花」與「樹」的舖排，藉以詮釋一段愛情故事，與「人魚公主」相呼應。而詩中段落之安排，恰如愛情三部曲。

(一)求緣

如何讓你遇見我
在我最美麗的時刻　為這
我已在佛前　求了五百年
求祂讓我們結一段塵緣

緣份本是不可求，詩中女子對愛情之痴戀，早萌芽於五百年前，多少前世輪迴，仍消弭不了那份嚮往。於是「勉強」、「有心」的想去攀緣企求短暫的相逢。這份虔誠的祈求，超越時空阻隔，以五百年的「眼成穿、骨化石」，換取「一段」小小的「塵緣」，殊不知，既是「塵」，終歸煙消雲散，執迷成空，又何苦執迷？

童話中的人魚公主，不也是陷入情感的泥淖嗎？「人」、「魚」本是有隔的，而愛情跳脫出形軀的藩籬，編織一廂情願的彩夢，陷入了求緣不得的悲苦，悲劇的開始，便是始於內心的困頓，無法「隨緣自在」。

(二)付出

佛於是把我化作一棵樹
長在你必經的路旁
陽光下慎重地開滿了花
朵朵都是我前世的盼望

虔誠的祈求，來自對愛情的執迷，執迷本是苦，如此的輪迴，豈能求得圓融呢？慈悲的佛祖，怎又忍心眾生陷入苦境呢？然而塵世中的淬鍊，爲得是生命中真正的「放開」，猶如浴火之鳳凰，藉以重生。

因此，佛祖在今世輪迴中種下了機緣，給了尋覓中的靈魂一個塵世的生命，她該是一位婉約痴情的女子吧！但是，祈求一份不屬於自己的緣份，是必然付出某些代價的，猶如「人魚公主」的際遇，爲了與王子相聚，便與女巫交換了生命，再也無法回到人魚的世界，縱使成爲人，也只是啞口無言的女子，不能憑藉語言，只能以真心去感動王子，而「無言」便成了愛情的試金石，愛能夠讓人魚公主獲得永恆的生命，否則將成爲虛幻的泡影了。這樣的命運，乃是人魚公主選擇愛情時所付出之代價。

佛陀將女子化爲愛情樹，頗有異曲同工之妙。看似無言無情，卻蘊含豐沛的生命，樹有榮衰，花有開落，不也象徵情緒的悲喜？唯有觀者用心，方能悟得其中真情，且唯有用心，這份愛情才是真摯永恆，佛祖的安排，正考驗著樹與人，考驗脆弱的愛情。詩人對愛情的期許，由此可見。

既然是最美的生命，必然開滿一樹的花朵；長在他必經之路，也說明了今世的相逢，不同的是，樹，只能藉著一季的驚艷，喚醒心有靈犀的似曾相識，然後在驚鴻一瞥的悸動中，尋得心靈的交會，所有的等待，都「值得」了。「陽光」代表希望，「慎重」說明了它的小心呵護，每朵花都是由心靈深處綻放出來的愛情，五百年的盼望，全化爲燦爛的花朵，迎接對方的到來。這樣的命運，同樣也是化爲樹的女子不悔的選擇。

(三)幻滅

當你走近　請你細聽
那顫抖的葉是我等待的熱情
而當你終於無視地走過
在你身後落了一地的
朋友啊　那不是花瓣
是我凋零的心

愛情是每個人所期盼的，也希望對方能細心呵護我誠摯付出的情感，但愛情又豈是一廂情願呢？化爲樹，是爲了相遇，燦爛的花朵，婆娑的樹葉，是自己所展現的熱情與美麗，而這一切的苦心經營，所得到的回應卻令人心碎。「無視地走過」，摧毀了愛情神話，花朵驟然凋零落地，五百年的等待，也隨著落花化爲春泥。原來，等待的人從來不懂你的真情，又如何回應你深情的回眸呢？愛情至此大澈大悟，一切皆是枉然，在悟得真相的當時，又怎能不心碎？

無言的人魚公主，守候在王子身旁，便是等候著王子的真心，只要一聲「我愛你」，魔咒即刻解除，而有情人相守一生。而王子卻另有所屬，當人魚公主聞得王子將迎娶鄰國公主，那種心境，也只能用「凋零的心」來描述吧！

三、花與樹的愛情哲學——走出「人魚公主」的悲傷

「一棵開花的樹」隱約有著「人魚公主」的影子，乍看下似乎又是一則愛情悲劇，其實不然。這首詩，在題目上便透露了詩人的愛情觀，愛情不應是「人魚公主」那般的結局，失去了愛情，也失去了生命，成了海上的泡沫，在閃亮的陽光下消失不見。愛情不應是主宰著生命的。

席慕蓉將愛情與生命詮釋為「花」與「樹」的關係。「花」是一棵樹最耀眼動人的時期，最美好，但也最短暫。樹的生命泉源不來自於花，而是吸取土壤養份的根部，及迎接陽光關照的樹葉。生命的本質不在於如花般的有限愛情，而是在涓涓如細流的生活點滴中。

愛情只是生命的過程，而非終點，這一季的花朵凋謝了，仍可期待下一季的花開

，只要如樹般堅強的生命不死，凋零的心，必能隨著另一季閃亮的花朵而獲得重生。這比起「人魚公主」的玉石俱焚，更能給予我們明朗開闊的愛情觀。

席慕蓉對愛情與生命之間微妙的關係，作了極爲貼切之譬喻。不僅能細膩地體會深陷愛情當中的那份痴與不悔，更能於失去愛情而心碎沮喪之當時，提醒人們生命的可貴，非愛情能取代，真愛的意義，應像花開花落，是生命的悲喜，非生命的結束。

（原載於中國語文第五〇二期）

從美的創造活動看〈春天的浮雕〉一詩

唐淑貞

羅門〈春天的浮雕〉一詩，藉由彈奏豎琴此藝術的創造活動，包裝一切從事美的創造活動所可能實現的價值境界，與達到此一價值境界的精神、方法。爲方便說明，擬將此詩分爲六段如下：

一、你抱著豎琴／也抱住自己幽美的側影／那是一座照著春天樣子雕成的浮雕

二、撥弄著琴線／你的手也是琴線／你的髮也是琴線／你的眼睛裡都是琴線

三、所有的琴線／將你繞成另一座豎琴

四、只能用目靜靜的看／用心慢慢的想／用手輕柔的彈

五、河流也是琴線／樹林也是琴線／太陽與月亮裡都是琴線

六、飄動而來的是夢／飄動而去的也是夢

其中一、二、三、五段可視爲物我交融境界實現的象徵描述，第四段則點出全幅生命投入的態度精神，最後一段則透過「夢」來包裝此交融活動之美、之難得，今擬分述於後。

一、美的創造活動之價值境界

詩在一、二、三、五段點出創造本身便是一實現過程、價值活動，這不僅是創造他物、實現對方，也創造自身、自我實現，甚至達至物我交融、人我合一之境：

(一)創造他物　詩首句即言「你抱著豎琴」，說明透過美的創造活動以實現對方（豎琴）。

(二)自我實現　人在此活動中除了成全、實現對方外，自身亦在此得著實現，故詩續云：「也抱住自己幽美的側影」。

(三)物我交融　詩更進一層地說此境界，不僅他人、自身在此活動中得著實現，且是人我合一、物我交融的價值呈現，故詩將「你與豎琴」作一交融，以「春天的浮雕」來象徵此一交融實現的美的極致：「那是一座照著春天樣子雕成的浮雕」。接著詩的二、三段描述手、髮、眼睛裡都是琴線，終至「所有的琴線／將你繞成另一座豎琴」，說明此「撥弄著琴線」的活動，本是物我對立、人琴分離，但至此彈奏者與豎琴已交融合一、不可分割區離。甚至詩的第五段，更擴大地描述：「河流也是琴線／樹林也是琴線／太陽與月亮裡都是琴線」，說明此交融境界可擴大到參與此一藝術活動的氛圍所有，皆進行無間之交融。

二、美的創造活動之態度精神

詩除呈現從事美的創造活動所可能實現的價值境界外，在詩的第四段亦就態度、精神作一提醒：「只能用目靜靜的看／用心慢慢的想／用手輕柔的彈」，「只能」說明物我交融的法門無他，只有「用目」、「用心」、「用手」，換言之是全部感官、全幅生命的參與投入，方能達至。這不只是針對彈奏者與豎琴交融境界所作的態度上的反省，也是從情境跳脫出，觀看自己與前述藝術活動無間合一的狀態，而道出的精神線索，於是我們得出交融的要件乃須全幅感官投入，沒有保留、沒有計算方可。

三、境界之美與短暫難得

細想人的一生中能與追尋、創造的對象產生如此極致的互動，不僅是美的完成，也是現實中的難得，故詩在最後一段云：「飄動而來的是夢／飄動而去的也是夢」，將前述那場美的宴饗經歷視爲「夢」，透過「夢」來包裝此交融合一之境的美與短暫難得。

四、春天的浮雕與幻

靜觀羅門〈春天的浮雕〉中物我交融無間的美好，恰與余光中寫「幻」中一段有異曲同工之趣，「幻」一詩中寫道：

坐蓮池畔，怔怔看蓮，也讓蓮看
直到蓮也嫵媚
人也嫵媚，捫心也有香紅千瓣

此間亦揭示出美之創造活動的價值境界在「人也嫵媚／蓮也嫵媚／捫心也有香紅千瓣」的物我交融、人蓮合一上。且此境界亦在「怔怔」此專注投入的狀態下而有了交會的成全，這不就是塑成〈春天的浮雕〉所須有的「用目」、「用心」、「用手」的參與精神嗎？原來詩人們面對物我互動、人我往來，那份美的藝術觀照是可以如此會心

呼應的。（原載於中國語文第五二一期）

蓉子〈傘〉一詩之哲思

唐淑貞

賞析現代詩，有從節奏、聲律入手者，亦有自技巧、結構分析者，看待蓉子〈傘〉此首詩，這篇短文欲自詩中蘊藏之理對應人生，使詩之義蘊對真實人生有一理性之提醒。

〈傘〉一詩，其實就意涵表現上而言，題目可擴展地視爲「傘的人生觀」，亦即透過傘之形象、作用等人格化，來進一步象徵說明作者對人生的基本觀點與關懷。詩之主題可自兩方面切入：

一、對自身、對人我的生命觀點

(一)當生命面對自我

詩的第三節道：「闔則為竿為杖」、「亭中藏一個寧靜的我」，就主體內在而言，生命要能自我站立、自作支持，一如傘關闔時似竿杖之穩立。但要如竿杖般自作主宰之前，生命要能寧靜清明、截斷攀緣，以涵蓄自主之力量，故詩意透露面對自我當以寧靜為修養基點，以竿杖為修養標的的訊息。

(二)當生命面對人我

生命除要求自立、自持、自主之外，亦要「能夠行走」(詩之第二節)，走入群眾大我。對生命的客觀開展面，詩人的基本觀照是以「圓」為最高境界，「圓」即圓融、圓滿，避免了生命的割裂和孤立，故詩的第一節開始即言：

鳥翅初撲
幅幅相連　以蝙蝠弧形的雙翼
連成一個無懈可擊的圓

眾鳥翅聚一傘，此展傘的意象呈現由割裂到整體，由孤立到相融的「圓」。此「圓」的境界，在詩中也轉爲「花」、「亭」的形象作再一次的呈現：「開則爲花爲亭」，開由闔來，若已有爲竿爲杖的自立自主，便不懼怕走入人我會失去自我，故詩中寫「亭」乃：

頂著單純兒歌的透明音符
自在自適的小小世界

走入人我爲亭，亭依然保障了自我的單純自在，且此「亭」還提供人、我遮日蔽雨的功能：

一柄頂天
頂著豔陽　頂著雨

除了爲「亭」，生命還當爲「花」，在人我間提供欣賞、潤澤：

一把綠色小傘是一頂荷蓋
紅色朝暾　黑色晚雲

各種顏色的傘是載花的樹

生命的形色或有差異，然人我真誠相會時，此相異處反倒呈顯生命的豐富多姿。故爲花爲亭，是爲了進一步完成生命的整全，並在人我間求得交融、合一，以達「圓」之境界。

二、人在內、外間的調整

詩的第三節提及：

一傘在握　開闔自如

真實的存在是開闔、內外無法割裂分存或預作安排的，故人在生命流中，唯有適時應機，而達到無不得宜，方顯「自如」。此「自如」就詩而言，至少包含兩層意味：一是自主，自我力量足夠到能自我穩立、自作主宰，便能在開闔間有所主張與定見，由己之定穩而能適時應機無不得宜。一是自在，因生命在開闔間無有遲疑勉迫，故能顯自由自在之珍貴情調，此乃生命在面對自身、面對人我交接，展現高度活潑靈動且適恰的生機。

以上分析之主題意涵，作者是打散地分佈於詩節中，沒有刻意地照顧理上井然的架構，反倒讓詩保存了節奏的完整自然，就此點細細賞味蓉子的〈傘〉，真亦是活潑跳躍、開闔自如的詩之呈現。（原載於中國語文第四八一期）

賞析席慕蓉〈塵緣〉一詩

唐淑貞

張曉風在爲詩集《七里香》所作的序文中，曾謂席慕蓉的詩「每多自宋詩以來對人生的洞徹」，就此以觀〈塵緣〉一詩，其間透露出席慕蓉對生命若干清明的觀點，如她對「緣命」的認識，及面對理想、情感等，她「追求」上的看法和態度，藉由解讀此詩，也許可以一探作者的情理世界。

一、在緣命中創發價值

人生有命，而人應如何在命中自處？面對緣命此一課題，詩起始即以知命、認命來消解不必要的妄執和對立，故詩云：「不能像／佛陀般靜坐於蓮花之上／我是凡人／我的生命就是這滾滾凡塵」，人不能像佛陀靜坐中即擁無限，人與紅塵的不解之緣是生命的限制，這在〈繡花女〉一詩中，詩人也類似寫著：「我不能選擇我的命運／是命運選擇了我」，但透過「不能像」的知命與「我是凡人」的認命過程，人方可逐步平穩地安放自身。

爲祛除知命、認命帶出的消極之感，詩更進一步說明人該如何在命中創發積極價值。「這人世的一切我都希求」、「是我的擔子我都想承受」，由此兩句詩中的「希求」、「想」等字，讀出詩人欲擺脫人被動等待的形象，而強調出一份主動承擔、追求的精神，這化被動爲主動的姿態，是對命有了更積極主動的超越，命不再成爲限制，人實可在緣命中創發價值。

二、清楚而熱烈的追求

席慕蓉早期詩歌中不斷地釋放出面對追求時的熱烈生命力，但在〈塵緣〉一詩裡，我們似乎可找到許多可貴的線索，爲這熱烈生命力佈置出一清明、純粹的理性背景，以保障這份熱烈並非無明一場虛妄。

面對生命的內容，詩人有著清明的認知，在〈祈禱詞〉一詩中寫道：「我知道這世界不是絕對的好／我也知道它有離別　有衰老」，而在〈塵緣〉詩中，詩人便以悲欣交集陳述生命的內容：「快樂啊憂傷啊／是我的擔子我都想承受」、「搜集那些美麗的糾纏著的」，且這些快樂美麗、憂傷糾纏的悲喜內容，就結果而言，終歸成空：「明知道總有一日／所有的悲歡都將離我而去」，但縱使世間悲歡總總終究成空，詩人仍然願意確認一追求的對象、目標，爲「她」熱烈投入、積極努力：「找仍然竭力地搜集」，這樣的追求歷程中即充滿無怨悔的價值，是「值得爲她活了一次的記憶」。由是可知作者面對理想或感情的追求一事，在理性上是有清明的認知（人生內容有悲歡，且結果成空），仍願熱烈投入追求，是不爲「結果」而爲，這反而突顯了追求過程本身的純淲價值。

結語

席慕蓉曾提及自身對繪畫的投入：「我一直是主動地去追求，熱烈而又嚴肅地去探尋更高更深的境界。」這樣的認知和精神，不就是〈塵緣〉詩中面對緣命、面對追求所呈現的態度？可見作者在「熱烈」的情性揮灑之下，實有「嚴肅」的理性認知。

（原載於中國語文五二五期）

與自然同體的飛行

——談高上秦〈鷺鷥〉一詩

唐淑貞

鷺鷥

在風中
我們飄搖似翻白的蘆荻
當我們昇起
低低的縈繞暮靄昇起

低低的星月伴著我們的前路
飛　飛　飛
寒波澹澹染白了我們的翼
我們昇起
點數一路清唱而去的風景

山田青青
水流盈盈
修竹亭亭
吟落地闊天長的寂冷

我們看山河的臉
淡成一縷漠漠的雲煙
我們緩緩消逝
在秋水蘆花的風中

一、詩中有畫

高上秦此詩寫鷺鷥始於「昇起」、終於「消逝」，可說是對鷺鷥一次完整飛行的記錄，隨著詩的語言描述，我們看到「詩中有畫」的栩栩動人：鏡頭拉遠些是「天長地闊」，拉近些是「山田」「水流」、蘆荻翻飛，上有星月、下是寒波，而主體鷺鷥恰在其間，四周環繞著秋風、暮靄。季節是秋，故色調上是淡淡昏（「暮靄」）、白（「蘆荻」、「寒波澹澹」）。鷺鷥在此背景下飛行，時間有著動態的延伸：自黃昏（「暮靄」）至夜晚（「星月」），故飛行之姿亦自低低昇起，有了「飛　飛　飛」的想像餘地。詩意畫境的佈置自然，諸如背景環境、季節時間、色調氛圍等，皆不著鑿痕。

二、詩中有境

〈鷺鷥〉一詩不僅有如畫之描繪，在詩的意境上亦有耐人尋味之寄託：(一)看鷺鷥飛行的過程，實是與自然同體流行的過程，故一方面在形象上與蘆荻、澹澹寒波結合；另一方面在飛行的過程中與風、暮靄、星月相依伴。(二)甚至透過此同體流行的相融，企圖進一步去消解天地的寂冷，故鷺鷥帶著點數風景、與景相融的心境：「山田青青／水流盈盈／修竹亭亭」，去吟落唱破天地長闊的寂冷。(三)在與自然同體、消解天地寂冷的同時，亦當與客體保持一段清明的距離，以保有主體的自然自主，故詩在飛行的最後寫道：「我們看山河的臉／淡成一縷漠漠的雲煙」，這若即似離、若濃密似輕淡的主客關係，實際上是點出主體與客體關係上的一份自在自然、自由自主，此亦是主客間出入自得的可貴。而此點意境在詩的結構安排上，自句首的顯影：「在風中／我們飄搖似翻白的蘆荻」，至詩末的淡出：「在秋水蘆花的風中」首尾呼應，亦達到有出有入、迴環復原的效果。

《莊子．逍遙遊》寫「北冥有魚，其名爲鯤」時續云：「是鳥也，海運則將徙於南冥。南冥者，天池也。」此段文字一方面透過「海運」，點出鵬鳥配合著海上長風，與自然同體的飛行過程；一方面寫「南冥者，天池也」，點出南冥、北冥實一，藉以打破飛行空間上的假相，強調主體精神的成長開展，此首尾呼應還原的技巧在〈鷺鷥〉一詩中再現：我們看到詩中藉飛行之過程，表現生命與外境的相融相洽；藉飛行之始終說明主體精神之自在自然、出入自得。如畫有境的〈鷺鷥〉一詩，實有鵬鳥逍遙之遊味。（原載於中國語文第四八九期）

賞析古今兩首談〈偶然〉之詩

唐淑貞

王安石曾在〈題半山寺壁〉詩中云：「我行天即雨，我止雨還住。雨豈為我行？邂逅與相遇。」詩中寫出我與雨之間的遇合實屬命上的湊巧偶然，兩造間皆屬不能自主，故不需怨天尤「雨」，當在此中平靜自在。此邂逅無意之際遇其實便是人際來去的真相，這也就是蘇軾在〈和子由澠池懷舊〉及徐志摩在〈偶然〉中所要揭示抒發的主題。此兩詩雖在創作時間上相隔甚遠，然而兩詩在主題的發揮、象徵的運用、意涵的佈置等方面，卻有異曲同工之近似。以下即透過兩詩共同傳達的詩旨為線索，鋪陳蘇軾〈和子由澠池懷舊〉及徐志摩在〈偶然〉兩詩的相同近似處：

一、人際遇合的偶然性與短暫性

兩詩一開始即分別透過飛鴻踏雪泥、雲之投影對人際遇合進行象徵：「人生到處知何似？應似飛鴻踏雪泥。泥上偶然留指爪」、「我是天空裡的一片雲／偶而投影在你的波心」，前者藉飛鴻踏雪泥象徵人與所到之處的關係；後者藉雲之投影象徵人我兩造間之遇合情境。而且兩詩不約而同地指陳人際遇合中的偶然性與短暫性：見詩句一方面點出飛鴻留爪、雲之投影實屬「偶然」、「偶而」之際遇，人在此點上是不由自主、預期不得的。另一方面點出即使留下指爪，亦只是雪泥上之爪跡，這是要隨時間覆滅，指爪之停留實是短暫有限；徐志摩詩中更直接寫出即使留有蹤影，亦「在轉瞬間消滅了蹤影」，說明人在此點上是不能強求永恆、貪戀不得的。

由上可見生命的限制在偶然性與短暫性中被揭示，爲了強調人生有命的限制，蘇軾還進一步藉「老僧已死成新塔，壞壁無由見舊題」之句，說明由人轉爲塔，此間的無常、短暫。甚至當初偶然、意外下的僧壁詩題，亦已毀壞，可見隨時變滅的短暫。而徐志摩則透過「你我相逢在黑夜的海上」，包裝人際海洋上即使相逢，亦籠罩著有如夜色般蒼茫、未可預知、無法掌控的氛圍。

二、人際來去間不應執著

詩人在揭示人際遇合的偶然性與短暫性之後，更進一步說明人在此人際遇合中的自處之道：

蘇軾言「鴻飛那復計東西」、徐志摩寫「你有你的，我有我的，方向」，皆說明人在未來東西方向上之選擇，實是不能夠預作安排，人的控制、勉強等非自然的作爲，並不能改變生命際遇中偶而、自然的流程。而且未來方向上之選擇，也是不需要預作打算，因爲打算、強求的最終仍是泥上鴻爪、短暫投影的徒勞一場。故「你有你的，我有我的，方向」是去留不由自己的真實，亦是短暫相會後的必然發展，人在面對過去、當下、未來，無論悲喜、幸抑不幸，都當練習「不必訝異」、「無須歡喜」、「那復計東西」的洒然自在。

三、面對人際過往應記得或忘掉

蘇軾與徐志摩在詩中的最後一節，同指向「面對人際過往應否記得」此一問題作了番發揮：

東坡問子由是否還記得往日那段「路長人困蹇驢嘶」的崎嶇歲月?表面是問：「還記否?」但就前述詩意，一路看下來，其實是作「隨記隨忘」的提醒，生命中即使有再大的不幸際遇，一來它的發生是人的不能自主，故不須掛懷，二來它所停駐的時間亦是有限、短暫，當事過境遷，便無須引爲傷慮。這不也就是徐志摩的發揮嗎？「你記得也好／最好你忘掉／在這交會時互放的光亮」，詩中一方面肯定當下交會的價値，一方面說明即使是面對光亮，亦要有「隨記隨忘」的智慧，「忘掉」不僅避開了複雜的失落，也還給生命自在、清靜的自然。

四、結語

由以上對〈和子由澠池懷舊〉與〈偶然〉兩詩之析述可知，蘇、徐兩位古今詩人，面對人際遇合，其觀察、體會是極爲接近。化爲文字時，兩方詩句竟有如此巧合呼應的效果，甚至在象徵、喻理上也頗有異曲同工之妙。

看詩人對生命際遇的觀察，在不可自主的偶然性及不能永恆的短暫性下，彷彿有著消極無奈的認命之姿。事實上知道人生有命、有限制，方能進一步設想在此命與限制中安頓目己。蘇軾、徐志摩在分別肯定不幸與幸的際遇皆具當下意義之餘，亦指點出人在此中要有「坐忘」的智慧，不沾滯、不起伏，便是面對際遇限制最好的安頓與超越。（原載於中國語文第四九一期）

現代散文篇

此時無燈勝有燈

——談許地山〈暗途〉一文的人生體認

陳淑滿

如果說散文如一彎清澈的溪流，灌溉心靈的夢田，那麼，許地山的散文，便是這當中的極品。他的散文，真情而不黏膩，灑脫而不疏離，更能帶著悲憫的情懷，與自然相融，這篇〈暗途〉便傳達出人與自然看似衝突，其實相親的密關係，藉此，我們也能進一步了解許地山的人生態度。

一、點燈的困惑

「我底朋友，且等一等，待我爲你點著燈，才走。」在黑夜中，點著了燈，在我們看來，是爲了指引明路，避開危險，以免誤入歧途。文中的均哥便是如此想法，黑暗的山路，更是危機四伏，豈不令人擔憂。我們對著無法掌握的自然，總是有隱隱的不安，這當中的不安定感，也許來自於眈眈而視的猛獸，也許只是青翠蓊鬱的山林，因爲與自然的疏離，於是藉著點燈來照明一切，想驅散內心的恐懼，然而真的是如此嗎？誠如文中吾威所言：

> 若是你定要叫我帶著燈走，那教我更不敢走。滿山都沒有光，若是我提著燈走，也不過是照得三兩步遠，且要累得滿山底昆蟲都不安。若湊巧遇見長蛇也衝著火光走來，可又怎辦呢？再說，這一點的光可以把那照不著底地方越顯得危險，越能使我害怕。

點燈本是爲消弭恐懼，卻因看得清楚而更恐懼；照亮山路是爲了逃開危險，卻引得更多危險伺機而動；以光亮引路是爲了求得人與自然的相安無事，卻徒惹得人與自然皆因不安而動；眼前的光明只照得三兩步，熄燈後的無依，卻把人推向更深的黑暗。

點起燈的同時，也點起了不安與危機，這似乎悖離了我們所企求的光明之路，因爲有形的燈火是有侷限的，如何能照亮內心無窮的恐懼呢？

二、與自然合而為一的生命情調

許地山於文中述及點燈的不妥，而在黑暗的人生之路，該秉持何種態度去面對呢？在〈暗途〉文中便有所啓示：

> 不如我空著手走，初時雖覺得有些妨礙，不多一會，什麼都可以在幽暗中辨別一點。

「空」是許地山一直追求的境界，「空」代表著不執著，不拘泥，看似一無所有，其實是最具包容力，融合天地虛無之氣，凝聚出至大的力量，因此「空」是最充滿豐厚的。空著手，即是捨棄了與自然衝突的燭火，大自然是幽暗的，何須獨自追求光明，處於幽暗中，反倒更能敏銳地察覺到隱於黑暗中的光明。正如文中敘述：

> 吾威在暗途中走著，耳邊雖常聽見飛蟲、野獸底聲音，然而他一點害怕也沒有。在蔓草中，時常飛些螢火出來，光雖不大，可也夠了。他自己說：「這是均哥想不到，也是他所不能為我點底燈。」

我們以爲的黑暗，卻隱藏著光明的喜悅，當我們放下包袱，與自然的脈動相合之時，方得領悟到黑暗才是安定，才是真正的光明。人一直以爲自然萬物是對立的，然而真正劃清分界的是人本身，當你與自然交融爲一時，以空虛的心去包容大自然，自然，何懼之有？

在〈暗途〉一文中，許地山展現了自己的自然關懷，人應是與自然相親，融合爲一的，不應該是互相對決殘害的。同時，在面對人生的困境，若能秉持澄澈通透之智慧，領略大自然虛無即實有、黑暗即光明的道理，內心必然光明磊落，點亮了心中的明燈，又何須手上那盞微弱的燭光呢？走在人生的〈暗途〉上，真可謂：無燈勝有燈。（原載於中國語文第五〇一期）

豐子愷的楊柳哲學

——試析其〈楊柳〉一文

陳淑滿

楊柳，自古便是文人抒情寫意的題材，或詠離情春愁；或寓悠淡風雅，似乎自然的巧思總和文學分不開。

豐子愷的散文富有藝術家的敏感，除了文學的美感外，更蘊含了人生的哲思，藉文學筆觸來傳達自身的生命情調，使得他的小品散文暢達而有餘味。〈楊柳〉即是在文學、藝術、哲思三領域中匯集而生的佳作，除了品茗這小品清新的文筆，更能從中去咀嚼豐子愷的人生態度，姑且稱之爲「楊柳哲學」，其實所呈現的便是豐子愷的生活哲學。

一、隨緣而不執著

在〈楊柳〉一文中，豐子愷提及了與楊柳的「因緣」：「偶然的。」，文中敘述無意中見人種柳，於是興來討了一株種在寓屋旁，而給屋取名爲「小楊柳屋」，又常取見慣的楊柳爲畫材，便與楊柳結緣。這樣的因緣並非刻意爲之，亦不強力執著，更無須附庸風雅，尋引古典來作爲愛柳的理由，誠如文中所言：

> 但假如我存心要和楊柳結緣，就不說上面的話，而可以附會種種的理由上去。或者說我愛它的鵝黃嫩綠，或者說我愛它的如醉如舞，或者說我愛它像小蠻的腰，或者說我愛它是陶淵明的宅邊所種，或者還可以引援「客舍青青」的詩，「樹猶如此」的話，……即使要找三百個冠冕堂皇、高雅深刻的理由也是很容易的。天下事又往往如此。

豐子愷愛楊柳，但不執著於楊柳，這種自然而不牽強的品味，不爲外物所拘絆的豁達心胸，生命不隨物喜物悲，更能呈現出通透生命的智慧。

二、卑賤而強韌的生命力

> 聽人說，這種植物是最賤的。剪一根枝條來插在地上，它也會活起來，後來變成一株大楊柳樹。它不需要高貴的肥料或工深的雍培，只要有陽光、泥土和水便會生活，而且生得非常強健而美麗。

楊柳的賤，乃在於它的無處不生的生命力，不需如牡丹花的呵護栽培，也不像葡萄藤要修剪搭棚，愈是被忽略，愈是默默吸收天地的精華，日漸茁壯成長。生命本是如此，在險惡的環境中，更能呈現生命強韌的一面。「貴」與「賤」的界定往往只是一種假象，或者只是一種物質條件的比較衡量的結果。在豐子愷眼中，「賤」反而是可愛的，他愛的是掌聲、呵護之外的生命韌性，人生若能放下「貴」、「賤」的外在批判，便能看到生命的內在本質，而從《楊柳》一文中，的確可以看到豐子愷深厚的人生觀照，澄澈而不受蒙蔽。

三、下垂而不忘本的哲思

豐子愷提對於楊柳，乃是隨緣偶然的因緣，然而仍不免要讚美楊柳，且說明了楊柳的主要的美點是「下垂」。因爲花木大多向上發展，蒸蒸日上，而忘記了下面的根，於是覺得可惡且可憐。而楊柳則不然：

楊柳沒有這般可惡可憐的樣子。它不是不會向上生長，它長得很快，而且很高，但是越長得高，越垂得低，千萬條陌頭細柳，條條不忘記根本，……楊柳樹也有高出牆頭的，但我不嫌它高，為了它高而能下，為了它高而不忘本。

「下垂」是一種謙卑，是飲水思源的不忘本。看到楊柳的低垂的姿態，不由得興起「世人多忘本」的感歎，此時楊柳便化身爲哲人，點醒當世困頓的人心，在向上發展之時，不要忘記泥土中維持生命的根本，豐子愷將楊柳帶上了道德的殿堂，努力注入人間一股生命的清流。

結語

文人愛柳，有的愛其婆娑，有的愛其風骨，豐子愷應是取其精神妙處。張曉風女士也愛柳，她曾描繪「蘇堤的柳，在江南的二月天梳理著春風，隨堤的柳怎樣茂美如堆煙砌玉的重重簾幕。」楊柳總是在風中飄揚著古典的美姿，或者又如她描述的「春柳的柔條上暗藏著無數叫做『青眼』的葉蕾……我卻總懷疑柳樹根下有翡翠——不然，叫柳樹去那裡吸收那麼多純淨的碧綠呢？」楊柳的美是疏落有致，抽象而富想像力的，曉風眼中的「楊柳」，與豐子愷眼中的「楊柳」風貌絕對不同，豐子愷賦予了楊柳新的生命情調，有著緣遇而安的淡泊修養、平凡而富生命力，又懂得謙虛詳和的美德，此時楊柳兼具了美與道德的意象，《楊柳》一文，不啻爲我們打開了心靈之窗，重新省視了楊柳的美感。（原載於中國語文第四九四期）

試析豐子愷童話〈赤心國〉中之理想世界

張慧珍

自從晉朝的陶淵明寫了一篇〈桃花源記〉。「桃花源」一詞成爲中國人對於理想國度的代稱。而漁人的奇遇，和其所見那與世隔絕，淳樸詳和的世界，也成爲人們在架構理想世界的底本和藍圖。近人豐子愷有一則童話〈赤心國〉便在繼續經營著陶淵明以來中國人所憧憬的美夢。同樣是通過狹小的洞口，霍然所見的天地，不同的是前篇的主人翁是「忘路之遠近」的漁夫；後篇則是爲了躲避轟炸，不得不入洞的軍官；而兩篇所遭逢的世界，同樣是詳和井然的，有別的是前篇所見之人物「男女衣著，悉如外人」；後篇則是身上長著毛的野人。雖然〈赤心國〉一文，因受限於童話的關係，在情境的描繪上未若〈桃花源記〉「落英繽紛」的優美，但卻寄寓著作者對於人性深厚的期許與真誠的省察，對於處在豪奪巧取而漸趨冷漠、僵硬、敵對的現世社會，實有發人深思之處。本文擬從主題分析、主題省思兩方面探究之：

一、主題分析

豐子愷筆下的〈赤心國〉，雖說是虛構的童話故事，無疑的卻是作者心目中理想世界的縮影。它有三種不同於現世社會的特質：

(一)體物感人的領導階層：

〈赤心國〉一如人類社會的組成，有階層的區分，它們依次是王、六個官和平民。唯不同的是此等級的產生，不出自爭鋒相對的權力傾軋，而是源於自然生成的赤心大小來決定，正如文中野人王所自言：「如果國王死了，人民中自然有人的赤心變大起來。誰的赤心最大，誰便是我們的王」、「我是他們的王，故我的赤心最大。那六個是官，赤心比我略小。其餘的都是民眾，他們的赤心又比官的略小」而赤心大小之所以能決定服從等級的原因，也亦如野人王所述：「赤心越大，感覺越靈敏。譬如五百人中有一人沒有衣服而冷了，我最先有同感，其次是官覺得冷了，然後人民都覺得冷了。」可見其領導階層生成的條件，是必須要有天賦的靈敏去感受百姓的冷暖和疾苦，這是他們最重要的職責，亦是最神聖的榮銜。

(二)分工合作的社會組織：

〈赤心國〉的社會是一自給自足、講究分工的社會。六個官各有其職，一個專管「衣」的事，其餘五個分管種植馬鈴薯、甘蔗、糖、海鹽及製造土器皿等有關「食」的事。生活的動力接近原始之淳厚簡約，沒有太多的繁文縟節，亦無需鑽營汲取。平日，官向人民中輪選十人去工作，這些百姓在彼此赤心的牽合下，從事利人利己的事務，絕無偷懶和爭吵，而官則在旁監督、指揮和教導。其合作無間的景象，連來自文明社會的軍官都忍不住要讚嘆著說：「這忠勤簡樸的民眾，和這和平歡樂的景象，他覺得真可佩而可羨。」

(三)休戚相關的生命型態：

〈赤心國〉的人民，他們生命型態是屬於「共同體」的模式進行。他們胸前鮮紅的赤心，使得他們悲喜相感、禍福同當，是無法自私的將別人排諸於外的，所以文中一位山中迷路而飢餓的孩子，可以令其國王和以下的人民都覺得飢餓莫名；而那些在海邊工作，不慎被潮水捲走的人，竟能使大家心有同感地紛紛從洞裡出來，臉色難掩驚慌之色。見到他們這種患難與共的情狀，連這位曾出生入死過的軍官都要又慚又喜的說：「我雖然沒有赤心，但我要竭力倣他們做。」

二、主題省思

本文，作者除了藉由這位來自戰亂社會、歷經殺戮場面的軍官，其在赤心國的聞見感思，來表達人類對於理想國度的嚮往與和平社會的渴望外，亦巧設引線，利用軍官身上的「鑰匙」、「鈔票」和「槍」，在野人國所引發的質疑和事件，進一步對比出現世社會一些令人詬病的問題：

(一)以「鑰匙」為引線，對比現世的貪婪自私：

鑰匙在現世社會中既平常易見又是極爲重要的物件。它的作用是爲了「鎖」住貴重物品，避免被「偷」。這其中鎖的這一方固然是爲了保全自有；而偷的那一方則是出於貪婪覬覦之心。這兩者敵對衝突的關係，對於「人我一體」的赤心國的百姓而言，是既惶惑又荒謬的。文中藉由軍官對於野人王解疑之言，陳述現世社會的現象，實有砭刺之意：「我是我，別人是別人，我冷了，與別人有什麼關係？偷的人既已得了衣服，那裡還會冷呢？別的人只要有衣服，當然是不冷的。」

(二)以「鈔票」為引線，對比現世的現實功利：

「鈔票」在現世社會中一直是做爲買賣行爲的憑據，然而其多寡卻決定了「貧」與「富」間的等級對立，不僅使社會漸趨冷漠功利，甚至引起社會的動盪。這與赤心國以「人飢己飢」、「人溺己溺」爲訴求的階層社會恰成對比。所以文中的軍官在談到這方面時，都要憤恨的說道：「沒有鈔票便不能買，只好挨餓。我們世界上很不好，有些人有很多的鈔票，有些人一張也沒有；沒有鈔票的人便只好挨餓。」

(三)以「槍」為引線，對比現世的冷酷殘忍：

槍在現世社會中是用來自衛防人的。然而在利害衝突的前提下，也淪爲殺人以逞的武器。這相較於赤心國「患難與共」的互助社會，使軍官不勝羞愧之心的要藏好手槍，不被發現；甚至感佩無已的說道：「我以前因爲見他們身上有毛，故把他們當作野人看，這真是褻瀆了他們」、「他們若知道我以前曾把他們當作野人看，他們一定要說：『你們痛癢不關，自相殘殺，你們才是野人！』」深刻地嘲諷了現世社會。

三、結語

正如〈桃花源記〉中的漁夫返回現世後，津津樂道此次的奇遇；文中的軍官在野人王誤扣扳機以致中彈昏迷，進而被迫送回現世後，亦每每向人提及在赤心國的遭逢，不同的是他心裡雖憧憬赤心國和平幸福的生活，他更積極地考慮改良社會的辦法。文末豐子愷以「他到現在還在努力考慮著」作結，讓本篇在對現世有所針砭的旨意下，又多一份積極正向的人生觀。（原載於中國語文第五二五期）

從〈青燈有味似兒時〉認識琦君的世界

邱瓊慧

讀著琦君《青燈有味似兒時》作品時，有一股微風徐徐，月下酌酒，胸臆充滿暖意的滋味。隨著琦君的行文，慢慢地沉澱思緒，彷彿之間，也與琦君一同遭逢人與事的點滴，咀嚼著回憶沉澱後的溫馨。琦君在序文說道：

有人說緬懷往事是老的象徵。我卻覺得念舊事的那一份溫馨，使我回到童年，使我忘憂、忘老。也使我更有信心與毅力，面對現在與未來。因為我彷彿覺得，當年愛護我、教育我的長輩親人，仍時刻在我身邊。

琦君一半以上作品，都是描寫她在浙江永嘉家鄉度過的童年及求學中的人與事。書中的人與事雖然已如「雪泥鴻爪」般地消失了，但是從歲月酒釀中所淬取出的生活智慧，賦予琦君這些懷舊散文有著「舊瓶裝新酒」的嶄新生命。《青燈有味似兒時》的第一輯懷舊篇正可引領讀者走入琦君的成長世界……

琦君，原名爲潘希真。父親潘國綱是一位獨自奮鬥成功的將軍，母親是中國舊社會中典型的賢慧、保守女性。〈吃大菜〉一文就描述母親與父親不同的生活態度—父親追求享受而母親傳統保守。父親將感情全然寄放在二媽身上，而母親流露的淒楚與自我釋懷的無奈，深深烙印在琦君的心田：

> 從廚房的玻璃窗裏，我和母親目送父親和二媽並肩往大門走去，父親體貼地為她披上狐皮領斗篷，一定是雙雙跨上馬車走了。……母親淡淡地笑了下說：「大菜也好，小菜也好，吃就開開心心地吃，才有味道。」

童年的親情似乎只有在母親身上才能享受到。〈南海慈航〉一文回憶了母女相依的情景：

> 母親坎坷生涯中，經歷多少拂逆，都能堅忍地、默默承當。就因為她心中永遠有一尊南海慈航觀世音菩薩在牽引她。她每天清晨早餐前，必定跪在佛堂裏，敲著木魚清磬，朗聲念心經、大悲咒、白衣咒．．．我也常常和

她並排兒跪著，有口無心地跟著背，仰望琉璃盞中，熒熒的燈花搖曳，檀香爐中香煙嬝嬝。我念著念著，覺得屋子空空洞洞，好冷清。心頭忽然浮起一陣淒淒涼涼的感覺。好像整個世界就只剩下母親和我兩個人。

感念母親一生崎嶇寂寞，「南海慈航觀世音菩薩」正是牽引母親度苦厄的依靠，而堅毅、淡泊的母親也成了琦君生命裏的另一尊「觀音」。

母親良善、博愛的性情，以及節儉、忍讓的個性也刻劃在〈菜籃挑水〉一文。〈紙的懷念〉不僅詳實記載故鄉永嘉紙業的狀況以及山鄉做紙人家的艱苦與知足，也在行文中，描述母親的和藹、與人同樂的胸懷。

> 有一次，他們一不小心，扁擔頭把五彩玻璃碰破了，賣紙人好驚慌，母親聞聲而至，連聲說「不要緊，好配的。」賣紙人戰戰兢兢地問，「好不好把碎玻璃帶回去給屋裏人看看，她沒見過呢。」母親說碎玻璃會割手，叫阿榮伯從廂房裏找了塊完整全新的，用在仔細包了給他。好幾個賣紙人都要了幾塊不同顏色的，分別帶回去。

母親潛移默化的生活教育，使琦君領略了佛家慈悲爲懷，以及儒家「推己及人」的道理。

求學中的人與事也是琦君作品的題材，青澀的少女時代的點滴回憶，琦君純真與單純的形象躍於紙上。〈玳瑁髮夾〉一文由梳妝盒裏保存的塑膠質仿製的蝴蝶夾，回憶起少女時期面對群體生活教育校長與訓導主任寬嚴並濟的教導方法，文字間流露出少女時代的可愛。〈講英語〉一文，琦君回憶起中學時代學英文的有趣情形，被強迫學習之下的窘態活現字間。〈難忘的歌〉是記述童年學鋼琴、學唱歌的痛苦經驗，幽默文字中隱隱約約可以見到琦君童年的質樸。女傭金媽教琦君唱「紹興戲」，雖然不完整，但是幽暗淒然的曲詞卻隨著金媽、母親兩人不幸福的遭遇，讓初中時期的琦君彷彿也飽經憂患、感同身受。〈胡蝶迷〉是記述少女時期的痴狂。年少的琦君是胡蝶迷，只要胡蝶所主演的電影，她是每部必看，電影的愛情故事、人性善惡的衝突，都深深震撼著少女的心魂。同期影星阮玲玉的自殺，就讓中學時期的琦君感到生命悲劇的悲愴。「胡蝶」不僅是同年齡友伴共同的話題，也是她與二媽兩人嫌隙的潤滑劑。即使步入老年，與胡蝶他鄉相逢，更加傾慕她的敬業精神，以及談吐風趣坦率的神態，雖然時光荏苒，但是琦君仍然流露出那份單純的可愛以及單純的快樂，真是不折不扣的老「胡蝶迷」。

寫作題材取自生活的琦君，對於生活周遭人事是敏銳以及多情的。回憶陪她走過少女時代的人與事，彷彿歷歷在目、如數家珍地清晰。〈青燈有味似兒時〉是琦君旅居國外，一燈夜讀而思鄉之情攀繞心間，緬懷童年的作品。故交天主教修女—白姑娘的親切良善以及孩童結群在岩親爺廟前遊戲的情景，都因著「白髮無情侵老境」而化爲「青燈有味似兒時」的孤寂滋味。〈永恆的思念〉是懷念父親在浙江擔任軍職時，陪襯在身旁的兩位馬弁—胡雲皐、陳寶泰。胡雲皐豪邁威武、赴湯蹈火的義行，以及陳寶泰沉穩斯文、性情隨和的親切，兩人共同陪伴琦君度過慘淡的年少時期。

> 我再到杭州念中學時，哥哥早已不幸去世，母親於傷心之餘，只願留在故鄉。父親比較嚴肅，我在孤單寂寞中，全靠他們兩人對我的愛護與鼓勵。
>
> 我住校後，他們常輪流來看我，買零食給我吃，……

琦君後來因爲戰亂而失去了他們兩人的音訊，有著一份「滄桑人事，何堪回首」的感傷。〈兩位裁縫〉由一件舊棉襖憶起家鄉遠房親戚—寶增阿公，他不僅帶給琦君一段玩針線的快樂時光，他嚴謹的工作態度更是令琦君稱道敬佩。另一位是琦君在台北住家附近小裁縫店工作的年輕裁縫師，他擁有如寶增阿公細膩的做工及專注誠懇的工作態度，但是卻無法迎合時代速成求利的要求，而被迫失業。行文間，琦君感嘆時代及人情的變遷。

感念懷情是琦君寫作風格的基調，而為文自然以及從生活取材的寫作態度琦君是有所因襲的。縱觀琦君求學階段，影響琦君最深的，就屬之江大學中文系的夏承燾老師。在〈鷓鴣天〉一文中，就憶起夏老師的指導：

記得我們追隨他穿過濃密的林蔭，就聽他吟道：「松間數語風吹去，明日尋來盡是詩。」指點我們作詩作文，必須於如此自然中得來，不為文造情，不危言聳聽，才是好文章。

夏承燾曾送琦君一首詩：

莫學深顰與淺顰，風光一日一回新，禪機拈出憑君會，未有花時已是春。

頓時，琦君讓籠罩父母婚姻陰霾中的憂鬱，見了光。〈三十年點滴念師恩〉是琦君為文追念八十七高齡仙逝的恩師夏承燾。琦君回憶求學時，老師上課時鏗鏘的鄉音；課餘共同徜徉山水間，言語間蘊含禪理，讓琦君在心領神會中，學習生命的智慧，行文中懷念著恩師的行誼風範以及為學篤實的態度。夏承燾老師〈鷓鴣天〉一詞道出對喪亂時局的體認以及他那淡泊名利的身教：

他吟了一闋新作「鷓鴣天」：短策暫辭奔競場，同來此地乞清涼。若能杯水如名淡，應信村茶比酒香。無一語，答秋光。愁邊征雁忽成行。中年只有看山感，西北闌干半夕陽。．．．至於「若能杯水如名淡，應信村茶比酒香」二句，那一派淡泊清新的境界，真有如古剎中木魚清磬之音，使人名利之心頓息，因此這兩句詞也是我心香一脈，終生默誦的格言。

當國難時艱，琦君憂悶難遣時，〈鷓鴣天〉詞意中所縈生的詞境便會撫平琦君的心脈。

對於寫作態度，琦君認為「得要把生活、讀書、寫作打成一片。『山水是地上的文章，文章是案頭的山水。』你必須不經意的去體會，才能得到真趣。」而琦君的寫作目的，只想把一件自己感受的經驗說出來與人分享而已。「行雲流水」般的筆觸、感念懷舊的基調、內容溫馨中滲有著一份成長蛻變的堅毅智慧。琦君曾提到：「作詞、作文、作人是一樣的道理。第一要誠」，讀著《青燈有味似兒時》一書，確實一種由作者孃孃說著自身故事，讓讀者自然地走入作者世界的親切感，真摯、懇切之情流露在字裏行間。「琦君是一個澈頭澈尾的有情人，見人則生人性，見物則生物情」，若以她最服膺的毛姆說法：「寫小說是七分人生，三分技巧」，那麼，琦君的散文世界所呈現的便是一個有情的世界。（原載於中國語文四九八期）

世間萬事轉頭空

——讀琦君〈髻〉一文

唐淑貞

一、解「題」

琦君寫〈髻〉，通篇以「髮」貫穿，且透過「髮」展開各段文意的鋪衍，文中出現與「髮」有關者，如髮味、髮質、髮夾、髮型、洗髮、髮油、梳頭、剪髮、髮色等，其中特別藉著髻（髮型）的變化帶出人物、情節的轉折效果，如母親由螺絲髻兒到鮑魚頭，最後剪成短髮，帶出年華青春的無聲流逝，也透露母親欲求改變，但改變有限的保守作風、樸素性格。又如姨娘的髮式由橫愛司髻到各式各樣的鳳凰髻、羽扇髻、同心髻、燕尾髻，再到簡單的香蕉卷，雖也是青春消逝的象徵，更可看出姨娘所象徵的年輕、美麗、時髦的繁華也難逃復歸平淡、甚至衰老的自然法則。故以〈髻〉命題，實是作者之心裁別出。

二、大意分析

〈髻〉一文的情節推演，可略分前、中、後三部分，依續展開其主題之布置，一至六段寫母親與姨娘兩人之異，七至九段則以描述母親之憔悴、失意爲主，十至十三段則呈現母親與姨娘的相依之情，此篇行文並非全然平舖直敘，而是不時採對比技巧以呈顯文意。

(一)母親與姨娘之異

母親與姨娘在容貌、性格上的差異，文章透過「髮」造成的許多對比效果來加以呈現。如三至六段中，寫母親與姨娘在髮質（母親的髮質雖勝過五叔婆，但姨娘「一頭如雲的柔鬟比母親的還要烏、還要亮」）、髮式（母親的螺絲髻和姨娘的橫愛司髻）、洗髮的習慣（「姨娘洗頭從不揀七月初七。一個月裡都洗好多次頭」）、髮油的使用情形（「姨娘抹上三花牌髮油，香風四溢……母親卻把它高高擱在櫥背上，說：『這種新式的頭油，我聞了就泛胃』」）的種種不同，在在都隱約透露出母親的勤儉樸素、保守淡泊、寡言沈默的性格，甚至因爲婚姻而有的幽怨之情都可約略想見，此與姨娘年輕美麗、時髦開化、前衛健談的性格、作風，恰好形成對照。

母親與姨娘如此的差異，使得父母的感情漸行漸遠，連包梳頭陳嫂都要對母親發出貶詞，直到作者寫：「我都氣哭了」，這時我們才深刻覺察母女連心的親密敏感。這也是對文章首段所敘述的內容達成另一層的呼應，第一段敘述即使母親「髮味」薰人，有點兒難聞，但卻是母親帶給女兒的安全感所在，所以即使母親不如姨娘貌美開化，但若因此見母親被貶受辱，仍是不免有著委屈氣惱的。

（二）母親的憔悴失意

文章寫父母婚姻的危機、失諧，事實上在起始第二段即透過「髮夾」安下伏筆，「髮夾」本是潛藏著作者對父親的期待、對父母婚姻生活的美好想像，但「父親不久回來了，沒有買水鑽髮夾，卻帶回一位姨娘。」自此母親懷著婚姻失意的幽怨憔悴。

文章第六段寫母親與姨娘接受梳頭師傅梳頭時的坐姿相背，暗示著兩人情感上敵對、排斥、有心結的狀況。到了第七、八、九段，作者再透過對照技巧去呈顯母親落寞的心境，如第七段透過父親和姨娘相處時的笑語聲去對照母親在情感上的形單影隻；第八段透過髮絲由烏亮逐漸稀少的今昔對比呈現母親心境上由快樂轉爲愁苦的變化；第九段更因母親的生病、剪去短髮，使母親的寂冷濃至最極。

(三)母親與姨娘的相依

文章到第十段，姨娘作爲母親婚姻生活的破壞者，一變爲母親近況的訊息傳遞者：「她似乎很體諒我思母之情」，而「我已經一點都不恨她了。」甚且敵對狀態的母親與姨娘竟「成了患難相依的伴侶」，這大半是緣由於父親的去世，然年華老去、繁華落盡的生命真相，更促使一切愛恨情仇歸於平淡：「母親早已不恨她了。」

三、結語

此文以「髻」寫女子之容貌、性格，也以「髻」帶出女子間的愛恨情仇，然而當青絲落盡、髻不成形，生命不永恆、世事無永久的真相也昭然若揭。且從過去的母女相依，至母親與姨娘相依，再轉至姨娘與己之相依，這一切不也是世事不永久、一切不值得認真的佐證？「世間萬事轉頭空，未轉頭時是夢」，「髻」是作者藉以「轉頭」的契機，因爲「髻」而衍生的人生觀察：「這個世界，究竟有什麼是永久的，又有什麼是值得認真的呢？」生命既是不能永恆，愛憎貪癡自當放下、不執著，此應是文章所要傳達的人生體悟所在吧。（原載於中國語文第五一一期）

談黃春明〈戰士，乾杯〉一文

唐淑貞

一、前言

記得第一次粗讀黃春明先生的作品〈戰士，乾杯〉時，面對作者在文章中不時流露的悲不可抑的情緒，覺得有隔閡而不解，現在回想起來，只因當時生命的狹隘自私，故不能體會那份歷史原罪的沈痛。若能試著將一己的生命，置放於更大的歷史中、祖先的行列裡，便不禁要在先人所留下的歷史悲劇前，生起一份難辭其咎的不安與愧歉吧！就這樣，我慢慢地走進〈戰士，乾杯〉的情調中。

二、主題分析

〈戰士，乾杯〉一文的進行方式是從作者結識熊這位魯凱族的山地青年談起，以介紹其家族四代男人不同的戰士身分爲主要的線索。透過這條主線，展開兩項主題的鋪述，文章的首要主題，即透過此家族四代男人戰士身分的混亂、荒謬，突顯出結構暴力下的悲劇；另一主題是呈顯這悲劇下的弱勢族群，他們爲人的生命韌性。在這兩項主題的抒展中，文章亦透過有關人物性格的描述、照片佈置的安排，去完足這兩項主題的意涵。

以下即針對文章的兩項主題進行分析說明：

(一)哀悼結構暴力下的悲劇

此乃文章的主要關懷點，「結構暴力」之詞，在文章中出現兩次，兩次都貫注了作者飽滿的悲情。何謂「結構暴力」？也許可以試著如此說明：當我們在一個結構面前，尚未對此一結構生出情感的認同時，便莫名、倉促地要爲此一結構作若干犧牲，這便可言之爲「結構暴力」。譬如封建時代普遍存在的婚姻暴力，男女雙方在對對方一無所知、情愛未有認同的狀況下，便委身於對方（尤以女子的情況最爲嚴重），這便是一種暴力的形式。擴大而言，在政治體系中，尤其是在改朝換代的政權變動中，人民常在情感上來不及調整、也無法倉促認同的情況下，便成了結構暴力下的犧牲，這不僅是文章中魯凱族曾經的悲哀，也是所有弱勢族群在結構中共有的悲劇命運。

爲何要說是弱勢族群的悲劇呢？因爲弱勢族群常是暴力會施予的對象。只因在大結構中，這族群第一量少，人數結集的力量單薄。第二質弱，這並非就先天資質言，而是就後天所得的社會資源（包括教育機會等）寡少，所呈現的質弱而說。這使得他們有感受但無機會表達，最後的沈默習慣，使其在結構中成爲可欺的弱勢，這也成爲文章中魯凱族的悲劇因子。

而這結構暴力會以何種方式發出？一是精神上的施暴，全然抹殺你爲人的尊嚴，取消你應該有的感受和意見。另一則是在形軀上施暴，那即是草菅人命般地輕賤他人的形軀，沒有寶惜和照顧。難怪熊要有「向誰憤怒？」的質疑和控訴，可見這雙重的暴力，在文章中的弱勢族群——魯凱族身上是同時可想見的。

(二)讚歎弱勢族群的生命韌性

這樣的主題，其實是普遍存在於黃春明的許多作品中。在這文章裡，作者透過外祖父這位「精神戰士」的兩次說話，來作一隱微象徵：外祖父第一次出現，是藉由熊的口中轉述螞蟻的象徵。熊說：「我的外祖父他也是戰士。他說我們燒死一窩螞蟻，然後你又在別的地方看到螞蟻的時候，你就知道剛才那一窩螞蟻，並沒有被燒死。」此中藉由螞蟻強韌的生命現象，來說明魯凱族這弱勢族群的精神韌性，故作者寫道：「這個比喻的另一個意義是抵抗：只要還有一兵一卒，就還有希望。」另一處揭示則在文章最後，熊欲陪作者下坡走一段路，在被作者婉拒時，熊以外祖父的話作一回答：「我的外祖父說上一次坡長一歲。」這「坡」象徵著人生的困頓磨難，但「上一次坡長一歲」，生命的志氣、韌性就在這困頓磨難中有了刺激、有了累積。

三、其餘的訊息

(一)人物性格的基調

作者在文章中對熊這位山地青年的性格描寫，最明顯的形容即是：「熊是屬於沈默而不木訥的人。」事實上，這可說是所有弱勢族群的生命基調。他們一直沒有表達感受、意見的機會，缺少練習的結果，慢慢地習慣沈默。但他們仍有爲人的意見和感受，如能在行走山路時的體貼指點、臨睡前的尊重叮嚀，在在呈現他們的不木訥。

(二)牆上照片的安排

文章展開對熊家族四代男子的身分介紹，是透過熊家牆上四張照片作一引子。這四張照片透露著兩代混亂的戰士身分（包括其父親、母親前夫、以及大哥、二哥），他們荒謬的遭遇都緣於結構暴力的傷害。而後文章交待出熊祖父、曾祖父的戰士身分時，作者曾問熊：「你祖父有沒有照片？」熊答以：「怎麼可能？又是在我們山上。」這話除了表面說出山上沒有相機、資源缺乏的事實外，彷彿也話中有話地道出這兩代的戰士意義，不同於前述的兩代戰士命運。祖父、曾祖父他們是代表族人分別與日兵、漢人打仗，這是有情感認同、精神基礎的，無怪乎熊說起他們時要一改前刻「淡然得不能再淡然」的表情，轉爲興奮激動了。所以牆上四張照片中不包括祖父、曾祖父，也可說是突顯文章主題的一項巧妙佈置。

四、結語

再一次細細體會作者在這文章中，所流露傷懷慟哭的良知不安感，教我想起蔣勳先生〈今晚的雲和月〉的詩句，因爲看見一隻被輾壓的蛤蟆，他寫道：「我想愛你／已覺得羞怯／如果我們懂得珍重和疼惜／便是愛／也只是說不完的感謝和抱歉吧！」不論是黃春明或蔣勳，真誠的文學家在面對所謂弱勢族群的悲劇時，所湧現的道德自覺、敏銳多情原都是相同的。唯願這一切的悲情，都能在「乾杯」中，得著愛意的寬諒和良知的醒覺。（原載於中國語文第四七四期）

黃春明〈照鏡子〉一文的鏡子作用

邱瓊慧

黃春明，台灣宜蘭人，民國五十五年開始寫作，因爲短篇故事大多取材於故鄉宜蘭，所以被稱爲鄉土作家。〈照鏡子〉是黃春明早期的作品（民國五十六年），收在《青番公的故事》。

〈照鏡子〉是以第三人稱的敘述方式呈現。內容描述四十多歲的貧窮工人阿本，替公司送一面大鏡子到漁會新廈落成的慶祝會場。阿本環抱著大鏡子，尷尬地坐在三輪車上。一路上，面對著大鏡子，他開始想起以前照鏡子的經驗——小時候的惡作劇、十九歲新婚的羞赧無措、三十九歲的病入膏肓。直到慶祝會場的鞭炮聲讓阿本回過神來，怎知在三輪車剎車的當下，鏡子的背後頂到車伕的坐墊，劈裂成兩半……。

〈照鏡子〉的情節簡單，只有阿本與鏡子，而鏡子成爲阿本思緒的交談對象，蒙太奇般的「淡出」、「融入」，把情節漸漸推向高潮，隨著鏡子劈裂，情節戛然而止。情節由喜樂氣氛推至悲憂情境，令人情緒緊促不已。在情節的推進上，「鏡子」扮演極重要的角色。

一、時空綴連的作用

從阿本坐在三輪車上，看到鏡中的自己，莫名的陌生感、虛無、迷惘打心底深處浮起……不禁問被貧窮壓得無法喘息的自己：「到底有好久沒有照鏡子啊？」阿本注視著鏡子，跌進了另一個時空——八歲那年，拿著鏡子把光反射在剃頭小孩的臉上，害他被剃刀開了一道傷口，血流滿面，阿本被綑綁倒吊的經過。「在三輪車上的阿本這樣想。看看鏡子，那個人的神情好多了。」與鏡子照面的同時，時空作了交替。

故事內容就在過去時空（結婚的時候，站在梳妝台前打量自己的情態；三十九歲從梳頭鏡照見不成人形的乾扁病容）與現實時空（「在三輪車上的阿本，看到鏡子裏面的人笑了。」；「這段回憶，不知不覺的使他流下眼淚」）交錯地向前推進，鏡子起了時空綴連的作用。

二、自我幻化的作用

被窮苦壓著的阿本，與生活計較都來不及了，那有機會空閑下來？許多年以來，阿本不曾照過鏡子，而這次送鏡，是種短暫「靜」的狀態，給予阿本與自己照面的情境。

> 他看到了對面坐著的一個陌生的自己。他明知道那就是自己。但是，他越看越覺得懷疑，是這樣嗎？哼！是的，你這個出息的人。他對自己的影像揶揄……他對自己越感到陌生起來。到後來他變得全然不認識似的，這種感覺在心的深處形成了難以言狀的迷惘，飄浮在虛無間。……

獨自對鏡是一種「我」與「自我」獨處的狀態，鏡中的阿本幻化爲另一個「自我」，在彼此對話時，阿本看見了現實生活磨難下的自己——迷惘飄浮。這種清澈深潭的映現，是鏡子起了自我幻化的作用。

三、他我的折射作用

隨著時空的跳離，阿本回到現實情境時，並不是以「我」的口吻，而是以鏡子裏的「那個人」來敘述從記憶返回之後的心情。

在三輪車上的阿本這樣想。看看鏡子，那個人的神情好多了。……

在三輪車上的阿本，看到鏡子裏面的人笑了。……

他呆呆的望著鏡裏的人……

透過鏡子的折射方式，敘述口吻輾轉、迂迴，近似心理學所分析的「他我」、「知交」，是「對影成三人」的作用。此種敘述方式除了頗具「自愉」的諧趣之外，還有一種時空游走過後的「客觀觀照」的情緒在其間醞釀。此時，鏡子起了他我的折射作用。

四、毀滅的象徵作用

鏡子是玻璃的質材，有易碎的特質。黃春明透過鏡子裂成兩半的毀壞意象，來象徵小人物命運的乖舛。

到了大廈門口，三輪車突然「嘎吱」一聲煞車，阿本的身子和大鏡子稍稍

> 向前一傾，鏡子的背後頂到車伕的坐墊，清脆的爆出一聲霹靂，一條長長的裂痕把帶淚的阿本劈成兩半。

童年、新婚的得意；生病、養七個孩子的生活重擔的哀苦，一一重現在阿本的腦海裏。回憶裏，喜樂哀苦滲雜其間。「一條長長的裂痕把帶淚的阿本劈成兩半」，彷彿把阿本又推進了懸崖，鏡子的劈裂象徵著阿本現實生活的毀滅，磨難的再現。

故事隨著鏡子的時空綴連、自我幻化、他我的折射以及毀滅的象徵等作用，讀者進入了小說人物內心獨語的世界。故事結局確實令人不勝欷歔，但讀者相信阿本會再翻爬出人生的谷底，因爲黃春明總是賦予他筆下的小人物有著堅韌的生命力，就像乾地漫生的蕃薯葉，攀著些土石，在惡劣的環境下也能活下去。（原載於中國語文五〇七期）

試析楊牧的〈亭午之鷹〉

張慧珍

讀梁實秋〈鳥〉這篇文章，每每要讚嘆於作家的巧思妙筆。那「穠纖合度」、「減一分則太瘦，增一分則太肥」的鳥的倩影，不也一直牽動著人們對鳥特有的文學印象。其實以飛禽爲題材寫作的散文中，楊牧的〈亭午之鷹〉可稱得上是後起之秀。他以個人敏銳的觀察力，迅速捕捉一隻在去年正午和自己不期而遇的飛鷹的影像，將這素有鳥類之王的鷹，其獨特的氣性和丰采，透過文字語言深刻烙印於讀者心中，並且從中傳達其個人對美的經驗與感受，有耐人尋味之處，本文擬就其寫作技巧及意蘊內涵兩方面一窺之：

一、寫作技巧

（一）以空間意象烘托鷹之氣概

天空的遼敻與海水的湛藍，這其間所拉出的空間距離，一直是作者在寫鷹時所要極力掌握的，其目的不僅是要交代鷹活動的舞台背景，更是藉以烘托鷹無與倫比的氣慨，所以文章在一開頭便以追溯往事的口吻說道：「這發生在去年秋冬之交……陽光最明亮最暖和的時候，而海水一向湛藍，每天和天空遙遙映照，彼此更深更高。」到後來這種空間運用甚至都是緊隨著鷹而出現的：「我屏息看它，在陽光裡站著，蘋果綠的欄杆背後有深藍浩瀚的海水，以及不盡綿亙的天[61]。」很明顯的，作者是蓄意藉由海天的遼闊景象，來突顯鷹雄踞天地的孤傲，有別於古詩人杜甫筆下「天地一沙鷗」的蒼涼卑渺，而是要營造出鷹凌駕天地、雷霆萬鈞的氣魄。所以在文末附的一首詩他描繪道：

他屹立，世界大藍圍他一圈。
皺紋的海在他底下匍匐扭動；
從青山一脈的崇墉，他長望，
隨即翻落，如雷霆轟然破空。

在這裡所描繪的鷹，無疑的是以一種征服者的姿態來出現。海的洶湧浩瀚，在他底下成了「匍匐」扭動；天的廣闊雄偉，在他斗然翻落之際，一如雷霆轟然「破空」，這些都足以將其威風凜凜的神氣襯托得有聲有色。

(二)以轉化方式勾勒鷹之神韻

作者在寫鷹時，往往溶入個人情性之觀照，以致筆下的鷹充滿擬人化的色彩。其實這種觀點，作者在文章前頭已經有所透露，他說：「對於這陌生的風景懷抱著一種淳樸善良的觀點，熱中，有情……當然我並不知道我在追尋什麼，或者爲什麼曾經追尋，雖然熱中，有情」，這種「熱中，有情」的眼光，不僅拉近了人與鷹的距離，同時也使得鷹顯得極富於個性。所以作者在描寫乍見鷹的驚喜時，總讓人覺得親切自然，沒有隔閡：「我看到一隻鷹。原來就是你。原來前幾天盈盈說她看到一隻大鳥停在陽臺外鐵欄杆上，那大鳥就是你。」爾後在勾勒鷹的神韻時，亦能從物性中轉化昇華爲人性的氣質之美：「現在它的的確確站在那裡……並且也以它睥睨的風采隨意看我一眼……它那樣左右巡視，想來是一種先天倔傲之姿，肩頸接觸神經自發的反應，剛毅、果決、凜然」。

(三)以譬喻技巧摹寫鷹之形態

作者在描寫鷹的形態時，是非常細膩的，從頭腦、雙眼、勾喙、翮翼、兩爪，由上而下逐步描寫，很能展現鷹之整體感，尤其輔以譬喻技巧的運用，更顯得傳神和生動。他以「雙眼疾速，凝視如星辰參與商」的比擬，來寫鷹眼神流轉下所閃動出迅捷而專注的光芒；又用「堅定的勺喙似乎隨時可以俯襲蛇蝎於廣袤的平蕪」，來寫其鷹喙的猛厲尖銳；接著又以「如鐵似鍊的兩爪緊緊把持著欄杆，左看若側，右視如傾」的敘述，來比擬出其爪子的厚實有力。這些逼真的譬喻，確能將鷹的形貌和神態摹寫得淋漓活現。

二、意蘊內涵

楊牧這篇〈亭午之鷹〉，就文章表層而言，是屬一篇詠物的文章，作者似乎並不蓄意要傳達某種大道理或理念，但仔細玩索卻能感受到作者從發現鷹，進而賞鷹、寫鷹，所引帶出一種美感的喜悅和波動，以下分三方面略敘之：

(一)美源自於生活中的心領神會

電影「羅丹與卡蜜兒」中有一句話說道：「美，是到處可尋的；對於我們的眼睛，不是缺少美，而是缺少發現。」此句話可回映作者對美的意念，文中他說：「那時我們才住進這靠海的公寓不久，對於窗外一切都很好奇，覺得若是隨時這樣睜大眼睛向外看，可預期的，將隨時發現一些什麼」、「於是便不斷調整著焦距，但願能將它看得仔細。仔細而不太清楚就是最好；但願由它保留某些神密，使我因此更持久地追尋」，由「好奇」、「追尋」而「發現」，作者似乎提醒了我們美是存於周遭生活的，唯有心領神會方能體覺其存在。

(二)美出自於一種欣賞而非佔有

作者對美感的捕捉和詮釋是相當「柏拉圖」的，在文中他敘述道：「或者，我心裡快速閃過許多不同的形象和聲音。……攫捕它，不是用網羅箭矢，用詩」。顯然地，「詩」的讚頌謳歌是不同於「網羅箭矢」的獵取霸佔，兩者相較的結果，作者在言外似乎也啓發了我們對美的觀念──真正的美是遠離於物欲妄念之上的，是純乎欣賞，而非佔有。

(三)美發自於真情的觀照與投注

美的情愫，不單是發自於視覺的反應，真情的觀照和投注，才能使這份美的悸動不僅是剎那的驚喜，更能凝聚於內心化爲永恆。文中他說：「或者在遙遠另外一個世界，我也曾經與它遭遇過，以同樣的好奇、驚訝，和決心長久記住它的一份誠意」，因爲作者這份珍攝的誠意，所以文末在面對鷹的決絕而去時，他以無限惺惺相惜的口吻說道：「這以後它就不曾再來過，……或者晨昏的煙靄，季節的雨霧，但它都沒有再出現過，我們的鷹」「正午鐘響，總不免悚然凝望，彷彿搜索著，很希望看到它對我飛來，但它好像竟走了，我們的鷹。」一段人與鷹不期然的相遇，因爲作者的真情投射，不僅長久而深刻的走入其生命中，也真實的打動了讀者的心弦。（原載於中國語文第四九五期）

再見青春

——析簡媜〈醒石〉一文

邱瓊慧

《只緣身在此山中》是簡媜在生命禪悟的過程裏，有系統地以文字整理自己所思所想。書中「萬里天」這組篇章談及「自然與人的互證」；「尋常飲水」這組篇章觸及「生活之腹育」；「行僧」這組篇章是「個我生命之淬練」呈現；「無盡意」這組篇章是敘及「天倫之源流」；「無無緣」這組篇章是說及「人常之初鑄」。假使以統整的角度來看全書，其實就是對生命的另一種圓融的觀照。〈醒石〉一文是載於簡媜《只緣身在此山中》「萬里天」這一組篇章的末篇。若是以作者簡媜所說，「萬里天」這一組篇章是談及自然與人的互證，那麼〈醒石〉一文就是人回歸於自然，生命與自然合一的圓融尾聲。

「青春」一詞似乎已成為生命力的代名詞，但是，誰能永遠擁有青春呢？彷彿隨著歲月流逝，光陰所換來的就是年老與病痛。〈醒石〉一文的主角在陰闇的屋子裏，因爲年老、因爲病痛，任由疾病啃蝕自己的靈魂，讓所剩餘的生命，也隨著青春的消失，而失去了意義。〈醒石〉一文正是描寫生命在萎謝的當下，主角如何再次擁抱生命，讓昏闇的心靈突破重重陰霾，讓生命本有的光亮重現的一段心路歷程……。

一、對活著絕望

> 時間的倦蹄來了，馱著曠夜的問卷，擲給不眠的人，垂首坐在床沿的她，像個拒答的囚者。

文中主角將自己當作是一位死囚，昏闇的屋子爲牢房，將白晝、夜晚全鎖在門外，時間的間隔模糊了，日子對於罹患重病的她而言，是死刑的無情宣判。屋舍一片紊亂—杯盤殘漬污垢、灰塵密佈、藥片散落，一切就像她的枯死心靈，完全顛三倒四地失了序，絕望的生活失去信心陽光的照拂，生命就在憤怒的淚水中浸泡得發了霉。

空蕩的囚牢裏，除了急促的呼吸聲證明自己還活著之外，另有過期的報紙成爲評定自己仍然活著的依據。看著報紙中強暴致死、歹徒槍戰、弊案、污染、戰爭、饑荒……慘不忍卒讀的消息時，她總是叨念著：「日子不能過了，日子不能過了！」算是自己即將棄世而去的一種安慰吧！在生命的末途，主角是自我放逐的。在死亡號角還沒有吹起時，她已丟下器械，任由死神凌遲，因爲她認爲，失去了年華就是失去了一切。

二、弔念青春

她把所有的燈打開，屋子裏出現光影：首先蒙在那一幀５＊７彩色照片上，她的側面特寫：黑髮像瀑布剛要起躍、少女的媚眼正想下睫簾、鼻鉤如上弦月、紅唇已用舌尖潤了一圈口水合上、臉色是梔子花初開、衣初如翼……這是多少年前的事她不記得？只知道每回一看這照，總想喚醒那張臉，讓她正視一下那飽滿多汁的自己的神采。

讀著這段文字，教我聯想起梁雲坡〈射手〉的詩句「當我老邁時／啊！／正以老花的眼／顫抖的手／撿一根枯乾木棒／夢想削成青春之箭」。照片爲生命作證，「我曾經青春、美麗過」這句話不是痴人說夢，但是，夢想著青春再現，就會是一則神話。頻頻觀賞著照片昔日朝陽般、花樣般的青春，叫人又愛又憐，那麼鏡中羸弱的身軀、乾癟暗沉鬆弛的皮肉，就形成一幅不堪入目的圖像。

> 看鏡中的自己：亂髮、眼神滯澀、嘴唇泛蒼、顴骨高突、臉色如懨了的曇花，最主要是枯瘦，顯得鏡子過大了。她痴痴地凝視鏡面的少女，看久了，也覺得那少女換了一副凶狠的眼光在逼視她，暗藏玄機，彷彿已派出看不見的千手千腳慢慢逼近她……

昔日的青春成爲今日的諷刺，變成逼視自己羸弱生命的鬼魅。主角的生命跌進了「生老病死」這千古的宿命裏。

三、生命的禪悟

> 她平平靜靜地走著路，也不哀傷日子已逝，也不反悔燃燭將盡，也不耽溺這豔夏薄晨的花葉……像人的一生，路旁的小鳳凰吐著一樹的火舌，蟬的早課是肅穆，她停住，感覺自己將走入夏日的框，如一張人物照，永遠成為天地心情的一部分。

當自己將自己囚禁時，生命是窒息的；當戀棧過往，生命成爲另一種死亡。文中主角的仇敵是日歷，日子變得難挨，數著陰陽之隔的日子是那一天？日子成爲攫取她生命的兇手，所以，她總是佯裝她放棄了時間，刻意地讓日期停歇，怎知道，結果竟是她自己在茫然的霧中，時間放棄了她。唯有將自己從囚牢中釋放，生命才會開始流動，才會有轉機。

> 她推開門出去，……夜垢都洗淨，她忽然有了童心。……她無憂無慮地隨著水姿行走，也不掙扎，也不吵鬧，覺得生命在自然的韻律裏成長、綻花、傳香、結實、成熟、萎謝，都平安無恙。她感念天色漸漸轉晴，有陽光來訪，使她冷靜的身子起了一絲絲溫暖的情感，……她流了淚，水都溫暖起來。

大地承載著萬物生息與幻滅，在自然生命的消長韻律裏，一切是自然而且毫無情緒的。星雲大師曾開拓的說道：「人生有生有死是自然。」，人類本就是自然的一部分，化爲大地塵土本是自然，而且公平。文中主角飽受自己意念折騰，翻滾不安的靈魂，如今返回大自然的擁抱，讓自己的生命的消長相應於大自然的消長，竟是一種放鬆的溫暖，宛如靜謐的夜色乍見陽光，重新看見了生命新的意義——自己原是天地的一部分。

四、重新詮釋生命

原來她把世界看反了。百年視水與三歲觀河，誰的視野深闊？她既慚愧且喜悅，有一種前嫌盡釋、又被納入懷裏的感動。

當主角被尖石刺到腳，她由黑石的筋血聯想到髑髏的速繪圖，就握在手中把玩，行走於林間，相遇了一位孩童，不相識的兩個生命開始了生命的對話。

「昨晚，是你在哭嗎？」

她羞赧地承認了。

「為什麼哭？」

「因為，」她望望天，說：「因為，我……生了一種可怕的病……」

「哦？」孩童十分不解，努力地想像，問：「像毛毛蟲那麼可怕嗎？」……

……「這是石頭嗎？」孩童拿著黑石在手上把玩，正面瞧，反面瞧。

「像什麼？」她問，那幅髑髏線條正對著她。

「嗯，有一個小朋友。」

「不治之症」與「毛毛蟲」；「髑髏」與「小朋友」的對話，烘托出強烈的對比，而這強烈的對比，正是對生命不同詮釋的結果。對生命的看法會隨著輕鬆抑是嚴肅的態度，而產生焦距形象的差異。

時間的健蹄馱著她，開始了生命的過程裏令人難以闊步的夢遊，她把這個世界的重量都託給那一顆小小的黑石及那個孩童。自己卻無憂無慮地遠行著。

豁然開朗地看待自己的生命，如同在欣賞著花開花謝，全無負擔時，時間再也不是鬼魅，而是同遊的夥伴。「有一天，世界來不及叫她。」因爲她與時間同歸於自然。〈醒石〉一文主角的最後生命與自然合一的圓融尾聲，可以與史帝文生的自輓小詩〈安魂曲〉「我生得歡暢也死得甘願，／我如此躺下，無掛無牽。」相映：

在那廣闊的星空下面，
掘一座墳墓讓我安眠。

我生得歡暢也死得甘願，
我如此躺下，無掛無牽。

請你把這首詩為我刻上：
他睡在自己嚮往的地方；
舟子已歸來，歸自海上，
獵人已歸來，歸自出崗。

（余光中譯）

對於生命的看法角度改變了，自然「青春」一詞的意義就可以重新詮釋。全心自然地懷抱生命，一如欣賞四季的變幻。「青春」的展現不再是指年輕的生命，而是指自我沈澱的渙然一新。（原載於中國語文四九九期）

現代小說篇

試析魯迅〈祝福〉中之嘲諷手法

張慧珍

西方學者赫爾岑曾說：「嘲笑是一種最強有力的武器，把它用來反對一切衰朽了的但還支撐著—天知道它是怎樣支撐著的—事物，這些事物用它外表神氣的廢墟來妨礙新生命的成長……。」此句話可以用來說明魯迅在民國初年，現代小說剛發軔的階段，其作品所呈現的價值意義。他在小說裏運用嘲諷的方式，企圖拆除長久以來封建體制在社會形成的樊籬；激發人們自腐敗的傳統觀念中覺醒。而這些據魯迅的看法，無疑地是建立新時代之前，首須進行的民族精神的改革運動。在其小說《祝福》中，這種嘲諷的手法和意圖是歷歷可見的，本文擬從四方面做分析：

一、藉「祥林嫂」的不幸遭遇做嘲諷：祥林嫂是本篇小說的靈魂人物，魯迅在小說中刻劃其「頭上紮著白頭繩，烏裙，藍夾襖，月白背心」的素淨打扮、「順著眼」

的模樣，及在魯四老爺家做工時「毫沒有懈，食物不論，力氣是不惜」的勤快姿態，無疑地說明了其安份善良、淳厚耐勞的本質。然而在傳統以封建教條爲價值衡量的標準下，這種性情的美善並未獲得彰顯和肯定，反倒其守寡再嫁、二次喪夫、唯一的兒子被大狼啣走致死，一連串乖舛的命運，使她背負「失貞」、「剋夫」、「剋子」等等「不祥」的封建罪名。因此不管其如何奮力的工作，換來的卻是魯四老爺「傷風敗俗」的評語；在她反覆陳述痛失愛子的心情，得來的卻是鎭上人們「鄙薄的神氣」及「又冷又尖的笑影」；甚至在她聽從柳媽的建議去捐土地廟裏的門檻，讓千萬人踏，亦不能註銷她失貞的烙記。這些終將她逼向黑暗的角落，淪爲乞丐而步向死亡的絕路。在這裏，魯迅透過祥林嫂純正良善的形象，與其深受人情世態歧視和輕蔑的情況，兩相比較，從中嘲諷了傳統迂腐的道德教條，不僅蝕害了人與生俱有的同情心，更是忽略了人性中眞誠的美善；而所謂的命運不濟，也並非是決定像祥林嫂這類人物不幸的關鍵所在，背後的封建體制與禮教觀念所造成的勢力才是無形的劊子手，這包括逼迫祥林嫂再嫁的婆家—「夫權」的勢力；強押其成親的小叔與趕她出門的大伯—「族權」的勢力；及寡婦再嫁，死後將被閻羅王切割爲兩半的封建迷信—「神權」的勢力，這些無一不是魯迅所要痛加批斥的。

二、藉「魯四老爺」的人物形象做嘲諷：魯四老爺是作者的本家，也是祥林嫂生前兩次做工時的東家。在小說中，他和那八面玲瓏的衛老婆子、倚老賣老的柳媽同屬舊式的人物，作者藉著他們對待祥林嫂的言行和作風，反諷中國傳統社會裏虛僞世故的人情，這其中尤以對魯四老爺的著墨最多。首先，作者即藉著魯四老爺書房的擺飾與布置，包括朱拓的大「壽」字，及壁上一邊已脫落一邊仍貼著；寫著「事理通達心氣和平」的對聯，表現其傳統衛道者的形象，然這與其不假辭色大罵祥林嫂「是一個謬種」的言行中，形成懸殊的落差，諷刺這位「講理學的老監生」，充其量只不過是表裏不一致的僞君子，就像其案頭上「那一堆似乎未必完全的康熙字典」般荒謬、不徹底；而那「一部《近思錄集注》」和「一部《四書襯》」只是更加反襯出其食古不化罷了。其次，作者也從魯四老爺的諸多忌諱做反諷。正如文中提及的，他雖然讀過「鬼神者二氣之良能也」，但仍然忌諱死亡疾病這類的話，特別是臨近祝福的時候，「倘不得已，就該用一種替代的隱語」，適足以襯托其觀念之封閉保守，而這也使得他雖講理學，但內心偏離了理學家所謂「民胞物與」的恢宏胸襟，反顯得不近人情和事理。所以在祥林嫂第一次到魯家做工時，他固然要忌諱其寡婦身分的「皺了皺眉」；就是第二次到魯家做工時，也全然不顧念其前次做工時的勤奮表現，仍要「照例皺過眉」，甚至要暗暗告誡四嬸，「這種人雖然似乎很可憐，但是敗壞風俗」，因此祭祀的飯菜不能由她沾手，否則「不乾不淨，祖宗是不喫的」，這種執守傳統信條，以致冷眼看待人事的姿態，正嘲諷了僞道學主義者，徒慕虛文求皮毛的膚淺和鄙陋。再者，魯四老爺在寒暄時大罵康有爲等新黨人物，所表現出保守頑固的政治立場，也是作者要藉以嘲諷的。在文中他兩次形容魯四老爺及其他朋友「沒有甚麼大改變，單是老了些」，暗諷當時辛亥革命雖是轟轟烈烈的成功了，但畢竟只是改變了政治形勢而已，一般的群眾仍是故步自封的守著傳統生活的舊基調和舊觀念，這種表象式的成功，終究只是自欺欺人罷了。

三、藉「我」的自身省察做嘲諷：魯迅的小說喜用第一人稱的敘述觀點來寫作。他不同於一般的社會批判者，只是一味地將矛頭指向對方，事實上，他在推向別人登上審判台的同時，自己也常是尾隨於後接受審判的角色。在《祝福》中，他便藉著小說中的「我」在偶然的際遇間，回答了祥林嫂有關靈魂有無的問題後，一連串的心理活動來進行嘲諷。包括剛開始時內心的疑慮和困窘：「匆匆的逃回四叔的家中，心裏很覺得不安逸。自己想，我這答話怕於她有些危險。」緊接著是因不祥的預感，以致自發的推托之辭：「況明明說過『說不清』，已經推翻了答話的全局，即使發生什麼事，於我也毫無關係了。」到無法安頓忐忑的心所採取的逃避姿態：「不如走罷，明天進城去。」至最後得知祥林嫂已死的事實時，反倒舒緩的情狀：「然而我的驚惶卻不過暫時的事，隨著就覺得要來的事，已經過去，……心地已經漸漸輕鬆」。在這裏，作者很顯然藉著「我」在遇到祥林嫂後的種種情思流轉，反諷中國社會裏那群空談經世濟民，卻是自私、怕事、不關心民眾的知識份子，而這與傳統以知識份子為中流砥柱的形象，無疑地是一種牴觸。

四、藉「祝福」的氣氛渲染做嘲諷：祥林嫂之步入死亡，正巧是魯鎮歲末所舉辦的祝福盛典開展的時候，作者在小說中首尾一貫地渲染魯鎮人們對祝福盛典的慎重及歡騰的氣氛：「這是魯鎮年終的大典，致敬盡禮，迎接福神，拜求來年一年中的好運氣的。殺雞，宰鵝，買豬肉，……年年如此，家家如此，——只要買得起福禮和爆竹之類的」、「我在朦朧中，又隱約聽到遠處的爆竹聲連綿不斷，似乎合成一天音響的濃雲，夾著團團飛舞的雪花，擁抱了全市鎮。」然而這一切和平景象與祥林嫂的悲慘遭遇間，正形成一榮一辱、一喜一悲的懸殊對比；而同一時空內，人們對祝福盛典的重視程度，更強烈地反櫬出對祥林嫂這類不幸女子的漠視狀況，從中作者嘲諷了封建社會粉飾太平的虛假，及廣大群眾麻木迷醉的心態。所以小說的尾聲，作者以無比揶揄的語氣說道：「只覺得天地聖眾歆享了牲醴和香煙，都醉醺醺的在空中蹣跚，預備給魯鎮的人們以無限的幸福。」對於封建社會裏那些貧苦且不由自主的民眾而言，所謂的「祝福」大典究竟只是一種欺瞞罷了。這是作者在小說題目上，所要深刻寄寓的嘲諷意味和用心。（原載於中國語文五二二期）

魯迅〈祝福〉之敍述觀點

宋邦珍

魯迅的〈祝福〉的女主角祥林嫂是時代悲劇之產物，作者試圖通過她的一生來批判舊社會，研讀〈祝福〉可從中探察當時社會風貌，以及作者之心態。

先論析其社會風貌：魯鎮是一個封閉的社會狀態，但絕不是一個窮鄉僻壤，因爲端看魯四爺家的擺設：「我回到四叔的書房裡時，瓦楞上已經雪白，房裡也映得較光明，極分明的顯出壁上掛著的朱搨的大『壽』字，陳摶老祖寫的；……只見一堆似乎未必完全的『康熙字典』，一部『近思錄集註』和一部『四書襯』。」以及作者對魯鎮之描述，以及魯鎮人們如何準備福禮的經過就可以探知。因此魯鎮有所謂的禮教(烈女不事二夫)，魯鎮有所謂的三姑六婆(來往於各家之廚房、後院)，這些都是箝制人的盲目力量，既搬弄是非又狠心得很。而在準備迎接福神時，由女人準備福禮，但祭拜的是男人。(「殺雞、宰鵝、買豬肉，用心細細的洗，女人的臂膊都在水裡浸得通紅，有的還帶著絞絲銀鐲子。……五更天陳列起來，並且點上香燭，恭請福神們來享用；拜的卻只限於男人，拜完自然仍然是放爆竹。」)由此可見魯鎭隱含著男女不平等，男尊女卑的狀況，爲後面的情節作伏筆。

再說作者在文中化身爲敍述者—「我」，他對這個社會非常厭惡，厭惡的來源就是此封閉、箝制的氛圍。文中的「我」說了好幾次：「明天，我決計要走了」，但又因爲情感無法割捨，多次言說，卻未見其成行，即可見「我」之矛盾心情。「我」在面對祥林嫂時，心情是矛盾的，因爲祥林嫂詢問他有關於死之後有無靈魂之問題，透過其身爲知識分子的知識系統也無法回答這個問題，「說不清」是他的感受。文中只見其反覆思考，常有不安的感覺，可知他的自我反省力強，而且流露出對祥林嫂的悲憫。但是文中的「我」在看祥林嫂的遭遇，卻是以比較客觀的方式去呈現，敍述方式是祥林嫂的際遇是作者聽人轉述，(「然而先前見所聞的她的半生事跡的斷片，至此也聯成一片了。」)裡面夾雜他人看這件事的觀點，所以〈祝福〉在故事的處理上前後有些不一致，可見其矛盾心情、敍述觀點不穩定。或者可說是「我」看到的是現今的祥林嫂，過去的祥林嫂是「我」未曾目睹到、參與過。

〈祝福〉中的祥林嫂是一個沒有自覺力的女人，所以社會盲目的力量足以逼死她，相對的，她走不出自我的譴責，（柳嫂說）：「我想，你勿如及早抵當。你到土地廟裡去捐一條門檻，當作你的替身，給千人踏，萬人跨，贖了這一世的罪名，免得死了去受死。」），最後終於她逼死了自己。文中的「我」雖然自覺到此社會之弊端，貞節是女人的枷鎖，但「我」亦覺無能爲力，因爲他感受到整個社會就如一頭野獸般啃食著每一個人，如何救人？所以文末以諷刺意味濃厚的方式作結：「我在這繁響的擁抱中，也懶散而且舒適，從白天以至初夜的疑慮，全給祝福的空氣一掃而空了，只覺得天地聖眾歆享了牲醴和香煙，都醉醺醺的空中蹣跚，預備給魯鎮的人們以無限的祝福。」充分透顯出他的無奈心情。

文中的敘述觀點不穩定，由以上所論可見其徬徨、吶喊，以及更深沉的謂嘆。這種屬於知識分子的悲涼及無奈，在社會改革的道路上應該會多了一分悲憫心吧？讀〈祝福〉後如再印證魯迅的一生事蹟，似乎更可以觀照到中國知識份子的悲涼心境。（原載於中國語文五二二五期）

張愛玲〈紅玫瑰與白玫瑰〉中的「鏡子」淺析

陳淑滿

若提起當代文學中的才女，那必定首推張愛玲了。當她在二十四歲時出版第一本小說集《傳奇》，便完全展露她的鋒芒，眾所矚目。〈紅玫瑰與白玫瑰〉也是這時的作品，充滿了澎湃的熱情，卻又展現墮落的悲涼，這兩極化的情感，似乎也傳達出張愛玲內心的矛盾世界。

〈紅玫瑰與白玫瑰〉這篇小說，把張愛玲的文筆特色作了全面性的發揮，人物性格塑造細膩、文章色彩鮮明華美，無論動作神態的掌握，或是靜態事物的擺設，她都絲毫不放過，用心去經營描述。尤其受到西方文學的影響，她更擅長「象徵」筆法的運用，把平凡無奇的事物，轉化爲人物內心世界的呈現。這樣的筆法便展現在對「鏡子」的運用，張愛玲酷愛鏡子，多數的小說中也常出現鏡子的意象手法，在此僅就〈紅玫瑰與白玫瑰〉中鏡子的運用，來分析藉由鏡子所呈現出來的不同象徵意義。

一、佟振保與鏡子

在〈紅玫瑰與白玫瑰〉中，張愛玲對主角佟振保的性格花了相當的力氣去描述，他是游移在傳統束縛與自由思想中的矛盾人物。表面上他是主宰一切愛情的主人，然而透過鏡子的映照，努力強撐的自尊似乎被瓦解了。這樣的安排出現在二處，首先是他在巴黎嫖妓的情節中：

> 她重新穿上衣服的時候，從頭上套下去……，這一剎那之間他在鏡子裡看見她，她有很多蓬鬆的黃頭髮，頭髮緊緊繃在衣裳裡面，單露出一張瘦長的臉，眼睛是藍的罷，但那點藍都藍到眼下的青暈裡去了，眼珠子本身變了透明的玻璃球。那是個森冷的，男人的臉，古代的兵士的臉。振保的神

經上受了很大的震動。

透過了鏡子，原本庸俗可笑的妓女，竟錯覺地變成了武裝的士兵。這樣的錯覺，其實是佟振保的矛盾情結，花錢嫖妓，他應該是主宰著這場肉體上的交易，如同在現實社會裡他是自己絕對的主人。然而透過鏡子，似乎把這假象給揭發了，鏡子中的士兵是森冷的男人，給了他「恐怖」的感覺，在精神上，佟振保反而是受到威脅、控制，失去了主宰自已的能力的一方，這剛好與現實社會的他相反，用心經營的形象——謹守社會成規、建立自己的生活秩序，這一切，在鏡中徹底被瓦解了，從中不難想像佟振保內心的挫敗感。因爲鏡子中的他原來是不堪一擊、脆弱無力的，於是「從那天起振保就下了決心要創造一個『對』的世界，隨身帶著。在那袖珍世界裡，他是絕對的主人。」

另一處出現的鏡子是在佟振保與王嬌蕊重逢在公車上的一幕。佟振保在不敢面對傳統社會的禮教壓力與自私現實的考量之下，選擇了離開王嬌蕊，去追尋他自認爲「幸福」、「理想」的婚姻，而王嬌蕊也和前夫離婚、再嫁，並有孩子，成了俗艷的中年女人。這結果都是佟振保主導掌控的，這也是他認爲「對」的世界。然而，一切和他想得似乎又不同了：

振保看著她，自己當時並不知道他心頭的感覺是難堪的妒忌。……抬起頭，在公共汽車司機人座右突出的小鏡子裡看見他自己的臉，……在鏡子裡，他看見他的眼淚滔滔流下來，為什麼，他也不知道。在這一類的會晤裡，如果必須有人哭泣，那應當是她。這完全不對，然而他竟不能止住自己。應當是她哭，由他來安慰她的。

從這裡，我們更清楚地看見佟振保的脆弱，在鏡中是完全掩飾不了的，因爲鏡子呈現的便是他真實的情感與生命。佟振保所創造的「對」的世界，現在竟「完全不對」了，他所建立起來的秩序感又被打破了。他的理想婚姻變得無趣，而王嬌蕊被他拋棄，卻能尋得真正的愛，這些都和佟振保設想的完全不同，無怪乎他難堪、妒忌，甚而哭泣。在現實上，佟振保拋棄了王嬌蕊，然而在精神上，真正被拋棄的卻是佟振保，也因此，僞裝的自尊驟然卸下，只剩下令人可悲的脆弱與挫敗。「鏡子」的魔力，在此展現無遺。

二、王嬌蕊與鏡子

張愛玲筆下的王嬌蕊是一個熱情奔放，勇敢追求愛情的女子。表面上她不懂愛情、玩弄愛情，事實上她是小說中最忠於情感的。文中，佟振保把女人比作「玫瑰」，美麗而脆弱，在男人的覆翼之下，方能生活。對待嬌蕊他也是如此的態度，他認爲她有著嬰兒的頭腦與成熟婦人的美，是最具誘惑力的，然而她又是「玩弄男人」、「有許多情夫，多一個少一個，她也不在乎。」，佟振保是不了解嬌蕊的，他只是從自身的角度去衡量事情的發展，主動決定跳入墮落的快樂中，主動去擁抱、親吻、上床，一切都在自己的方寸當中，知道適可而止。然而嬌蕊卻也有自己的主張，寄信給丈夫要求離婚，因爲她找到了自己的愛情，決心依附振保，這時的嬌蕊一如小兒女姿態：「你放心，我一定會好好的」、「你離了我是不行的」，淚眼婆娑的想挽回振保的心，但如同不可違背的邏輯一般，嬌蕊的愛仍無法改變無情的社會教條，至此，嬌蕊覺悟了：

> 嬌蕊抬起紅腫的臉來，定睛看著他，飛快地一下，她已經站直了身子，好像很詫異剛才怎麼會弄到這步田地。她找到她的皮包，取出小鏡子來，側著頭左右一照，草草把頭髮往後掠兩下，用手帕擦眼睛，擤鼻子，正眼都不朝他看，就此走了。

這面鏡子，應是自信心的提醒與重整吧！陷入愛情，往往使女人變得柔弱無助，掉入「菟絲附女蘿」的美麗詩歌中，振保和嬌蕊都是主宰性的性格，但在愛情之下，女人仍屈服於男人之下，誠如文中敘述嬌蕊「癡心地坐在他大衣之旁……，索性點起他吸剩的香煙」、「這一次，是那壞女人上了當了！」，又爲振保穿起中國式的旗袍，爲了愛情，她嘗試改變了自己，也因此當振保要抽離愛情的當兒，她如含冤的小孩般，號啕大哭，聲嘶力竭，所有的自尊全然崩潰。但畢竟嬌蕊是忠於情感的，在透澈振保現實無情的選擇後，她反而變得更堅強，不再違背自己的情感。透過鏡子，我們也看到了女人堅毅而強韌的生命，嬌蕊並未被愛情擊敗，她勇敢地和前夫離婚，又再嫁了，雖然變胖變老，顯得俗豔，但很快樂、且勇往直前。這樣的生命，也是靠著她的自信走出來的。在這一面鏡子中，所呈現的便是嬌蕊重新面對生命的堅強與魄力。

三、孟煙鸝與鏡子

對於振保的太太─煙鸝，張愛玲也透過鏡子來反映她的性格。她給人的印象是「籠統的白」，她很柔順，「很少說話，連頭都很少抬起來，走路總是走在靠後。」，這樣正經、服從的女性，便是振保「理想」中的太太，至於有沒有愛情，那是無關緊要的。但對煙鸝而言，結婚應是高興期待的，對於結婚時的心情描述，便藉著鏡子來傳達：

> 然而真到了結婚那天，她還是高興的，那天早上她還沒有十分醒過來，迷迷糊糊的已經彷彿在那裡梳頭，抬起胳膊，對著鏡子，有一種奇異的努力的感覺，像是裝在玻璃試驗管裡，試著往上頂，頂掉管子上的蓋，等不及地一下子要從現在跳到未來。

煙鸝的個性是「羞縮」的，是學校裡的好學生，查生字、背表格，黑板上有字必抄，男生寫信給她，她從來沒回過信。她是傳統「以夫爲天」的女子，但在她小小的內心世界裡，仍存有許多夢想。振保是個有爲的青年，對此，她有一股飛上枝頭的喜悅，鏡子中的她，無非是自我的肯定與期許，在卑微的宿命之下，給予自己更多的尊重，對未來充滿了展望與自信。

人的內心世界本是隱微而複雜的，外在的假象與內心的真實感受往往是相互矛盾衝突的。唯有面對鏡子，我們才能誠懇地面對真實的目己，卸下僞裝的面具。張愛玲在塑造人物性格的手法上，便洞悉鏡子的魔力，在巧妙的運用下，更能剖析人性。藉著鏡子，無論是脆弱內心的呈現，抑或自信心的重整與提醒，皆是主角人物的真實生命，在鏡子裡，人性的隱微是藏不住的！（原載於中國語文第五〇四期）

試論〈傾城之戀〉的蒼涼意識

宋邦珍

（一）

張愛玲的〈傾城之戀〉是一篇膾炙人口的文學作品，曾改編成電影上映，是張愛玲短篇小說的傑作之一。張愛玲的小說的結局大致是以悲劇收場，〈傾城之戀〉卻是以男女主角結了婚作一對平凡夫婦爲結局。可是在小說的開頭張愛玲如此寫道：

胡琴咿咿啞啞拉著，在萬盞燈的夜晚，拉過去又拉過去，說不盡的蒼涼的故事——不問也罷！……胡琴上的故事是應當由光豔的伶人來搬演的，長長的兩片紅胭脂夾住瓊瑤鼻，唱了、笑了，袖子擋住了嘴……然而這裡只有白四爺單身坐在黑沉的破陽台上，拉著胡琴。

小說的結尾也寫道：

胡琴咿咿啞啞拉著，在萬盞燈的夜晚，拉過去又拉過來，說不盡的蒼涼的故事──不問也罷！……

一前一後的敘述已經勾勒出這個故事的主題意識──「蒼涼」，也帶引出白公館的「破落」氣氛。作者到底要呈現什麼觀點呢？其中又隱含什麼深義？請看以下的探析。

女主角白流蘇離婚回到娘家生活，沒想到幾年下來換得的是積蓄被榨光，哥嫂的冷嘲熱諷，因此她深刻體會到離開白家才有幸福可言，但她所要追求的幸福不是完全操縱在自己手裡，是操縱在他人的手裡：三爺、四奶奶、范柳原，以及整個大時代的變動。沒有三爺四奶奶的冷嘲熱諷，她沒有動力離開白家；沒有范柳原的策略追求，她不會離開上海來到香港；沒有西元 1941 年日本攻打香港，她也得不到她想要的婚姻。戰爭期間兩人相依為命，柳原總算想娶流蘇。流蘇的婚姻和戰爭息息相關，小說裡如此描述：

柳原歇下腳來望了半晌，感到那平淡中的恐怖，突然打起寒戰來，向流蘇道：「現在你可該相信了：『死生契闊』，我們自己哪兒做得了主？轟炸的時候，一個不巧——」

作者張愛玲藉著范柳原的嘴裡，說出人生的無奈、以及不可掌握性。

雖然流蘇也有抉擇的時機，比如相親場合願意和柳原跳舞，二次前去香港。她和柳原這一場戀愛遊戲，本來會以流蘇成爲柳原情婦作結。但是「香港的陷落」成就了她，一個歷史上的悲劇卻是她的喜劇。這個傳奇是要千萬人死去才能造就的，所以這個愛情故事是蒼涼的。小說中說道：

香港的陷落成全了她：但是在這不可理喻的世界裡，誰知道什麼是因，什麼是果？誰知道呢？也許就因為要成全她，一個大都市傾覆了。成千上萬的人痛苦著，跟著是經天動地的大改革⋯⋯

成千上萬的人痛苦著才能成全她，這不是令人爲之悲傷不已？作者張愛玲是這樣看著這不可理喻的世界，既迷惘又感嘆。

沒有香港的陷落，流蘇還是柳原的情婦，要一年半載才可以見一次面。幸福原是偶然的，不是絕對的，所以這個故事是蒼涼的。世界上有幾個可以像流蘇一樣，得到一個平凡圓滿的收場：

> 到處都是傳奇，可不見得有這麼圓滿的收場。

流蘇的幸福是一種偶然，非人人皆可得到這樣收場，作者如此告訴讀者們。

胡琴在小說開頭和結束扮演一個預示「蒼涼」意識的勾勒作用。張愛玲也用胡琴這個意象來帶出蒼涼的氣氛，除了增加中國的緩慢情境，更有一種如臺上伶人搬演悲歡離合故事般的動人情味。小說中有一段描述流蘇隨著胡琴聲表演：

> 陽臺上，四爺又拉起胡琴來了，依著那抑揚頓挫的調子，流蘇不由得偏著頭，微微飛了個眼風，做了個手勢。她對鏡子這一表演，那胡琴聽上去便不是胡琴，而是笙簫琴瑟奏著幽沉的廟堂樂曲。她向左走了幾步，又向右走了幾步，她走一路都彷彿是合著失了傳的古代音樂的節拍。……外面的胡琴繼續拉下去，可是胡琴訴說著的是一些遼遠的忠孝節義的故事，不與她相關了。

胡琴與悲歡離合是相依的，也與忠孝節義故事相和，張愛玲營造出一個說故事的悲涼氣氛。胡琴是中國情調的代表，搬演故事需要胡琴來作引子。

（二）

作者的主題意識是貫穿在小說當中，以刻畫流蘇、柳原的心理增加故事的張力，也藉著男女主角的對話及敘述者的描述，體現她的主題意識。在小說的前半部香港未傾城之前，已透露一些蒼涼的意識：

> 她獨自站在人行道上，瞪著眼看人，人也瞪著眼看她，隔著一層層無形的玻璃罩—無數的陌生人。人人都關在他們的自己的小世界裡，她撞破了頭也撞不進去，她似乎是魘住了。

這是流蘇回憶起小時和母親走散的的情景及心情，其實是投射其在白家的困境。小說裡又這麼寫道：

> 你年輕麼？不要緊，過兩年就老了，這裡，青春是不希罕的。他們有的是青春—孩子一個個的被生出來，新的明亮的眼睛，新的紅嫩的嘴，新的智

慧。一年又一年的磨下來，眼睛鈍了，人也鈍了，下一代又生出來了。這一代便被吸收到硃紅灑金的輝煌的背景裡去，一點一點的淡金便是從前的人怯怯的眼睛。

這段由敘述者說出來的自白，表達出作者深沉的體察，生命生生不息，青春會消逝，只留下一點痕跡讓人瞻仰。作者也藉柳原說道：

這堵牆，不知為什麼使我想起地老天荒那一類的話。……有我們的文明整個的毀掉了，什麼都完了——燒完了、炸完了、塌完了，也許還剩下這堵牆：流蘇，如果我們那時候在這牆底下遇見了…流蘇，也許你會對我有一點真心，也許我會對你有一點真心。

由這裡可知柳原是一個不相信海誓山盟的人，他的心裡有一分不確定感。作者張愛玲對愛情的不確定感藉由柳原的口中吐露。

敘述者非客觀敘述，偶而流露她的世界觀。其實可知張愛玲的「蒼涼」是一種對世事的哀矜，她看穿世事的無常。以「蒼涼」兩字看待人間事，她不是冷眼旁觀，而是如王國維說的：「試上高峰窺皓月，偶開天眼覷紅塵，可憐身是眼中人」（〈浣溪紗〉）既悲天憫人又自傷的感慨。如果沒有一分哀矜，又如何有一分蒼涼感？

書中主角白流蘇、范柳原不爲眾人悲傷，因爲他們只是一個平凡人。作者張愛玲雖寫平凡人的喜劇，但是她超越平凡人的眼光，而以另一種哀矜的心情看世界。（原載於中國語文第五一〇期）

試論〈永遠的尹雪豔〉的人物形象塑造

宋邦珍

白先勇的作品〈永遠的尹雪豔〉是一篇象徵意義高於寫實性的小說。筆者認為作者對於尹雪豔這個人物的塑造花了一些工夫，以下分幾個方面來探討，以彰顯此篇小說的旨趣。

一、以虛實相間方式呈現

尹雪豔出場時，第一、是服裝方面，一定是白色系列的旗袍，身上的配件亦是同一系列。如「那天尹雪豔著實裝飾了一番，穿著一襲月白短袖的織錦旗袍，襟上一排香妃色的大盤扣；腳上也是月白緞子的軟底繡花鞋，鞋尖卻點著兩瓣肉色的海棠葉兒。」第二、一出現就是全場的目光焦點，走路的樣子如一陣風，薰得眾人陶醉。如「

當尹雪豔披著她那件翻領束腰的銀狐大氅，像一陣三月的微風，輕盈盈的閃進來時，全場的人都好像給這陣風薰中了一般，總是情不自禁的向她迎上來。」第三、動作方面，定是幽雅、輕柔，絕不大聲喧譁。如「別人伸個腰、蹙一下眉，難看，但是尹雪豔做起來，卻又別有一份世人不及的風情。」「尹雪豔也不多言、不多語，緊要的場合插上幾句蘇州腔的上海話，又中聽、又熨貼。」第四、房屋的氣息定是瀰漫著甜甜膩膩的晚香玉，增加她的吸引力。如「整個夏天，尹雪豔的客廳中都細細的透著一股又甜又膩的晚香玉。」她全身瀰漫著素白而優雅的形象，既真實又虛幻。

因爲作者對於尹雪豔刻意的塑造，使她似真還似假，虛虛實實的，才能使這個角色的「永遠不變」的象徵意義突顯出來。尹雪豔這個角色似乎是一個活生生的人，因爲她的細心、週到、能幹；但她又像是一個千年不變的「禍害」，因爲她帶煞，和她在一起的男人下場淒慘如王貴生、洪處長、徐壯圖。有時她的出現是溫馨的場面，一到她家總讓人賓至如歸，樂不思蜀。有時她的出現卻是震攝住眾人，個個雖都巴望她死，可是眼睜睜看她輕盈的離開。如尹雪豔出現在徐壯圖的喪禮上的那一幕，令眾人又氣又恨又不知所措。

二、以他人的改變來襯托她的不變

〈永遠的尹雪豔〉一開頭就敘述以前的五陵少年，現在都變了，尹雪豔還是沒變。如「不管人事怎麼變遷，尹雪豔永遠是尹雪豔，在臺北仍舊穿著他那一身蟬翼紗的素白旗袍，一逕那麼淺淺的笑著，連眼角兒也不肯皺一下。」小說中又以吳經理和宋太太作完全改變的形象描寫：吳經理老了，走路蹣跚，常常眨著一雙爛掉的眼睛；宋太太得了癡肥症，形態臃腫，老公又有外遇，對她頗爲冷落。一切景象和以前的時光不一樣了，但是尹雪豔還像一枝萬年青一式，一點都沒變。他人的改變是「現實性」，而她的不變是京滬繁華的「象徵」。如此尹雪豔的永遠特性更能突顯。

三、以世俗評論增加她的神秘性

世俗的眼光以爲她帶煞，是白虎星下凡，無論是男女都對她又是咒罵卻又跟在她身邊。敘述者化身爲平凡又庸俗的眾人去評論尹雪豔，使尹雪豔的神秘感增加。尹雪豔這個角色要讓眾人信服她是一個狐狸精，加強她的道行，所以又安排一個角色吳家阿婆，來跟她鬥法，結果徐壯圖意外身亡，代表她的道行高於吳家阿婆。吳家阿婆在這裡帶著一種荒謬性，既是名不符實，又是一個襯托尹雪豔的丑角。作者以世俗的捉妖除孽的看法來增加尹雪豔的神秘性及妖孽感，如此她的不變特性更具說服力。

四、哀樂不能入的超然性

既然要使這個角色永遠不變，所以她的喜怒哀樂是棄絕於人世間，換言之，她是沒有喜怒哀樂。她安慰、服侍旁人，是爲了作一個好主人，她並不會掉入他們感傷的情緒之中。小說中描寫尹雪豔常以「同情」的口吻安慰她的朋友，但是她的內心世界在小說根本是模糊的甚至是不存在的。方城之戰中，她扮演一個女祭司的角色，給眾人拼鬥的力量，她是客觀的調度，不滲入個人的好惡。

小說最後以吳經理在牌桌上得到好牌，尹雪豔笑吟吟說：「乾爹，快打起精神多和兩盤。回頭贏了余經理及周董事長他們的錢，我來吃你的紅。」作爲結束，更是蘊含一種「天地不仁，以萬物爲芻狗」（《老子》第五章）的人生思想。

五、餘論

尹雪豔是一個象徵人物，作者在塑造這個角色更是以不同層面以及相對立又融合的方式來呈現，令人印象深刻，其中所透顯出一種看透人間又悲憫世人的深層涵意，令人再三回味。〈永遠的尹雪豔〉傳達出一群人的悲哀，也是一個時代的悲劇，更是透顯出從古至今凡人不得不然的了悟。作者在《臺北人》書前列了劉禹錫的詩：「朱雀橋邊野草花，烏衣巷口夕陽斜。舊時王謝堂前燕，飛入尋常百姓家。」（〈烏衣巷〉）已經標示故事的荒涼感，擺在其第一篇的〈永遠的尹雪豔〉更把這種淒涼感用反諷的方式巧妙地呈現出來。（原載於中國語文五一三期）

從「不隔」之精神看〈貧賤夫妻〉與〈復活〉

唐淑貞

一、前言

鍾理和先生為日據時代後期的重要作家，歷來許多文評家分別就其生平傳奇、文字風格、文學精神等方面進行評析，不斷呈顯出理和先生人文世界中真樸而綿長的雋味。本文擬就「不隔」此一線索，以觀鍾理和〈貧賤夫妻〉與〈復活〉兩篇小說中的精神風貌。

「不隔」一詞乃王國維在《人間詞話》中據以論賞詩詞優劣的線索之一，如王國維曾云：「梅溪、夢窗諸家寫景之病，皆在一『隔』字。」、「妙處唯在不隔」、「語語都在目前，便是不隔。」而兩峰作〈鍾理和論〉中即藉此「不隔」以說明理和先生的作品特色：「理和先生作品本身的特色，第一是『真』。這所謂『真』，是指感情的真，文字的真，也即是王國維先生在人間詞話中所說的『不隔』。」此乃就其作品特色而言，事實上「不隔」的精神並不只是幻化為作品的文字風格而已，在鍾理和身上我們看到它（不隔）更是作者內在情意人格的一種渴盼與鍛鍊，這使得他在作品內容、風格等方面是如此，即便他在面對現實環境和人際，亦是流露如此交融、不隔之精神。

〈貧賤夫妻〉與〈復活〉兩篇小說，雖就不同的親情作發揮：前者寫夫妻之愛，後者寫親子之情，但其中傳達的「不隔」、「無間」精神是一致的。

二、〈貧賤夫妻〉中的無間之愛

鍾理和〈貧賤夫妻〉一文，以夫妻之愛、相愛無間為主線，導出兩個靈魂的艱苦奮鬥史，並藉以突顯妻之美德。文中之「平妹」，即作者現實生活中的妻子，鍾理和此文發表時已是辭世前一年，一字一句實可視爲生命晚期對妻子感念之意的深情灌注。

文章起始即點出：「我們的愛得來不易，惟其如此，我們甘苦與共，十數年來相愛無間。」繼之便就形軀、社會角色、心靈等方面來呈顯「無間」的愛意。如文章言：「我們起初在外面，光復第二年又回到臺灣，至今十數年夫妻形影相隨，很少分開。」此乃就形軀相守而言；「由是以後，慢慢的我也學會了一個家庭主婦的各種職務：做飯、洗碗筷、灑掃、餵豬、縫紉和照顧孩子；除開洗衣服一項始終沒有學好。於是在不知不覺中我們完成了彼此地位和責任的調換：她主外、我主內，就像她原來是位好丈夫，我又是位好妻子。」可見在面對社會角色的制約下，鍾理和能擺脫性別、放下身段，夫妻角色互換得自然、不著痕跡，亦呈現他們彼此體貼無間的情意；「物質上的享受，我們沒有份兒，但靠著兩個心靈真誠堅貞的結合，在某一個限度上說，我們的日子也過得相當快樂，相當美滿。」此乃在文字上直接陳述夫妻心靈上的無間之愛，此外文中描寫夫妻間久別重逢，彼此悲喜交集的感受、及捐木頭事件中兩人的體貼扶持，在在呈顯夫妻間相依相知的交融。

文章中尚鋪述了許多磨難的事件，如婚姻本身乃是不惜和家庭、舊社會進行奮鬥、決裂而達到的結合；因治病北上，夫妻在懷戀、焦慮、難困中熬過三年的分離；因生活的貧窮，甚至導致有恨、有悲哀、有憂懼的捐木頭事件等。這都說明他們是在磨難中見證愛之無間，也在愛之無間中享受快樂美滿。

三、〈復活〉中的融和之愛

〈貧賤夫妻〉與〈復活〉皆是鍾理和自傳性色彩極濃的小說，〈復活〉一文的主題是喪子之痛，小說前後透過三條線索進行描述：

(一)透過題目「復活」進行包裝

「復活」事件是父母心情上希望的點燃，是喜；但容貌的相似，也是爲人父的他懺悔心情的殘忍提醒，亦是悲，故以「復活」爲題，實可包裝出喪子之痛的複雜矛盾情懷。文中寫道：「靈魂是沒有的；是物質不生不滅；人死了就解體了……雖然如此，每當有人談起宏兒和鞏兒的宿世關係時，我總要傾耳靜聽，讓古老的信仰來麻醉自己。這是很矛盾的，但事實如此，我有一種潛在的意識，覺得好像祇要在口頭上否定，便等於拒絕亡兒的回來，而這將增加我良心上的痛苦。」可見「復活」事件，信與不信之間，是理智和情感的交戰，更是喪子沈痛心情的一次強烈逼顯。

(二)透過往事進行鋪述

此篇小說大部分的篇幅皆是針對宏兒的童年往事進行鋪述，以呈顯自責疚愧之喪子情懷。這些往事大致可分爲兩階段，一是自宏兒出生至五歲間「幾多嚴肅而悲壯之事」：宏兒被關在屋裡的孤單、因喝茶而跌倒、因恐懼而生病等，這些孩子被迫早熟的事件，聽在父親的耳裡，自都是嚴肅而悲壯的往事。在文章中我們看到言者（母親）的心情是「一種煥彩的，滿足的，得意的，但又淒涼的笑意穿透了她掛在眼眶上的淚水」；聞之者（父親）的心情是「我爲了沒有盡到爲人父的責任而感到羞愧，同時我也感到感激和驕傲。」這些都呈現著離家期間，孩子的被迫早熟帶給父母的複雜感受。

另一階段是宏兒五歲至九歲間的往事，包括蛋捲事件、算術事件、鐵鉗事件、米糠事件等，大多反應出在貧病交迫的環境下，加之以爲父的自己擇善固執的性格，促使在執行庭教時過於情緒，甚至在自己過於堅持原則下，導致買米糠的死亡事件，造

成終身憾事：「使我從未有過的對自己感到失望。」（鍾理和致廖清秀函）

（三）透過事件後之影響進行補述

宏兒死後，聲容仍日夜浮現父親腦海心上：「如今孩子死去已經數年，但他的聲音猶日夜在我耳畔縈繞不去。這聲音一出現，馬上有一個臉孔昇上我面前，那是一張默默流淚的受難的臉孔——亡兒無往而不在。」事件經過多年後，對父親心情的衝擊仍在，除聲容浮現外，父親且在旁人類似庭教事件之刺激下，充滿著不安與無能爲力之感：「使我睡夢都不得安寧……但我不明白有何方法可以制止那些至今仍在鞭責孩子的人，我祇好在他們揮起鞭子之前，掩住找的眼睛和耳朵。」而更形於外的影響則是爲父的他對鞏兒的無盡包容，此一反應自然是基於自責、愧疚而有的補償，事實上並不止於補償的心意，尙有自我精神情意上的另一番期許，畢竟他與宏兒的親子關係是其求交融不隔的人際網中破碎疏離的一層，故他之所以在與鞏兒的相處上給予包容、呵護，實是欲就此再度尋回融和感動，我們看到文章最後描述懷抱孩子的心情：「我把孩子緊緊地摟在懷中，陪著孩子笑，我感覺到孩子的體溫和我的體溫融和在一起，他的心靠著我的心跳。有灼熱的東西自我雙頰滾落。」這融和、灼熱之感不就是親子間可貴的交融無間的感動啊！

四、結語

前述兩峰先生引「不隔」以明鍾理和作品之特色，而透過〈貧賤夫妻〉與〈復活〉兩篇小說所傳達的動人親情，讓我們知道鍾理和事實上便是用生命和作品將此「不隔」精神作一深刻體現。一直以來鍾理和的一生，被文評家賦予「爲文學而生，爲文學而死」的意義。爲文學而「生」，可自他從事中文創作的天份，及一生選擇文學創作的執意堅志顯見；尤其在那寒澀的年代，以文學爲志業的他，注定要因而顛躓、因而窮貧、因而喀血以終了，這不是爲文學而「死」的一生嗎？而鍾理和的可敬處更在於透過文字筆尖，將其精神、人格作了一番貫注，觀看他的生命、他的作品，實是在體現一份「不隔」、「無間」、「融和」的精神境界。（原載於中國語文第五〇五期）

其
他
篇

孤冷看人間，靜慧體人情

——讀于青《張愛玲傳》有感

邱瓊慧

張愛玲是四〇年代上海文學界的才女，一九二〇年九月出生於上海的官宦世家：外曾祖父李鴻章、祖父張佩綸、父親張廷重、母親黃逸梵。由於父親是遺老的後裔，整日沈溺在尋歡作樂中，沾染了父系傳統的惡習。母親黃逸梵是個崇尚自由、喜好音樂、藝術，想掙脫傳統束縛的女性，曾遊學於英、法等國家，視野廣闊，是張愛玲幼年時期景仰學習的對象。因為父母兩人性格差異，導致迴異的生命情調，在生活上造成了極大的衝突，最後只好以離異結束。父母失敗的婚姻是張愛玲根植內心的陰影，她孤獨寂寞地看著這一切，幻影式的情景在冷靜眼眸中轉變，在她的小小心靈清楚地告訴自己：這一切都是不真實的，人生莫測難料，可以捉住的只有當下。

張愛玲把所有的悲歡寄情在文字構築而成的世界，在二十三歲時就在上海展現她的文采風華，讓上海的文藝界如胡蘭成、傅雷等人爲這個奇杷咋舌讚頌。經歷家庭的破滅、社會的動盪不安、戰爭的頻仍，張愛玲深深明白，在亂世之中，一切存在都不是人們所能選擇的。在萬象瞬息變化的內在深層中，就蘊含著存在與死亡；真實與虛幻的弔詭。張愛玲活在其間，體會箇中滋味，明白萬象本質僅是『淒涼』二字。這些感觸張愛玲全都記在心底，成爲小說氛圍的底色，正如于青在書中所說：

> 磨難的經歷使她喜歡把喜悅和苦惱深深地埋藏在心底深處，自己品味著，她並不在乎外界如何看，她只關心自己的感受，並像一個吝嗇的守財奴樣將這感受包好好，收藏著。

這種關心自己感受的態度從張愛玲的衣著打扮、別人褒貶她文章時，表現泰然自若的神情，以及選擇與胡蘭成締結婚約，與大她三十歲的賴雅結合等方面顯現無遺。

在處世方面，張愛玲也展現出如風似影、不費神思的態度：

> 她是個把整個人生看透的人，除了及時地不損害他人的享用生活，對一些小打小鬧、小奸小壞，她是不肯費神參與或注意的，連正眼看一下都不給

> 。她只顧兀自滋滋有味地品嘗著生活中的聲、香、色、味，不喜歡不乾淨的剔開就是，並不予勞神。

對於世俗間牽扯的瑣事，她是斷得乾乾淨淨。張愛玲的內心是孤冷的、冷靜的、理性的，是在自己世界裏靜靜地完成自己，靜靜地消失自己。雖然生命型態是孤冷的，但是環顧張愛玲的一生，也正因爲這樣的生命情調，張愛玲才能從紛雜無章的人際密網中全身而退，而且能進一步冷靜覷見人們在虛僞外衣包裹之下，看見人性的真相與窘態。正是如于青所說：

> 她是大音稀聲，大巧若愈拙，至樂無樂式的禪悟者，兩極間能幻化得如此諧調、順理，這是她能深能淺，能雅能俗，能古能今，能中能洋的思想基礎，在人與物的兩極之間，她定能駕馭紅塵世界與超凡世界的人主。

張愛玲將自己拖離迷亂的假相，冷靜地看清事態的真實面，流露出『靜中生慧』的睿智。「世間萬物對於她即是一盤沒有結局的殘棋，怎樣走都沒有意義，且只管隨意擺出幾個花樣來。」這般的悠然自若，走著自己獨特的舞臺步。她的生活態度正可拿明·洪運生的警語「文做到好處，無有他求，只有恰好；人做到好處，無有他需，只盡

本然」來映現呼應。(原載於中國語文四九二期)

臺灣醫事寫作的觀察

——兼談其在教學上的意義

簡光明

（一）

一九九四年我到高雄醫學院教授國文課程，幾個才華洋溢的學生參加具有人文傳統的阿米巴詩社，引起我對於王浩威在一九八四年編選《阿米巴詩選》的興趣，也初次接觸曾貴海、江自得、陳永興、王浩威、田雅各等人的名字。

近年來順應文類多元化的趨勢，有經濟文學、運動文學、旅行文學、醫護文學等以文學角度去探討各個領域的文類出現，文類的多元刺激文學教育，以往的文學教育幾乎都以古文為主，然而，文學教育如能與專業融合，不但可以培養學生對於文學的興趣，同時對於專業也能增加人文的省思，因此第一年便以醫事寫作的文章做為教材，醫學系的學生反應良好。

一九九五年我到以護理為特色的輔英技術學院任教，自然將教材延伸到醫護文學。醫護文學為一乏人關注的研究領域，如能深入探究則：一、可結合文學欣賞與醫護專業，發展醫護技術學院特色的文學教育。二、可結合研究與教學，以研究作為教學的基礎，深化教學品質。三、可使教學多元化。於是在一九九七年與同事四人共同向學校提出「臺灣醫護文學研究」的專題計劃，即針對學校醫護技術的特色，進行醫護文類的學術研究，以做為文學教育的補充，使教學與研究不致於脫節，透過醫護文學的教學，使學生對於未來即將從事的職業，在技術層面之外，提供人文層面的思考，使學生更有氣質，更能關懷生命。專題研究的成果則預定編成《臺灣醫護文學選讀》、《臺灣醫護文學研究》、《臺灣醫護作家訪談錄》三本書。獲得補助後，先閱讀作品，而後進行臺灣醫護作家訪談，再撰寫研究報告，因而能對於臺灣醫事寫作有一基本的了解。

(二)

許俊雅在《日據時代臺灣小說研究》中，引赤子〈擦鞋匠〉「T島的醫生大多加上社會運動家的好頭銜」說明當時台灣的醫生多爲台灣文化協會會員，從事文化、政治抗爭運動，以喚醒民眾反抗異族統治。其實，不論是日據時代還是當代，醫生對台灣文化的延續與發展總是貢獻良多的一群，而在文學的發展上，醫生在濟世的工作之外，對於醫病關係也多所著墨，例如賴和既是醫生也是作家，不但被奉爲「彰化的媽祖」，也被認爲是「台灣新文於之父」，可見他不但是醫生的典範，對文學發展的貢獻甚大。

醫生在臺灣的社會地位相當高，生活不虞匱乏，因此，做爲一位醫生而願意從事寫作，說明其不以醫生的職業爲滿足，「從事文化、政治抗爭運動」實屬正常。曾貴海醫師是位詩人，也因社會關懷而參加綠色協會、保護高屏溪綠色聯盟、衛武營公園促進會、台灣人權會、台灣環保聯盟、高雄縣教育改革委員會。江自得醫師也是位詩人，主持台杏文教基金會，每年舉辦「醫學院生人文研習營」、「臺灣文學學術研討會」、「醫學倫理研討會」，提供醫學生人文及倫理的關懷。陳永興醫師是位散文家，撰有《臺灣醫療發展史》，曾經擔任立法委員，從政治去改善臺灣的醫療，目前任職高雄市衛生局局長，在醫衛行政職務外，推動醫療博物館及臺灣醫療史的研究。鄭炯明醫師是詩人，集合眾人之力，從《文學界》到《文學臺灣》，使臺灣文學的作品和研究成果能夠累積下來。田雅各醫師是布農族人，寫小說也寫散文，在學生時代即參加「臺灣原住民全利促進會」的活動，以臺灣原住民醫療服務爲職志，曾以蘭嶼爲第一志願，去服務最需要現代醫療照護的人。

在信義醫院的頂樓，我看見曾貴海醫師規劃衛武營公園的設計圖，了解高屏溪的問題，知道他爲什麼反對美濃建水庫，在醫院旁則看到他精心設置的景觀，有花、有木、有水，也有詩。在臺中榮總的胸腔內科辦公室，我聽到江自得醫師對於醫生的人文素養與倫理課題的看法和做法，還有詩的創作以及推動臺灣文學研究的用心。在鄭炯明醫師的診所樓上，我發現鄭醫師不但長期出錢辦雜誌，負責編審文稿，甚至連雜誌的包裹郵寄都親自動手，只爲了雜誌能按期出刊並順利到達訂閱者手中。在臺東布農部落屋，聽田雅各醫師談原住民神話、醫事寫作，自信而謙虛，提到媒體對他到蘭嶼行醫的推崇，他只是笑笑。

世俗的醫師忙於看病賺錢，當然無可厚非，畢竟那是醫師職業的特質之一，醫生作家訪談過程使我對醫師形象有更深一層的了解，相較於世俗的醫師，這些醫師作家顯得不俗。

（三）

為了讓學生能夠進一步深刻了解「臺灣醫事寫作」，我在高雄醫學院醫學系和牙醫系的國文課裡增加「醫生文學」的單元，選擇賴和、蔣渭水、吳新榮、曾貴海、鄭炯明、江自得、陳永興、王溢嘉、田雅各、侯文詠等人的作品，透過閱讀、報告、分析、討論，讓學生從文學的角度反省醫生的形象及內涵，此外提供醫學人文的書單以供撰寫讀書報告之用，作業則是「醫師專訪」，希望學生透過對醫師訪談，從而學習到：一是「職業的了解」：醫學系專業科目所傳授的多為技術，對於心路歷程則較少言及。我們將全班的專訪彙編成冊，就有多位醫師的職業經驗在其中，同學能對醫師的成就感、挫敗感以及職業上心理的調適有一清楚的了解。二是「典範的學習」：醫師在工作崗位上的成就與用心，可以透過訪談而做經驗的傳承，成為效法的對象。三是「溝通的技巧」，選擇訪談對象後，聯絡、約定時間地點、將訪談對象的心得挖掘出來、談話的分際，在過程中自然會思考將語言做適切表達。四是「文筆的鍛鍊」，將訪談的內容由對話轉為文字，如何將醫師的形象及個性特徵呈現出來，在在都費巧思。若這四項目標都能具體達成，相信畢業後會是一個具有人文素養的醫師。

（四）

江自得醫師主持的「台杏文教基金會」每年都選擇一所大學舉辦醫學院學生的「人文醫學營」，主講的師資多兼具醫師與作家的身份。輔英技術學院與中台醫護技術學院的國文教師正商討一起編撰「臺灣醫護文學選讀」的可能性，其目標都在於提升醫護學院學生的人文素養。

臺灣醫事寫作的研究尚在起步階段，醫護學院的文學教師不應再畫地自限，應主動了解臺灣醫事寫作的現況，提供醫護學院學生在自然科學的訓練之外，也要有細膩的生命感受，愈了解醫生的行業，也愈了解自己。（原載於文訊月刊一七一期）

母語教學的困境

簡光明

母語教育在立法委員的強力要求推行和教育部將之列入中小學正式教學範疇後，已成爲國人討論的熱門話題。

雖然，若干話題不免有仁智之見，但母語教學可以保存語言文化，增進各族群的溝通，和相互尊重多元文化，促進族群和諧融合，卻是各方的共識。問題是：主觀的意願，必須有客觀條件的配合才能成事，這些條件目前都有待克服。

共同母語　定位不明

首先，多位立委希望推行多語政策，把北京話、閩南語、客家話和山地話作爲共同的母語。如果把母語定位在此一含義，在執行上勢將難以推展。

孟子：「一齊人傅之，眾楚人咻之，雖月撻而求其齊也，不可得矣」，很清楚地說明，學語言需要環境的配合，沒有語言環境，卻又要小學生去學那麼多種語言，恐怕未蒙其利，先受其害，造成各種語言都略懂皮毛，卻無法通暢流利地使用。

如果立委們認爲每個小孩子都具有語言天賦，那麼似乎可以再加入英語，使他們更具備國際視野。

其次，如果母語教學是在國語之外推動，師資也是問題。

教育部計劃利用在職進修方式，短期調訓現有師資，以及在師範院校語文教育系開設選修課程，讓學生選修。然而語言學、聲韻學，原就是中文系學生的最怕，短期訓練能使多少教師真正受用不無可疑，畢竟要真懂得一種語言，才能教起來不心虛，而除非原有根柢，否則難以速成。

此外，在進修或選課時，教授的素養以及強勢語言受青睞等因素，也都不得不考慮。

再者，語言若沒有文字加以記錄，而僅憑口耳相傳是很容易流失的。很多閩南語被認爲有聲而無字，學者雖然多所考究，卻始終因太學術而流傳不廣。客家話和山地話要用文字記錄就更難了。

即使撇開文字不說，目前各種閩南語辭典就有多種不同的標音方式，若不加以折中，將增加學習的困擾。原住民立委蔡中涵，更建議以羅馬拼音符號作爲該民族的文字，只是母語若不能有一套簡單易學的注意符號作爲基礎，難保不會使學母語成爲負擔，視爲畏途。

學習意願　問題重重

此外，教材的編撰和學生的學習意願，無不是問題重重。如何使教材免於淪爲政治意識形態的鬥爭工具，而能由語言中學習尊重，進而願意去了解不同族群的文化；如何避免學生因爲本身就能說母語，而失去學習動機，進而保存自己的文化，都是教育部應努力的方向。

困境既已因歷史的發展而存在，就只得去面對它、克服它，畢竟，母語教學如果今天不推行，往後恐怕得付出更多心血，而且困難更多。（原載於當代青年第二十七期）

電影在國文教學上的運用

——以「春風化雨」為例

余昭玟

電影和文學（尤其是小說）有不少相通之處，它們都可以是藝術品、消遣品，而且對於主題呈現、人物性格、故事類型、美學手法等，也都有類似的內容。因此在國文教學上，以電影為輔助教材是十分恰當的。

以往，在給學生文學閱讀的寒假作業時，我也加入部分的中外電影欣賞。結果在開學後討論時，學生反應熱烈，而且也能提出和文學閱讀同等份量、相似性質的書面報告。可見，電影不失為國文教學上的一項利器。尤其看電影終究比讀文學作品更刺激、緊湊，又有聲光色彩的優勢，對年輕人自然有強烈的吸引力。

不過，限於國文教學的本質，電影欣賞、評論，只能偶一爲之。以我任教的五專三年級爲例，國文科兩個學分，則一學期只欣賞一部電影，再加上兩節課的討論。

因爲每學期只放映一部，所以選擇影片時，內容一定要儘量兼顧精緻、豐富，不論手法、主題、象徵都經得起推敲討論，從這個角度看來，「春風化雨」這部電影的確是一個不錯的選擇。

由彼得維爾導演、羅賓威廉斯主演的「春風化雨」，背景是美國五〇年代的一所私立高中。在嚴肅、寧靜的校園裡，百年來校風標榜「傳統」與「紀律」。以高升學率爲榮耀，所以學生每天只忙著埋首苦讀，校方也忙著塡鴨式的灌輸，而忽略了「人」的性靈自由及生命熱誠。但這種情況卻被新來的英文教師凱汀打破了。

凱汀不按牌理出牌，處處導引學生跳出陳腐、保守的桎梏，勇於追求熱烈的生活。他試圖解放學生心靈，讓他們成爲充實、自信、昂然獨立的生命個體。在他啓發之下，有七個學生自組「死詩人社」，每週五晚上在空曠的印第安山洞裡，以讀詩、唸詩來體證生命的精美。

但這一切都和學校標榜的嚴肅紀律有所衝突，因此保守與求新這兩股力量互相衝擊，全劇情節層層鋪疊，張力漸漸湧現，牽動人心。學生欣賞的兩小時內不斷有笑聲、有掌聲、有驚呼聲，最後則是不少人掩面低泣了。

做爲國文教學資源，這部電影呈現的主題豐富多彩，頗堪玩味；其表現手法又十分精密，正可當做修辭技巧的最佳示範。重要的文學修辭技巧，例如象徵、對比、反諷、嘲弄、伏筆等，在「春風化雨」中都可找到有力的線索。以下就從電影中比重最高的象徵、伏筆、反諷這三種技巧，分別做全面的探索。

一、象徵

象徵是用具體的意象來指涉抽象觀念、情感的技巧。使用象徵比直接說明，留予讀者更大的想像空間，作品中有了象徵，能加深意境，令人低迴品味。

象徵一般分爲三種：人物、事物、精神的象徵，而這三種，在「春風化雨」中皆有範例可尋。

首先談精神象徵，電影中表現最明顯的是印第安精神。導演把凱汀的教學方式當主題，再另外以印第安的原始生命力當副題，讓兩者互補互證。這種設計就如同樂曲的主旋律及副旋律，有此起彼落、迴環反覆的美感。

有好幾個意象搭建出「印弟安」的精神象徵，譬如每次「死詩人社」的聚會，都在一個廢棄的印第安山洞裡進行。在山洞保護之下，他們才敢互相激盪詩的浪漫及愛。在這裡，印第安回歸自然、找尋自我的精神，與詩社標榜的「吸收生命精髓」極爲吻合。

人物象徵也十分精采，校長諾倫先生代表傳統的約束力量，電影開頭即以他的演說揭開以升學爲目標的校風。結尾學生起立向老師凱汀致謝、告別，他卻不斷喝斥學生「坐下、坐下」，極力壓制學生展露真情。可以說，他自始至終都是嚴格、權威的代表人物。

相反地，凱汀象徵一位帶領者，而且他本人也以領航的船長自居。第一次上課，他就要學生喊他「船長」，典故來自華特．惠特曼歌頌林肯的詩——「啊，船長，我的船長」。此詩歌頌林肯引領美國解放黑奴，帶來莊嚴和勇敢，也痛惜林肯在成功領航後，步向死亡。

林肯解放了黑奴，正如凱汀解放了學生的心靈；結果林肯被槍殺、凱汀被解聘，但二人的精神都深植人心。電影即以凱汀爲象徵主線，貫串他以別出心裁的教學方式引導學生體認生命精義的種種過程。

至於事務象徵則以飛鳥、睡衣兩種意象來呈現。威爾頓中學被學生譏爲「地獄頓」中學，可見它散發一股沈重的壓力。而導演拍攝校園的原野及湖畔，卻不時以一群雁鳥展翅高飛爲主要畫面，這不正象徵學生渴望自由的夢想嗎？

尼爾因父親的壓制，感到絕望已極，他想反抗又無能爲力，在家中的最後一夜，他伸手撫觸父母爲他折疊整齊的睡衣，掙扎了一下，即決定寧願打赤膊，也不願再穿上了。他之拒絕穿睡衣，也暗示他從此要拒絕父母爲他精心安排的人生之路。睡衣在此，成爲家庭束縛的象徵。

二、伏筆

伏筆的設計，爲的是讓全劇有呼應之妙。先伏下「因」，好讓後面的「果」能水到渠成，更有說服力。伏筆含有暗示的效果，隱約透露情節的走向，及人物由性格而衍生出來的舉動。

凱邁倫在班上同學眼中，是只顧考試、最圓滑的人。查理譏笑他的專長是「拍馬屁」，這也伏下他最終會向校方「告密」的線索。由拍馬屁到告密，這樣的人格走向是一致的，都有向環境屈服的特質存在。正當尼爾出事，同學們苦思對策時，只見他迅速向校方告密，誣指老師凱汀唆使誤導，以期自保。所以之前拍馬屁一幕即是伏筆，使後來的告密更自然、更合理。

學生中最具詩人內涵的塔德，他在英文課上獻出的詩：「真實好像一張老是讓你腳部冰冷的毯子，……在你悲嘆、哭泣、尖叫時，它只能涵蓋你的臉部。」這首詩令大家震驚、欣賞。等情節推展到尼爾自殺，追究到底誰要為此事件負責時，果然就如同詩中說的，事實很難相真大白，看不清真相。在特意操控下，有些人成為代罪羔羊，有些人則推諉罪過，不知悔改。可見塔德的詩正是一個伏筆、一個暗示。

凱汀曾教導學生站在課桌上，以體會「從不同角度看事物」的新視野。及至電影的最後一幕，他要離去時，學生們所表達的告別方式，也正是不畏校長權威遏阻，勇敢站到桌上。顯示了他們雖然改變不了事實，但學會以不同角度來看待事情，老師雖然被迫離去，他們卻肯定他的成就。學生有自己的視野，不隨俗，這正呼應了之前凱汀的教導。

三、反諷

既要彰顯傳統、自由兩者之間的衝突，又要細膩表達每個角色的殊遇，導演運用最多的技巧，就是反諷。反諷是表象與事實的強烈對比，由此製造出趣味或諷刺的效果。在對比之下，語氣增強，戲劇的張力也由此產生了。

凱汀曾帶學生到操場，命令每人大聲朗誦一句名詩，再用力踢出足球，以此激勵學生的文思與詩意。詩句如：「在艱難困境中掙扎，面對做人不畏縮。」「做一名世界性的水手，航向所有的港口。」而霍普金唸的是：「今後有生命初次喜悅的詩。」下一幕，我們看到他在課堂上交上來的詩句卻是全班最無創意的，只是一句「貓坐在墊子上」。不倫不類、不痛不癢，目睹這種對比，觀眾不禁哄然大笑。導演的這個設計，達到了反諷的趣味效果。

電影中有一節英文課，介紹依文斯．普利察所寫的〈了解詩〉，他主張以重要性、完美性兩者爲縱、橫座標來審核一首詩的優劣，由座標上畫出的位置判斷詩的價值。而這種觀點卻被凱汀譏爲：根本不了解詩。因爲：「我們不是在埋設水管，我們談的是詩！」很明顯的，這篇論文的名稱──〈了解詩〉，正好成爲它本身的諷刺。

電影中最豐富的反諷，運用在尼爾身上。尼爾熱衷演戲，但固執的父親極力反對，三番兩次要他專心課業，阻止他參與一切活動。在現實裡，尼爾處處受父親擺佈，不過他最終違抗父命，演出「仲夏夜之夢」，扮演有名的促狹鬼──迫克，專門調皮地戲弄別人。他在戲中不斷捉弄別人，而在戲外卻是被命運捉弄的可憐蟲，戲中戲外，是何等強烈的反諷！戲一演完，他隨即被憤怒的父親帶走，站在剛落幕的台上，燈光照映出他蒼白、浮腫的臉龐，宛如一隻待宰的羔羊。這和剛才在台上擠眉弄眼、搗蛋爆笑的造型，又是一個對比。

在客廳裡，有一幅尼爾全家福相片，電影鏡頭特意在相片上停留了數秒，相片中十七、八歲的尼爾已長得比父親高了。這一幕正是諷刺著：一位高大的年輕人，卻被父親當做侏儒一般，思想被矮化，連自己的意見都沒有表達的空間。

由以上的分析，一步步帶領學生去發掘電影的細膩技巧及深層涵意，不少人恍然大悟，一些學生反映道：「欣賞『春風化雨』一片之後，再上賞析的課程，發現原來看電影還可以衍生出如此多的學問，也不得不欽佩編劇本的作者，如此用心安排劇情。」「以前看電影，只被情節變化所吸引，現在才明白有許多畫面都有特別的意思。」

其實，學生在閱讀小說時也有同樣的問題，就是只注重情節而不認識細節；只注意角色而忽略作者的技巧表現。

學生只有掌握到美學技巧，明白細節描寫與全局的貫通，之後，才有可能欣賞像〈傾城之戀〉中的幽微細膩之處、品味〈嫁粧一牛車〉對人生無奈的自嘲自諷，也才有可能發掘白先勇小說裡豐富的象徵、隱喻及反諷。

所以，透過一部電影的欣賞與討論，的確有助於文學鑑賞能力。電影及文學仍有其相通之處，值得國文教師們參考運用。當然，要提昇學生的文學能力，基本方法仍是文學作品的析讀。電影欣賞，只能當做一道額外的、新鮮的菜色。不過，偶一爲之，倒也能在國文教學上，令學生眼睛一亮，食慾大增。（原載於國文天地十三卷一期）

談硬筆字的教學

余昭玟

一般人的日常生活裡離不開寫字，雖然電腦打字日漸普遍了，但是不論寫信、寫公文，或到各機關辦理事務，莫不需要提筆寫字。即使是一張小小的便條，如果字跡清新圓潤，見者也心曠神怡。寫字如此需要，但在國內的國文教學體系裡，除了小學中低年級習字之初，老師會要求正確整齊的字形之外，大多對硬筆字的教學教付之闕如。練習書法誠然有輔助硬筆字的功效，不過書法課在中小學國語文課程中的比重已逐年下降，在緊湊的教學中，很少能長期不間斷地指導練習。於是一般學子們寫字能端正美觀者已屬難能可貴，遑論別開生面，自成一格。相反的，字體潦草雜亂、扭曲不順，或軟弱歪斜者，卻是屢見不鮮了。

其實，硬筆字教學只要把握技巧與原則，費時不多，而成效卻頗大。這種課堂上的指導，一方面能提醒學生下筆謹慎，改進字跡，另方面也讓他們認識到中國文字結構之美。

通常，學習寫字有三個階段，首先是自己寫不好，而且也無能分辨字的美醜；其次，自己寫不好，但已能看出他人的字好在哪裡，敗筆在何處；到最後階段，不但能辨別他人字跡的優劣，而自己也能寫出一筆有特色的字來。因此，教學上要指引學生認知什麼是優美的字體，其結構特癥何在？一旦能辨別美醜，自己才懂得如何取法。其他如握筆姿勢、基本筆劃的運筆，更是寫硬筆字的基礎，本文即就此三方面分析教學步驟如下：

一、握筆姿勢——

標準的握筆姿勢，是拇指與食指尖左側平握，兩指圈成眼形，硬筆從中橫過眼形而輕靠在中指上。這說來簡單，可是很多學生卻不知曉，一般握筆方式最常犯的錯誤是拇指橫越過食指而壓住中指，這樣抓筆過緊，手心中空部分不夠，很難伸展開來自由運筆，造成筆劃僵硬拘束。奇怪的是，即使是大專生，犯此種錯誤的比例也很高，不知是否在幼稚園過早寫字，在一開始時未能指導正確的姿勢，所以才養成了壞習慣？

二、基本筆劃——

中國文字主要由點、橫、豎、撇、捺、厥、鉤等基本筆劃構成。橫劃能平，豎劃能直，點、鉤、撇要角度適中，這都是好字必備的條件。假設筆劃達不到平直，字體無論如何端正不了。寫字潦草的人，大多是一心求快而輕忽基本筆劃所造成的，通常是橫劃、豎劃缺少頓筆；彎鉤、豎鉤的終筆不及收斂，以致鉤尾太長；部首「宀」的寫法，先要在折筆處稍作頓筆，再以略向內的短鉤收尾，而一般學生常懶得頓筆，順勢而下，速度是加速了，但也造成轉折處圓軟無力，鉤筆過長的毛病。「宀」如同一個人的肩膀，倘若雙肩挺不起來，整個人的姿態都會受到影響。方形的中國字要求筆劃平直，有稜有角，其關鍵處常是頓筆的修飾，這才能避免圓而不方、斜而不正的毛病出現。

三、字形結構——

字形結構即所謂「結字」，係指字的組合、搭配和照應。書法上著名的結字法，有唐代歐陽詢的三十六法、元代陳繹曾的分佈法、明代李淳大字結構八十四法、清代黃自元間架結構九十二法等，不論書法或硬筆字，字形結構都大同小異，所以這些也都足以做爲硬筆字的參考。

正楷結構的基本原則是平衡、對稱、勻稱，當一個合體字由兩個以上的字形組合時，如何讓它們上下左右均稱，顯出文字特有的優美線條，這些若非經過特別講解，一般學生實難以掌握要點，通常國文科考試只要求他們寫出正確字形，鮮能顧及字形結構，久而久之，學生也不加注意了。其實，歸納起來字形結構的重點不多，可是卻能讓學生恍然大悟，耳目一新，以後再加用心就能改進自己的字跡。

首先，關於獨體字，要注意的是中線直立，空間均等，並注意平衡協調。如「公」、「交」兩邊輕重均等。「夕」、「月」則要寫得俊長，不可矮扁。「川」、「目」點劃間大致均等，勿或闊或狹。至於合體字，可依其結合現象，分析成三種向學生解說：

(一)內外型——上包下的字，如「同」、「尙」、「用」，被包圍的部分要向上靠，避免往下掉。相反的，下包上的字，如「凶」、「幽」、「函」，被包圍的部分要向下靠，不要浮在上面。左包右、右包左的字，如「區」、「司」，被包圍部分勿太近框，這樣既可維繫結構中線，又可使字豐滿些。

內外型中還包括四面型的字，「國」、「園」因被包圍的部分長，所以橫折彎鉤也要直長，不可內弓。「田」、「回」則被包圍的部分短，所以折筆要向內弓，作矮寬的字形。

(二)左右型——原則是凡結構簡單的一面宜短，如「唯」、「攻」、「峰」，左邊短而偏高；而「和」、「勤」、「加」，右邊要短而偏低。

左右字形相同的字要左小而右略大，如「朋」、「林」、「弱」。左右三部分的字，空間應讓給筆劃多、結構較複雜的部分，如「鴻」，左中讓右邊；「做」，左邊讓中若；「班」則中間謙讓，造成中窄左右寬的格局。

另外，因爲左右型的字，左半筆勢要與右半相連繫，所以最後一筆要呈右上狀，若保持獨體時的原狀，會和右半字形相扞格，如「王」要變爲「王」、「日」變爲「日」、「女」變爲「女」、「工」變爲「工」。

(三)上下型——如果上中下筆劃結構相近，應平均三分，如「慧」、「章」等。至於筆劃多或屬左右伸展的筆劃，就要佔較大空間，如「曼」是上窄中下寬；「嘉」中上讓下方；「察」則上下讓中間，成為中寬上下窄。

至於上下字形相同的字，要上小下大，以顯平穩，如「哥」、「炎」、「昌」等。

當然中國字結構千變萬化，以上所舉只是學生較常犯錯而教師也較容易糾正的部分，如果要全面學習，則有待特別的書法課深入設計。

這裡所論硬筆字教學的三項步驟中，握筆姿勢及基本筆劃，說明只需十分鐘，不過學生積習已久一時或難糾正，但只要他們知道正確方法，漸漸就會有自我改進的空間和轉機。至於字形結構，教師針對以上的型態逐一解說，大約需要一節課的時間，可是學生往往能馬上領悟，明白哪些筆劃該收該放、該大該小，收效最速。我將各類型的標準字體約三十字，印成一張A4大小的講義，畫好格子，邊說明結構，邊請學生逐字練習三、四次，讓他們立即體驗，印象更深。待範字寫完，再請學生舉一反三，根據自己的姓名揣摩出正確的結構，寫下端正平穩的簽名作為此次習字教學的學習評量。整個教設計大約需要兩堂課，費時並不多，只要每學期或每學年實施一次，埋下的種子總會在日後發芽成長，使他們寫出一手好字。

對大專生初教硬筆字時，學生首而驚嘆：「好像小學生哦！」繼而抗議：「我們又不是不會寫字！」及至兩節課上完，他們才發覺自己的基本筆劃和字形結構有諸多錯誤之處，約略懂得欣賞範字之美，也切盼自己能寫出漂亮的字跡，於是下課時意猶未盡，請求老師有機會再多教一些。

學會寫好字，終身受益，而且學習上並不很困難，重要的是仔細觀察，潛心揣想，並將所學運用於日常書寫之際，定會有所收穫。國文教學如能在義理解釋、作品賞析之餘，稍加指導學生的寫字，對語文涵養當有助益。而學子們每一下筆都能養成謹嚴慎重的態度，不僅增強了藝術美感，對於人格何嘗不是一種無形的薰陶呢！（原載於中國語文第五二二期）

國家圖書館出版品預行編目資料

國文教學論文集／輔英技術學院國文老師著.
--初版. --臺北市：萬卷樓，民 90
面；　公分

ISBN 957-739-364-0(平裝)

1.中國文學-論文，講詞等

820.7　　　　90015181

國文教學論文集

著　　者：方靜娟、余昭玟、宋邦珍、林秀蓉
林秀華、林艷枝、邱瓊慧、唐淑貞
張慧珍、傅正玲、簡光明　陳淑滿
發 行 人：許錟輝
責任編輯：叢書編輯部
出 版 者：萬卷樓圖書有限公司
台北市羅斯福路二段 41 號 6 樓之 3
電話(02)23216565・23952992
FAX(02)23944113
劃撥帳號 15624015
出版登記證：新聞局局版臺業字第 5655 號
網站網址：http://www.wanjuan.com.tw/
E- mail：wanjuan@tpts5.seed.net.tw
經銷代理：紅螞蟻圖書有限公司
台北市內湖區文德路 210 巷 30 弄 25 號
電話(02)27999490
FAX(02)27995284
承印廠商：晟齊實業有限公司
定　　價：400 元
出版日期：民國 90 年 9 月初版

ISBN 957-739-364-0